不道徳教育講座

角川文庫
2480

不道徳教育講座

目次

知らない男とでも酒場へ行くべし

十八世紀の大小説家井原西鶴の小説に「本朝二十不孝」というものがあります。これは中国の有名な「二十四孝」をもじったもので、よりによった親不孝者の話をならべたものです。大体、親孝行の話などは、読んでおもしろくなく、くすぐったくなるような、わざとらしい話が多いが、そこへ行くと、思い切った親不孝の話は読んでおもしろく、自分は相当親不孝のつもりでも、そこまで徹底できる自信はなくなり、「へえ、親不孝にも上には上があるもんだなあ」と妙に及びがたい気持になり、それに比べると、自分なんかは相当な親孝行だと思われてくる。そしてまず、自分を親孝行だと思うことが孝行のはじまりですから、こういう本はなかなか益があることになる。私が流行の道徳教育をもじって、「不道徳教育講座」を開講するのも、西鶴のためしにならったからである。

これはつまらない前置きですが、最近のある週末の夕方、私は仕事の友人と銀座の裏通りを歩いていました。

すると実に人目に立つ三人組がやってくる。そろいの白い長袖《ながそで》の運動シャツに、そろいのタイトなズボン、髪は三人三様の流行の髪型で、ネックレスや、チャラチャラいろんなもののぶら下ったブレスレット、……いずれも十七、八で、同じような背丈、お化粧も都会の先端を行くという感じで、しかもあくどからず、三人ともイキイキとした表情の個性的な美少女ですから、人のふりかえるのもムリがありません。私も新鮮なおどろきに打たれ、思わず首を百八十度転回した。むこうもふりむいて私の名を言っている。こちらは十分見たから、又前を向いて歩きだすと、どうやらうしろからワイワイついてくる様子です。

私は友人と夕食をせねばならぬのでレストランの前で立ち止り、少女たちに「さよなら」と言ったので、むこうも「つまんないわ、つまんないわ」と言いつつ、そのまま別れてしまった。

私が夕食を食べながらブツブツ言ったので、「大丈夫だよ。銀座というところは、一度逢《あ》ったら必ずもう一度逢うんだから」

と友人が慰めました。正にその通り、夕食後、松坂屋へ向かう交叉《こうさ》点《てん》を渡ろうとすると、そこにいた三人組はまさしく彼女たちです。

「やア、又逢ったね」

「どこへ行くの」

「ロッカビリー喫茶だよ。一緒に来ないか」

「行く。行く」

三人組は跳んだりはねたりしながらついて来て、いかにも無邪気なので、私も満更でない気持でした。私は見かけはどうでも無邪気な人が一番好きです。お互いの自己紹介。A子はちょっと昔の女優の志賀暁子《あきこ》に似ていて、目張りを目の下に入れ、豊かな顔立ちだが、年に似合わぬ倦怠《けんたい》の漂った表情をときどきする。C子は、年増《としま》らしい面長な顔立ち。B子が一番可愛《かわい》く、私の初恋の人に似ていて、ぼうっとした感じで、事実一等何にも知らないのが、一生けんめい二人の悪友のマネをしているという様子に見える。三人とも高校二年生ということでした。

喫茶店はその日ロッカビリーをやっていないで、有名なドラマーを中心にしたジャズ・バンドだったので、われわれはちょっとガッカリした。そのドラマーが或《あ》る売り出しの女優の恋人だという知識を、私は少女たちに伝授しました。

「へえ、あんなイカさないの？　N（女優の名）ちゃんって、どういう趣味なのかな」

「君はどういう趣味なのさ」

「もちろん面食《めんく》いよ」

「男は顔じゃないよ。心だよ」

「アーラ、もう一つあるわねえ」

A子はC子をつつき、一度にキャーッと笑い出し、B子もわけがわからずに笑い出す。私は少々呆気《あっけ》にとられて、友人と目を見合わせました。

この席があんまり騒がしくて、ドラムのひびきを圧するほどになったので、音楽の間に拡声器が、「お客様の一部におさわがしい方がおられますが、演奏中は御静粛にねがいます」と注意を促した。するとB子は、可愛い唇を尖《とが》らせてこう言うのでした。

「アーラ、イカさないわね。こういうとこはつくろぎに来るところなのに、むつかしいこと言ってるわ」

前の席の男の学生たちがこれをきいて、

「つくろぎだって、プーッ」

と吹き出しました。B子はくつろぎを言いまちがえたのである。

そういうときすぐB子は真赤になるので可愛らしい。

「さっき僕と一旦《いったん》別れてから、君たちは何をやってたんだい」

「よっかかって来る難破船をおしのけおしのけ歩いて来たんだわ」

こんな会話ののち、A子が私の袖口からあらわれた腕の毛に興味を持って、「ずいぶん毛深いのね」と言うなり、私の腕毛を引張り出したので、あとのB子もC子も負けずに引張り出した。このへんの、好奇心と行動との直結ぶりは実に鮮かで、挨拶《あいさつ》のしようがありません。

——しかしそこを出てから、私がサントリー・バーへ誘って、三人ともおとなしくついて来たのはいいが、パラパラ雨がふりだして、折角セットした髪が台なしにならぬように、三人はあわてて髪を押えた。バーでスタンドに並んでかけて、A子とC子は、煙草をふかし、お酒を呑《の》んだ。B子はどっちもダメだった。

「君たち、ボーイ・フレンドあるのかい?」

「そんなものないわ」

だが私の見るところ、少なくともA子とC子は、はじめの新鮮な印象を裏切るようなものを持っているような気がするのでした。そう思うと私は妙にシュンとしてしまった。別に彼女たちに対して何の悪意も感じないが、何だか、十七や十八の年ごろで、目張りを入れた目に倦怠をにじませながら、溌剌《はつらつ》と胸を張って歩く態度と、どこかだるそうな態度とのチグハグなカクテルを示して、タバコをふかしているその横顔を見るうちに、何だかとてもフビンな、可哀想《かわいそう》な気がしてしまった。大人というものは、ただむやみに若さにあこがれているわけではなく、大人の目から見ると、若さの哀れさもよくわかるのです。

そのうちA子が妙なタバコの喫《の》み方をしだした。二本のタバコをムリにつないで、二本目の先へ火をつけて、吸うのです。なかなか煙はうまくとおらない。B子とC子は一心にこれを見守っている。とうとう二本目のタバコはぐらぐらと傾いて来て、落ちそうになった。

「アラいやだ。だらしないなア。やりすぎだわ」

とA子が言った。力なく傾いてきたタバコから、こんな性的な連想が出たものらしい。するとC子はキャーキャー笑い、B子もわからない顔をして、面白そうに調子を合わせました。

そのとき私のシュンとした気持は、どうやら頂点に達したらしい。

私の目の前では、若いバーテンが、あらわに顔に軽蔑《けいべつ》を示し、仏頂面《ぶっちょうづら》をして、ものをたのんでもロクに返事もしない。私はますます彼女たちが気の毒になった。

サントリー・バーを出ると、そぼふる雨の中で、私は三人それぞれに別れの握手をしました。

「送ってかなくても大丈夫かい？」

「ヘッちゃらよ」

しかし握手のとき、私の掌を、A子だったか、C子だったかが、人差指でコチョッとくすぐって、ゲラゲラ笑い出したのにびっくりした。これはいけません。これは品行のよくない女のすることだ。いくら冗談でも、これはいけません。いくら冗談でも、これは、「一緒に寝ましょう」というサインなんですからね。

……その晩、家へかえってからも、私は少々ぼんやりしていました。どうやら一番バカで、一番からかわれたのは私なのだろうか？　彼女たちはわるい演技をうんと見せつけたけれど、実際は清純そのものの、多少偽悪的なハイ・ティーンにすぎぬのだろうか？——

私は大人の甘さを以《もっ》て、こういう想像のほうを、喜んで心にうけ入れました。

教師を内心バカにすべし

学校の先生を内心バカにしないような生徒にろくな生徒はない。教師を内心バカにしないような学生は決してえらくならない。……こう私は断言します。しかしこの「内心」という言葉をよく吟味して下さい。この一語に千鈞《せんきん》の重みがあるのですから。

「大人に対するレジスタンス」などという言い方がよくはやる。「不潔な大人」とか、「大人は信頼できない」とか、「大人にだまされるな」とかいう言い方もほうぼうできく。ところでこういう表現は、かの石原慎太郎氏が発明して一般化したものですが、令弟石原裕ちゃんが若い世代の代表者として暴れ廻《まわ》るようになってから、大人はもうシンとしてしまい、裕ちゃんに圧服されたようにみえ、ハイ・ティーン諸君も裕次郎君のおかげで百万の味方を得て、もう大人の存在を気にかけなくなったらしい。……しかし、こういうときこそ、一方では、大人たちが爪《つめ》をみがいているのです。大人しく見える大人が実力を示しはじめる時期なのです。よく目をひらいてごらん。裕次郎君の映画の画面に出てくる大人はたいてい弱虫だが、本当の大人は画面にあらわれない。映画会社の重役たちこそ本当の大人で、裕次郎君の後楯《うしろだて》をして大儲《おおもう》けをしているのは、実はハイ・ティーン諸君ではなくてこういう大人たちである。

私は第二講で、「教師を内心バカにすべし」という不道徳訓を説きつつ、諸君に対大人策をさずけたいと思う。何故《なぜ》なら大多数の教師は大人であるからです。学校の教師はズレていると諸君は思う。よろしい。われわれの少年時代にも、教師はたいていズレていて、その時代的センスたるや、噴飯物《ふんぱんもの》であった。一方ではバカに新しがりの教師がいて、こういう教師はいっそう鼻持ちならなかった。われわれが内心教師をバカにしていたのもムリはない。

あるときは謹厳な中等科長(中学校長のこと。学習院での呼び名)が粛々たる足取で歩いていると、突然木かげに無気味な銃口がせり出し、

「ダーン!」

と銃口が火を吹いた。中等科長はあわてて駈《か》け出したが、又その姿を狙《ねら》って、別の方角の樫《かし》の木かげから、青く光る銃口がせり出し、又もや、

「ダーン!」

科長は駈けて駈けて、銃の包囲を突破して逃げ了《おお》せたと思ったとたん、みごとに誘導されて、念入りに作られた落し穴にフワリとはまってしまった。銃撃と見えたものは、それぞれ二人組が木かげにかくれていて、一人は弾丸の入っていない空気銃で狙いをつけ、一人はその足もと

でカンシャク玉を破裂させていただけのことである。

――数年前問題を起した「暴力教室」という映画などでは、黒板に野球のボールのぶっつけられる場面が、ショッキングに撮られていたが、われわれの時代には、教師の背中のすぐそばの黒板へ、ナイフを投げつけた奴《やつ》があるのだから、すごい。学校の先生が、命がけの商売であることは、今にはじまったことではありません。

もっと無邪気ないたずらでは、同級にKという薄バカがいて、音楽の時間に、教師が黒板のはじからはじまで、長々と楽譜を書いているあいだに、存分にKをいじめたのしむのが、Mという隣席の学生であった。まず上着のポケットに手を入れて、ピストルの形をこしらえ、Kの耳もとで、すごい声で、

「おい、上着を脱がないと、射つぞ」

とおどかすのです。

「ア、脱ぐよ。すぐ脱ぐよ」

「早く脱げ」

「ア、射つのは待ってくれ。命ばかりは……」

上着が脱がれます。ついで、

「コラ、シャツも脱ぐんだ」

「ア、脱ぐよ。脱ぐよ」

「ズボンも脱がないと、射つぞ」

「ア、脱ぐよ。待ってくれ」

かくて悠々と楽譜を書きおわって、白墨の粉だらけの手をはたいて、教師がふりむくと、そこには、制服の学生たちの中に、ただ一人、猿股《さるまた》一つの学生がふるえているのを発見するという寸法でした。

少年期の特長は残酷さです。どんなにセンチメンタルにみえる少年にも、植物的な残酷さがそなわっている。少女も残酷です。やさしさというものは、大人のずるさと一緒にしか成長しないものです。

私は少し脇道《わきみち》にそれたようである。学校の先生というものは、乗り超えられなければならない存在なのです。学校の先生は何でも知っているわけではない。それに一番困ったことには、少年期の悩みを先生自身もう卒業していて、半分忘れてしまっていて、その内側をもう一度生きることは不可能になっている。

少年期そのものについては、諸君のほうが先生よりよく知っているのだ。人生は忘却のおかげで生きやすくなっているので、かりにもし、諸君の悩みを一緒に本当に悩んでいる先生がいるとしたら、先生自身、大人と少年の矛盾にこんぐらがって、自殺してしまうにちがいありません。

私自身の経験に照らしても、本当に、いかに生くべきか、という自分の問題は、自分で考え、本を読んで考えた問題であって、先生にはほとんど教わらなかった。

理解されようとのぞむのは弱さです。先生たちは教育しようとします。訓示を与えます。知識を与えます。理解しようとします。それはそれでいい。それが彼らの職業なのですから。

しかし諸君のほうは、理解されようとねがったり、どうせ理解されないとすねたり、反抗したりするのは、いわば弱さのさせる甘えにすぎぬ。「先生なんて、フフン、俺《おれ》たちを理解なんかできるもんか」と、まず頭から、考えてまちがいない。その上で、「フフン、勉強はしてやるが、理解なんかされてやらないぞ」という気概を持てばいい。私の言いたいのはそこです。

大人の世界のみじめさ、哀れさ、生活の苦しさ、辛さ、……そういうものを教師たちは、どこかに漂わせています。漂わせていない教師がいたら、よほど金持のぼんぼんだと思ってよろしい。先生たちの背広の袖口《そでぐち》はたいていすり切れて、白墨の粉に染まっています。「ヘン、貧乏くせえ」と内心バカにすればよろしい。人生と生活を軽蔑しきることができるのは、少年の特権です。

先生にあわれみをもつがよろしい。薄給の教師に、あわれみをもつのがよろしい。先生という種族は、諸君の逢《あ》うあらゆる大人のなかで、一等手強《てごわ》くない大人なのです。ここをまちがえてはいけない。これから諸君が逢わねばならぬ大人は、最悪の教師の何万倍も手強いのです。

そう思ったら、教師をいたわって、内心バカにしつつ、知識だけは十分に吸いとってやるがよろしい。人生上の問題は、子供も大人も、全く同一単位、同一の力で、自分で解決しなければならぬと覚悟なさい。

先生をバカにすることは、本当は、ファイトのある少年だけにできることで、彼は自分の敵はもっともっと手強いのだが、それと戦う覚悟ができていると予感しています。これがエラ物《ぶつ》になる条件です。この世の中で、先生ほどえらい、何でも知っている、完全無欠な人間はいない、と思い込んでいる少年は、一寸《ちょっと》心細い。しかし一方、「内心」ではなく、やたらに行動にあらわして、先生をバカにするオッチョコチョイ少年も、やっぱり弱い甘えん坊なのだと言って、まずまちがいはありますまい。

大いにウソをつくべし

ワシントンと桜の木の話は、諸君もよく御存じと思う。ワシントンが子供のとき、桜の木を伐《き》ってしまって、大いに怒ったお父さんに、「伐ったのは私です」と正直に白状したおかげで、かえってほめられたというお話です。どうもこれはあんまりうまくできたお話で、こんなにいい父親を持ったワシントンのほうが、よほどまぐれ当り的幸運児であったように思う。世間の出来のわるい父親は、九分九厘、

「お前か、犯人は。コツン」

と拳固《げんこ》の一つもくれるのがオチでしょう。父親も人間ですから、いつも道徳のカガミのように行動するとは限りません。

何でもこういう話のマユツバ的なところは、「正直」という美徳を宣伝するために、ごく例外的な美談をもって来て、納得させようとかかるところである。ところが世間ではたいてい、正直者が損するようになっているのである。

私も、何となく「ウソ」というドス黒いような言葉より、「正直」というクリーニング屋からかえって来たてのワイシャツみたいな白く光った言葉が好きだし、ウヌボレと虚栄心から、自分を相当な正直者だと思っている。しかし私といえども、損をしたくない、という点では、世間並です。

正直すぎると死ぬことさえある。終戦後の食糧難時代に、ヤミ食糧を絶対に喰《た》べないという主義を押しとおして、とうとう栄養失調で死んだ判事がありましたが、あんまり人の同情を呼ばなかったのは「正直」という考えと「死」とが直結するような例を見せられて、みんな気分が悪くなったからです。

このごろは、あのころに比べると、自称正直者がずいぶんふえたらしい。「曲ったことは大きらい。生れてからウソをついたことなし」などという人が又出て来た。というのは、このごろは食糧も豊富で、正直で死ぬようなことはなくなったからでもあり、人間は忘れっぽくできていて、ウソをついたことなど自分に都合のわるいことは片っぱしから忘れてしまえるからでもある。

柳田国男先生の「不幸なる芸術」という本には、ウソと文学との関係その他、ウソの弁護論がいっぱい書いてあって、ウソには、面白い、罪のないウソと、憎むべきウソとあり、武士階級がむやみと厳格で、前のほうのウソをも排斥したために、何でもかんでもウソが悪いことになり、「ウソつきは泥棒のはじまり」とか「死んで地獄で鬼に舌を抜かれる」とかいわれるようになった、と説いておられ、さらにこんなことを言っておられる。

「ウソが本来はどれほど無邪気なものであったかは、子供を実験していると自然にこれを認めることが出来ると思う。ウソをつき得る小児は感受性の比較的鋭い、しかも余裕があって外に働きかけるだけの活力をもった者に限るらしいから、一つの学級でも一人有ったり無かったりするほどに稀《まれ》である。勿論《もちろん》手ごたえが有るたびにその念慮は強くなり、技術も進んで悪用の端を開くことであろうが、それにした所で彼等のウソは清いものであった」

私の小学校のころも「家の庭には子供用の汽車が走っていて、庭の中に停車場まであるんだ」と、みえんぼうの大ウソをついていた友だちは、かなりの秀才でした。

ためしに一つウソをついてごらんなさい。ウソはウソを生み、うっかり間《あいだ》に本当のことを言ってしまったら辻褄《つじつま》が合わなくなる。その辻褄を合わすには、自分の言ったことすべてについての強い記憶力が要るので、なかなかバカにはウソはつけません。

よく結婚サギというのがあって、結婚するからとウソをつくのならまだしも、結婚式まであげてお金をもってドロンなどという奴もいる。こういうのはよほどマメな人で、ウソをつくには、頭脳と神経の浪費を要し、大へんなエネルギーが要るので、めんどくさがりやにはウソはつけません。世の中には、めんどうくさいので正直になっていて、めんどうくさいので、その結果、損ばかりしている人も多い。ですから、頭脳鍛練法として、ウソはなかなか有効である。

さてワシントンの話に戻って、もし彼が、

「桜の木を伐ったのはボクじゃない」

とウソをつくとしましょう。すると、内心ボクは卑怯《ひきょう》だという思いに責められるので、そのほうがよっぽどつらい。ワシントンは子供心に、ウソをついた場合のイヤな気持まで知っていたので、正直に白状したのかもしれません。たいてい勇気ある行動というものは、別の或《あ》るものへの怖れから来ているもので、全然恐怖心のない人には、勇気の生れる余地がなくて、そういう人はただ無茶をやってのけるだけの話です。

恋人にウソばっかりついている人は、おしまいにはきらわれるに決っていますから、それが怖さに、恋人の前ではウソをつくまいとする。しかし自分を実際より良く見せたいというのは、当然の恋愛心理で、そういうウソについては、恋愛している人間はあんまり良心の呵責《かしやく》を感じないから、勝手なものです。それは自分のためばかりではなくて、相手が自分に関して抱いているイメージをこわすまいとすることは、一種のいたわりだから、相手のためにつくウソである場合もある。大分古い映画だが、「昼下りの情事」という映画で、オードリイ・ヘップバーンのつくウソはこのたぐいのものである。

……私がこうして、ウソをむやみと弁護するのは、ウソの問題こそ、少年期から大人になる時期の一等根本的な問題だからです。「大人はウソつきだ。大人をゆるすな」とハイ・ティーンは絶叫します。かれらは他人の不潔さをゆるすことができないのだ。ところで、私の経験だと、十代の時代ほど誠実そのものの顔をしたがるくせに、自分に対してウソをついている時代はない。自信がないくせに強がるのも一種のウソであり、好きなくせにキライなふりをするのも一種のウソである。そこへゆくと大人は、自分に対してウソをつくことがだんだん少なくなって、その代り、人に対して、社会に対してウソをつくようになる。ウソそのものの絶対量は同じだと言ってよい。ただ十代の若者はそれをみとめようとしないだけです。少年たちがセックスに関して自分にウソをついていることはおどろくべきほどで、自分は性欲だけで行動している太陽族のつもりでいながら、実は精神的な恋愛に飢えていたりするのも一種のウソです。

これだけ諸君はウソを沢山ついているのですから、今更正直になれと言ったってムリな話で、もっとどんどんウソをつくがいいのです。ウソをついて人をだますことは一応悪いが、人生では、だましたつもりの人間が結局だまされていることが実に多い。

「君は学校へ通っていると両親にウソをついて、毎日映画館やスケートリンクへ行っていた。はずかしくないのか？」

こんなことを言われるのは月並で、もっとウソつきなら、毎日映画館やスケートリンクへ行っているとウソをついて、学校へ通ってみてはどうですか。

すべてウソは独創性である。他人からぬきん出て、独自の自分をつくり出す技術である。不良になったり、犯罪者になったりする人のウソは、ずいぶん巧《うま》いようでも、型にはまっていて、大体、「学校へ行くとウソをついてスケートリンクがよいをする」とか「授業料が二倍になったとウソをついて、両親から金をせしめる」とか、せいぜいお体裁を飾るウソから出発して、だんだんボロが出て、犯罪に入るコースを辿《たど》っている。本当にウソをつくには、お体裁を捨て、体当りで人生にぶつからねばならず、つまり一種の桁外《けたはず》れの正直者でなければならないようです。

人に迷惑をかけて死ぬべし

私は小説家ですから、いろんな迷惑をこうむります。しかし「死ぬぞ」と言っておどかされるのは全く迷惑な話で、ただのおどかしだと思っても気持がわるい。

ずいぶん前のことですが、或る青年からこんな手紙が来ました。

「三島由紀夫君（やれやれこの女学生好きのするペンネームよ）

僕達は心中する事にきめた。僕達は世にもたぐいまれな恋人同士さ。

ある夕方、僕が君の作品を一抱《ひとかか》えもかかえてコーヒーを飲んでいると、彼女が近づいて言うには、

『その本を全部本屋に売っておしまいなさい。私もいま選集を売ったの。一冊百五十円也で』

ふしぎなことに僕はこの一瞬で彼女を全く了解してしまったのさ。彼女はまるで悦子（拙作「愛の渇き」の女主人公）のように、ものうい自堕落な歩き方をした。

本を売ってビヤホールへ入ると、僕たちはまっさきにお互いの死のために乾杯をしたよ。

彼女は八〇〇枚の作品をもっているが、僕には一つの作品もない。が、僕は芸術家なんだぜ。すなわち十三歳からこの二十歳まで、毎日僕は作品を創り続けたさ。

僕は断言しよう。意識の極限で卒倒することもできる。僕のマスを知ったのが三歳、ジイドが四歳、悪い乳母だね。大いなる早熟と大いなる晩熟の奇妙な混淆《こんこう》が僕の身に……僕は疲れたのだ。綱渡りから真逆様《まっさかさま》に墜落するわけよ。年齢からの復讐《ふくしゅう》を怖れよ。現実において僕を支え

てくれるものが何一つなくなってしまった。

君に忠告する。それだけ名声を得たらもう女にもてるだろう。しつこさのあまり女に嫌われることもあるまい。小説を書くのをやめろ。川端論かなにかで言っていたつまらない自己弁護はよせ。何も書くな。

彼女が何故死ぬのかはわからない。おそらく僕たちは君の小説の主人公に違いない。一組の美男美女はやはり心中するのさ。小説の主人公が死ぬのに一言作者に断わらないのも悪いと思ってね。

僕と彼女は今お互いに奇妙なエクスタシーにひたって、顔を見合わせては馬鹿のように笑っている。食慾《しょくよく》は旺盛《おうせい》。彼女が提案しました。

『死ぬ前に三島由紀夫君に逢《あ》いに行こうか』……」

こんなことで、この奇妙な手紙はおわっています。一面識もない二十歳の青年から、いきなり君《くん》づけで呼ばれて、ぞんざいな言葉づかいで気易く話されて、ふつうの人ならおどろくだろうが、私などは、めでたい新年に、「賀正、ばかやろう、くたばってしまえ」などという年賀状を、未知の読者からもらったりする職業柄、そんなにおどろかない。

死ぬというのは全く困るが、人にむかって「もう小説を書くな」などという遺言をのこしてゆくのも有難迷惑というものである。その上、死ぬ前に人の顔を見に来るというのだが、私はナポリじゃあるまいし、「ナポリを見てから死ね」といわれるほど名所旧蹟面《きゅうせきづら》をしているわけじゃない。

それにしてもこの手紙はなかなか名文です。ランボオ気取で、颯爽《さっそう》としていて、これ以上ズバズバ言えまいと思うほどズバズバものを言っている。第一私は、相手の「彼女」なるものに興味をもちました。これはなかなか女傑であって、彼が死ぬ気になったのは、彼女に大いに影響をうけていることはまちがいがない。「彼女」はやはり文学少女にはちがいないが、只《ただ》のネズミではありません。

……さて、この手紙は全くただの御座興かもしれないが、大いに私の空想をそそりました。夏だ。万物はギラギラしている。とある暗い喫茶店で、初対面の少年少女が何となく意気投合して、アイスクリームなんか舐《な》めながら喋《しゃべ》っている。ここまでは都会ならどこでも見られる風景で、めずらしくもない。

突然少女が、

「死にたいな。私、死にたい」

と言い出す。これも若いうちにはめずらしくない心理です。「どうして死にたい？　何故死にたい？」などと理詰めにきいたって、ろくな返事は得られないでしょう。せいぜい、

「今入ってきた蛾《が》が、私のコップの水のおもてに鱗粉《りんぷん》をちらしたでしょう。その銀いろの粉を見ていたら、急に死にたくなったの」

とか、

「私、このごろ腿《もも》が太くなった。お友だちとはかってみたら、私のほうが五センチ太かった。このまま行ったらみっともなくなるばかりだ。きれいなうちに死にたい」

とか、

「今朝《けさ》気がついたら、私の部屋じゅう、私の指紋がいっぱいついてるということがわかった。私のさわるものにみんな指紋がついちゃうんだわ。ああ、人間って汚ない！　そう思ったら、一刻も早く死にたいわ」

とか、不合理きわまる返事が得られるだけでしょう。

さて、相手の少年も急に、クシャミやアクビがうつったように死にたくなる。「死のうよ」という言葉は、「外国へ行こうよ」とか「飛行機を買おうよ」とかいう言葉と同じで、不可能事だと信じているうちに、だんだん可能なような気がしてくる。そう思っただけで、世界がバラ色に変ったような気がしてくる。今まで憂鬱《ゆううつ》だった二人は、だんだん陽気になり朗らかになって来ます。もう喫茶店を出て肩を並べて街を歩いても、近く心中するわれわれだと思うと、そぞろに特権的地位を感じて、行人《こうじん》の誰もがバカに見え、自分より数等低いところをうろついている人間のように思われてくる。

どうせ死ぬんなら、盛大に死にたい。まだ二十歳《はたち》ぐらいで、大した悪事もやっていないんだから、あと三、四十年社会にお世話になる代りに、一どきに社会に迷惑をかけてやりたい。高級旅館に泊って、ダイナマイト自殺でもやらかして折角建てたばかりの新館をわれわれもろとも爆破してやるのもわるくない。

……こう考えるうちに、二人の考え方はだんだん他人のほうへ社会のほうへ向いて来る。ただの心中や自殺が、だんだん社会への呼びかけに変ってくる。つまり悪事に近くなって来るのです。

「僕たちが愛読してやっているあの小説家のツラを、死ぬ前に一度見に行ってやろう」

「死ぬ前に店の金をごまかして、百万がとこ豪勢に使ってやろう」

「死ぬ前にあのにくい果物屋に火をつけてやろう」

「死ぬときには道づれに、五、六人殺してから死んでやろう」

こうして自分の死を最高の自己弁護の楯《たて》に使って、他人に迷惑をできるだけかけて死んでやれと思い出すと、自殺というものはもともと一種の自己目的の筈《はず》ですから、自殺の意義がだんだんうすれて来て、それが途方もない大きな対社会的行為になって来て、考えるだけでオックウになってしまう。

又もしここに、それでもオックウにならぬ鈍感な少年少女がいて、実際に店の金をごまかしたり人殺しをしたりすると、もう自殺は純粋な動機を離れ、たとえ自殺が敢行されても、恐怖心からのがれるためだけの、甚だ勢いのない自殺に終ってしまう。

だから、どうせ死ぬことを考えるなら威勢のいい死に方を考えなさい。できるだけ人に迷惑をかけて派手にやるつもりになりなさい。これが私の自殺防止法であります。

泥棒の効用について

古代ギリシアのスパルタでは、少年たちに泥棒行為が奨励されていました。御承知のとおりスパルタは尚武《しょうぶ》の国ですから、これは兵士としての敏捷《びんしょう》さをみがく訓練だと考えられたわけです。実際、戦争という国家的泥棒が肯定されるなら、個人生活の泥棒も肯定されなければならぬわけで、ギリシア人の考え方は、とにかく筋がとおっている。

さて、えらい学者の説によると、古来、各民族の道徳には二つの型があるそうでして、罪の道徳と恥の道徳とに二大別される。前者の代表がキリスト教道徳であって、罪の意識、良心など、人の目に見えぬ部分について道徳的であろうとする。後者の代表がギリシア道徳であり(日本の道徳も全くギリシア型であります)、恥、体面などを重んじ、人から見られて恥かしくなく行動すれば足れりとする。泥棒行為一つについても、ギリシア人の考え方は、それが敏捷に、すこぶるスマートに行われ、相手に気づかれず、ヘマをしてつかまったりせぬ、ということが、道徳的条件になっていた。

それについて、「スパルタ少年の狐」という有名な英雄的エピソードがあります。或《あ》るスパルタ少年が、かくの如き英雄的動機から、さる農家の狐を盗んだ。ところが人々が追いかけてきて、とうとうつかまってしまったので、少年は狐を自分の衣服の下に隠しました。みんなが詰問して、

「おめえ、狐を盗んだろう」

「イヤ、盗まない」

「ウソをつけ。たしかに盗んだ」

「イヤ、盗まない」

断乎《だんこ》として否定しているうちに、狐は少年の腹に喰《く》いついた。少年は痛みをじっとこらえ、歯を喰いしばって、

「イヤ、盗まない」

と強情を張りとおします。そのうちに、とうとう狐は、少年の腹を喰いやぶってしまった。少年は、油汗を流して、苦痛に堪えながら、なおも、「イヤ、盗まない」と主張しつづけ、ついにバタリと倒れて死んでしまった。

ここまで来ると泥棒も天晴《あっぱ》れだというわけで、少年はその克己心によって英雄視されたわけである。

今の考えからすると一寸《ちょっと》可笑《おか》しなようだが、泥棒をする以上、このくらい立派な泥棒にならなければならない。フランスには音にきこえたジュネという泥棒作家がおり、泥棒生活の告白にもとづいた詩のような美しい作品を書いて有名になったのちも、文士の友人の家へ招《よ》ばれて、ちょいちょい金目《かねめ》のものを失敬する習慣をやめない。泥棒という追いつめられた状況をスプリングボードにして、自らを聖化したこの作家を、サルトルは「聖ジュネ」とほめたたえています。全く、生半可な道徳家よりも、徹底的な悪人のほうが、救われるという思想は、わが国の親鸞《しんらん》上人の教えにもあります。

いくら不道徳教育講座だといって、私は何も諸君に泥棒をおすすめしようというのではない。善人たることもむつかしいが、泥棒たることもむつかしい。スパルタ少年や、ジャン・ジュネや、石川五右衛門のような泥棒になるには、三等国日本の総理大臣なんかになるより、ずっと

捨身の覚悟と恵まれた天才を要します。そんな覚悟や天才もなくって泥棒になるようなヤツは、せいぜい新聞の三面記事をにぎやかすのがオチで、立派な泥棒になれるものではない。大作曲家や大泥棒というものには、誰でもなれるわけではないのであります。よく日本の商品は、外国のデザイン盗用で問題にされるが、これなども、一流の泥棒精神が地を払っているからです。日本の政府も軍人も昔から泥棒が下手で、世界一の大泥棒のイギリスがインドを盗んだような大仕事には、ついぞ縁がありません。

今まで私のきいた泥棒のなかで、こいつは頭がいいと思ったのは、台湾の砂糖泥棒の話で、製糖会社の砂糖倉庫から遠くないところで蜜蜂《みつばち》を飼い、自前の砂糖を使わずにすませる養蜂家《ようほうか》のことでした。蜂に泥棒させるのですから、一寸文句のつけようがない。

実際、このごろの泥棒道は地に落ちた！　人一倍頭の要るドロボーという仕事を、頭を使わずにすませようとするのだからすごい。又、合理的な泥棒なら、盗んだお金と犯した罪との釣合がとれるように工夫する筈だが、全然そういうことを考えないのだからすごい。そういう意味で、最低中の最低は自動車強盗であって、人を殺しておいて三百円ぐらい盗《と》って何になる。こんなのはドロボーの風上《かざかみ》にもおけません。

今、道徳教育などとえらい先生が言ってるが、私は、善のルールを建て直す前に、悪のルールを建て直したほうがいいという考えです。今の社会の危険は、悪のルールが乱れているところから来ているのです。むかしのヤクザは素人《しろうと》さんにはからまなかったが、今のヤクザは見境なく人を殺傷する。むかしのドロボーは、はした金で人殺しなんかやらなかったが、今の自動車強盗をごらんなさい。

私はスパルタの少年の如き訓練を、もっと復活すべきだと思う。国立ドロボー学校、国立殺人学校、国立ヤクザ学校などを政府が設立して、悪のルールをよく仕込み、頭のわるいやつはどんどん落第させるのである。そうすればこのごろのドロボーなど、百人のうち九十九人まで落第組であって、落第すればだんだんグレて来て善良なる市民になる他はない。忽《たちま》ち善良なる市民の数は、今の数倍になるでありましょう。

さてこういう私も、ちっぽけなドロボーならやったことがある。ちっぽけといっても喫茶店の灰皿をドロボーするようなケチなのではなく、レッキとした金無垢《きんむく》のパーカー万年筆を失敬したのである。

もう五、六年も前のことだから白状するが、ある劇場の廊下で私は知人の映画女優とパッタリ会って話していた。そのときは芝居がおわったところで、見物人の波は劇場から引いて行きつつあった。ところが一人の娘さんがこの映画女優をみつけて、

「アラ、×××子だわ」

と言うなりサイン帳をつきつけて来た。忽ち四、五人集まって来たが、あいにく女優さんは万年筆をもっていなかった。

「ごめんなさい。ペンをもっていないのよ、今」

と彼女は、それを断わりの口実にしたが、忽ちその一人が金無垢のパーカーをさし出して、

「これでお願いします」

と渡した。そのとき四、五人のファンは、いつのまにか十五、六人にふえていたと記憶する。いそがしい女優さんは、同じペンで次から次とサインをし、サインをしてもらった娘さんは次々とかえってゆき、人の波が引いたあとには女優さん一人ポツネンと残されて、手にはさきほどのパーカーをもっている。

「アラ、これどなたの？」

と言って見廻《みまわ》すが、もうどこにも人影がない。ふと私はイタズラ心が起きて、

「じゃ、俺《おれ》がもらっとくよ」

とスッとその万年筆をとってポケットに入れてしまったが、それっきり忘れてしまった。一時間ほどのち、その女優さんをまじえて、みんなでナイト・クラブで遊んでいるあいだ、何だかポケットに引っかかるものがあるので、手を入れてみると、さっきの万年筆です。

私はそこでそれを高々とかかげて、みんなに由来を話し、誇らかに所有権を宣言し、その日一日こんな泥棒行為のために、とても幸福であった。これを読んで、「返してくれ」と言って来る人があっても、返してやらないよ。

処女は道徳的か？

私はむかし、こんな話をきいたことがあります。戦前も太陽族はいっぱいいたので、或る金持のお嬢さんたちが、夏のあいだは避暑地のホテルで、男友だちと好き放題に遊んでいました。

その中に一人、処女のお嬢さんがいて、これが狼どもの狙《ねら》うところとなり、一夜、呑《の》めない酒をむりに呑まされて、ホテルの一室で、ある青年に襲われてしまった。

ここまではよくある話だ。ところがこの青年も若すぎたので、完全な遂行にいたらずして、おわってしまったのであります。そんなことを知らないお嬢さんはあくる朝、目がさめたとき、自分は完全に処女を失ったと思い込んでしまった。まもなく別の男と縁談がもちあがり、結婚することになったが、ただ一つの心配は、自分がもう処女ではないということです。彼女はすっかりノイローゼになり、日夜煩悶《はんもん》を重ねて、死んだつもりで、初夜にのぞんだが、豈《あに》はからんや、新郎は彼女がまぎれもない処女であることに感激して、新婦にその感激をうちあけたので、彼女はキョトンとしてしまったという話です。

こうなると、もう、肉体的生理的に処女であるなしは意味がなくなり、彼女は二度処女を失ったわけである。一度目は精神的に、二度目は肉体的に……。しかも二度目の、肉体的に処女を失ったときには、彼女はもう完全に精神的に処女ではなかったのみならず、自分が処女であるということを、彼女自身知らなかったのです。

むかし、よく、「半処女」ということが言われた。肉体的には処女でも、精神的には完全なスレッカラシの女のことを言います。

人間は肉体と精神をかねそなえたまことに厄介な存在で、さっきのお嬢さんの話でも、精神的誤解と肉体的誤解とが相補っており、人間というものは、自分の肉体について誤解しないときは、精神について誤解している。その逆もまた真《しん》である。……そこで、処女という言葉は、まったく生理学的な、肉体的な意味しかもたない言葉ですから、この言葉で人間を道徳的に律しようとすると、どうしてもムリが出る。「処女でないから不道徳」だなどということは言いません。

ところで、肉体的誤解を完全に免かれているが、精神的誤解にみちた存在とは何かというと、それは売春婦です。彼女たちは自分の体が、金で買われる体だということをよく知っていますが、同時に自分の全存在を、売春婦ということで規定してしまっていて、自分という一個の人間の、生きる可能性をまちがえて限定してしまっている。

これと反対なのが処女で、さっきのお嬢さんがいい例ですが、肉体的誤解ということが処女の特質である。自分が処女であるのか、ないのか、処女膜が一体あるのか、ないのか、よく考えてみると、何だかそのへんがまことにあやしい。よくわからない。自分の肉体がどういう意味をもっているのか、本を読んでも、人の話をきいても、よくわからない。それでいて、自分の精神については決して誤解していない。処女たちは、誰も、美醜を問わず、自分の人生が洋々たる未来の可能性に向って、ひらかれていることを知っています。

さて、大昔は処女と売春ということは密接な関係があった。

ギリシアの歴史家ヘロドタスによると、西暦紀元前五世紀には、どんな女も一度は、バビロニアのヴィーナスを祀《まつ》ったミリッタの寺院に詣《もう》で、その膝《ひざ》に硬貨を投げた最初の見知らぬ男に、女神崇拝のため、身を委《まか》せなければならないとされていた。その際喜捨の金がどんなに少額でも、それを拒むことはできないとされ、しかもその金はお賽銭《さいせん》として、お寺に奉納されることになっていた。こうして、男に身を委せ、もってミリッタに供奉《ぐぶ》した彼女たちは、これで女神へのおつとめが果せたものとして家に帰り、その後は貞節な生活を守って行ったそうであります。

こういう風習は、ギリシアのコリントのヴィーナス神殿にもあった。

又、処女については、こんな話もあります。

古代スラヴ族の女子は、結婚してからはその良人《おっと》に堅く貞操を守るけれど、娘時代には好きな男とならば誰とでも寝る。そこで、ある男がある娘と結婚して、その妻が処女であることをたしかめると、

「もしおまえがどこか取り柄《え》のある女だったら、他の男がほっておいた筈はあるまい。なんてつまらん女だ」

と言って、早速、彼女を追い出し、離縁してしまうのだそうです。

ところが、一方では、原始民族の間にも、きわめて、純潔観念の強いものがあり、タヒチ島の土人たちの間では、結婚前の少女たちが、いずれもその品行について厳重な監督をうけ、過ちのないよう、保護されているばかりでなく、男子にしても、結婚前のしばらくのあいだ性行為をさしひかえていた人は、死んですぐ極楽浄土へゆくと信じられていたそうです。

大体、処女性を重んじたのはキリスト教文化であって、キリスト教は処女性のみならず、人間の性欲そのものを憎んだわけで、処女性を純潔なものとしてあがめるなら、性欲一般を不潔なものとして踏みつけにしなければ筋がとおらなくなる。この点で、キリスト教はまことに合

理的です。

キリスト教の禁欲主義は、極端になると、まるで一種の漫画であって、七世紀中葉の有名な英国の高僧、聖《セント》アルドヘルムの如きは、情欲を消すために、漫画的方法を案出した。

というのは、聖アルドヘルムは、肉欲のまどわしに陥ったときには、ふたたび心の平静を得るまで、女性を自分の脇《わき》に坐《すわ》らせつ寝せつさせたものであるが、この方法には大いにキキメがあった。というのは、悪魔がこの体《てい》たらくを見て「こいつはもうこんなにグウタラになっている」と決めてしまい、彼を誘惑することをやめるものと彼は考えていたからである。

一方では、初夜権というものがあり、酋長《しゅうちょう》や君主が、この権利を行使するが、ロシアの地主は、十九世紀まで初夜権を主張していたそうであります。

処女に関する珍談は尽きません。

君主や祭司の行う初夜権が処女尊重、処女崇拝の考えを生むと同時に、片や、処女をタブー（禁忌《きんき》）とする考えも、各民族のあいだにあって、印度のゴアやポンジシェリー等では、丁度男性の割礼《かつれい》のように、神体や器具を使った、破瓜《はか》の儀式が行われていました。もしあやまって、処女と交わったときは、たとえ寒中でも、いそいで海中で身を清めないと、病気になって死んでしまう、と考えていた民族もあれば、中央オーストラリヤの土人の間では、夫たるべき者は、新妻を自分の家へ伴う前にステッキで破瓜しなければならない。そうしないと、禍《わざわ》いが忽《たちま》ちその身に及ぶと考えられていました。

私がいろんな本からいろんな奇談を引張り出して来て、こうしてお目にかけたのは、処女ということ一つでも、現代人の社会常識の考え及ばぬほど、いろんな時代、いろんな民族によって考え方のちがいがあるということを知っていただきたかったからである。

そこで次回は、現代の処女観に目を転じて、不道徳教育の目標をさぐってみることにしましょう。この回の記述だけでも、皆さんの道徳観は好《い》い加減まごつかされた、と思いますから。

処女・非処女を問題にすべからず

このごろでは処女だの純潔だのという言葉は、ずいぶんいろいろな使われ方をしているらしい。酒場などではありふれた冗談ですが、

「今晩はあたしまだ処女なのよ」

なんて言っている。

一部の娘さんたちの間では、「イヤな男と一度でも寝ればもう処女ではないが、好きな男と好きで寝たのなら、処女のままだ」というふしぎな思想が流布しているそうでして、こうなると、処女という言葉の意味は「自由意志」とおんなじことで、「自由意志を踏みにじられぬ限り永遠に純潔は保たれる。肉体の処女非処女など問題ではない」という、いと勇ましき精神主義であります。もっとも、

「露は尾花と寝たという

尾花は露と寝ぬという」

という俗謡は昔からあって、きらいな男と寝た自慢なんかあんまりしないでしょうから、表面的には、「全女性は処女である」と言っても同じことでしょう。

ギリシアの「ダフニスとクロエ」の物語では、童貞ダフニスと処女クロエが、いよいよ臥床《ふしど》を共にするときになって、どうしてよいやらわからず、どうしてもうまく行かないでガッカリするが、ダフニスがそののち、とある年増女《としまおんな》の手ほどきをうけて、やっと方法を会得するということになっており、日本の小説でも、夏の夜、一つの蚊帳《かや》を共にする機会を得た恋人同士が、処女と童貞であったため、どうしても実行できなかったという話を読んだことがあります。つまらぬ性的無知から、科学的に言ってバカバカしい理由を申し立てて、早速離婚してしまう例は、処女と童貞の結婚に多いのであります。無知な良人などは、今でも、処女の奥さんをもらって、片輪ではないかと心配したなどという話を、よくききます。

アメリカのさかんなペッティングやネッキングの習慣は、処女を失う恐怖よりも、妊娠恐怖にもとづくもので、アメリカでは大体、人工妊娠中絶が違法だから、ティーン・エイジ・マリッジは、いわゆる「妊娠結婚」であることが多い。それが大体において女の側からの、おしつけがましい脅迫的結婚であり、将来の禍根をのこす例が多いのは、映画「愛《いと》しのシバよ帰れ」などを見ても、よくわかります。アメリカの女子学生の寄宿舎で、ボーイ・フレンドと派手につきあっている女子学生が、妊娠の心配に夜も眠れず、友だちを困らせ、さて、妊娠でなかったという証拠があらわれたとき、枕《まくら》を天井にほうり上げて、狂喜乱舞した、などという話をきいたことがある。女というものには、赤ん坊からナラヤマ行きのお婆さんまで、無数の段階があるのであって、一口に非処女と言っても、いっぺん何かのいわゆる「あやまち」を犯しただけの非処女と、男を百人も遍歴した非処女とのあいだには、天地雲泥の相違がある。かりに処女を神聖と考えるとしても、処女だけを神聖と考えるのはまちがいでして、女の神聖さには無数の段階とニュアンスがあるのです。

かつて私は、「薔薇《ばら》と海賊」という芝居を書き、いっぺん強姦《ごうかん》されただけで子供が出来、以後全く誰にも身を委せない女主人公を描きましたが、こういう女主人公の考え方が、みんなには奇矯《ききょう》に映ったらしいが、書いている私は別に奇矯だと思わなかった。女の考えとしたら、むしろ論理的で科学的なのではないか、と思っています。

ちかごろある赤新聞に、某映画俳優に処女を奪われた上捨てられた女が、その後、彼への復《ふく》讐《しゅう》のつもりで、多くの男と関係を結び、なお最初の男を憎み抜いているという告白記事が出ましたが、こんなのはバカの骨頂で、怨《うら》まれた映画俳優こそ、いい災難です。

彼女が失ったのは、肉体的処女膜だったが、それと一緒に、自ら進んで、精神的処女膜をも放棄してしまったのです。前者を失っても、いっしょくたに、後者まで失う必要はないので、「薔薇と海賊」の女主人公は、前者は失ったが、後者は自分の自由意志によって、絶対に失うまいと決心したわけです。

前者を失うのは一つの事件にすぎぬことが多い。後者を失うのは何かというと、自分の心《こころ》柄《がら》で、世間のいやしい常識に負けたのです。「処女を失った女はもう汚れた女だ」という世間的な低級な考えに、自分から進んで屈服したのです。

　ですから、一度処女を失ってクヨクヨしている女性がいたら、こう忠告しよう。「クヨクヨしなさんな。そんなことは忘れてしまいなさい。『処女をささげた男を忘れられぬ女の生理の嘆き』などという赤本的赤新聞的生理学講座に迷わされてはいけない。自分は依然、精神的処女膜を保っていると考え、結婚までせいぜい身をつつしみ、絶対に他人および良人に口外せず、生涯の秘密にしてしまいなさい」

　——さて、処女というものは、肉体的にも精神的にも、なかなか難攻不落にできているものであって、そこは神さまがよく作ってある。強姦などという犯罪的場面でなければ、めったに失うものではありません。

　この間もきいた話だが、あるバアでハイ・ティーンの女給さんに惚《ほ》れた男が、店が看板になると共に、彼女をさそってナイト・クラブへ踊りにゆき、夜がふけると共に、

「腹が空《す》いたろう。茶漬でも食おうよ」

　という口実で、日本式ホテルへ連れ込んだ。彼女はすまして、ケロリとしてついて来た。困った顔も見せないのです。

　貧しい家の娘だというが、小ざっぱりしたブラウスに、一寸《ちょっと》大人ぶったタイトなスカートをはき、体は立派に成熟している。男が彼女に目をつけたのも、バアの大きな鏡の前で踊ったとき、彼女が鏡に映る自分の姿を見ながら、百人も男を知ってるようなポーズで、濃艶《のうえん》に腰をゆすって踊っていたからで、どうやら妖婦《ようふ》ぶった自分にナルシシズムを感じているらしい。

男は二人きりになってキッスしたが、一向反応がない。キッスした口をすぐ横へ向けて、

「ワア、お腹《なか》が空いちゃった」

などと言うのです。

「せくなよ。今、茶漬をとるから」

「だって、本当にお腹空いちゃった」

洋服の背中へ手をやってホックを外そうとすると、急に動物みたいにはね返って怒り、

「そんなことしちゃイヤッ」

ときっぱりことわります。それで感情を害したかと思うと、次の瞬間にはケロリとしている。

そこで男は思い直して安心して、スカートに手をかけようとすると、又忽ち、烈火のごとく、それも金太郎のように真赤になって怒って、

「イヤッ！　そんなこと」

とニベもない。怒り方にまるきり情緒がなく、次の瞬間には又ケロリとして、ジャズかなんかの鼻唄《はなうた》を唄っている。

ためしに旅行に誘ったら、すっかり喜び、

「うれしいわ。うれしいわ。私、箱根ってまだ行ったことない。家のほうはうまくごまかして、きっと行くわ」

と言ったそうです。防禦《ぼうぎょ》の身ぶりがあんまり本能的で、又、ホテルへ平気でついて来る態度があんまり自然で、男はどう手出しもならず、あきらめてそのまま帰った。

「あいつはきっと処女だよ」

そういうとき男は必ずそう言います。これは言葉の勲章を贈ったようなものだ。因《ちな》みに、処女膜というヘンなもののあるのは、生物界に人間とモグラだけだそうです。

童貞は一刻も早く捨てよ

先代幸四郎が或《あ》る人に、

「あなたはいつ童貞を失いましたか？」

と訊《き》かれたところ、

「いやァ、どうも、私なんぞは、人様《ひとさま》に比べて、まことに晩稲《おくて》で、どうもお恥かしくて」

となかなか答えません。

「遅くてもいいから、いつごろですか？」

ときいても、

「いやァ、あんまり遅いから」

と答をしぶり、とうとう問い詰められて、頭をかきながら、恥かしそうに、

「いや、実は十三の年です」

と答えたそうです。まことに天晴《あっぱ》れなものですが、実際そのころの歌舞伎《かぶき》役者は、年上の女性に可愛《かわい》がられて、もっと早く童貞を失うことが多かったらしい。今時のハイ・ティーンがい

くら威張っても、これには敵《かな》いません。

川端康成氏の小説に、童貞を重荷に感ずる少年が、月にむかって、「僕の童貞をあげよう」と叫ぶ美しい場面があるが、こんな厄介なそして持ち重《おも》りのする荷物は、一刻も早く捨てるに越したことはないのです。

ときどき、ティーン・エイジャー雑誌の身の上相談欄に、「童貞を奪われて」などと題して、相手の女を魔女よばわりしているようなのがあるが、とんでもないまちがった話で、そういう女は実は菩薩《ぼさつ》なのです。その点フランスなどはさすがにひらけたもので、「青い麦」などという、童貞泥棒を描いた美しい映画がありました。

しかし童貞を失う機会は、昔のように大学生が必ずお女郎屋へ行った時代ならともかく、赤線も廃止になった今では、各人均等というわけには行きません。これからますます、男性にとっても、美醜というより、魅力の多少が、人生行路に大いに影響してくるでしょう。これこそは天の与える機会というもので、自分から童貞を売物にして、「あなたに童貞を捧《ささ》げます」などと言って歩くのは、真赤なニセモノに決っている。むかし旧宮家の殿下が、あるお姫様と婚約すでに調い、友人大ぜいとそのお姫様とのパーティーの席上で、「僕は童貞です」と公然声明を発し、殿下の日常を知っている学友たちは、おヘソが茶をわかすのを我慢するのに苦労した、という話をききました。殿下は真赤な童貞であったわけだ。

しかしこの話自体がもう古いので、今はいくらお姫様でも、自分の良人《おっと》たるべき男が童貞であることを必須条件とするとは思えません。今や、男の童貞などというものは（女の処女はまだ通貨として通用するが）、まるきり値打のない古い貨幣になってしまった。ニイチェも「ツァラトゥストラ」のなかでこう言っている。

「純潔の難き者には、純潔を棄てしめよ。むりに純潔を保持させることによって、その純潔が地獄への路《みち》に、霊魂の泥土と淫欲《いんよく》との路に化してしまうよりは、そのほうがいい」

これは全くの真理で、童貞でいる間の男などは不潔なものでして、頭はワイセツな妄想でいっぱいになっていて、透明な精神などは持てっこないのです。

しかし、童貞の期限はまことにさまざまだ。二十九歳の時に結婚することになった学友から、「実は恥を打ち明けるのだが、僕はまだ女を知らないので、どうしたらいいものか教えてくれ」

とたのまれて、ずいぶん物保《ものも》ちのいい男だとおどろいたことがある。かく言う私も、魅力が足りなかったせいかして、童貞を失ったのがすこぶるおそく、これが人生の一大痛恨事《つうこんじ》になっている。自らかえりみて、それで以《もっ》て得をしたということは、一つもなかったと思っています。

そもそも男の人生にとって大きな悲劇は、女性というものを誤解することである。童貞を早く捨てれば捨てるほど、女性というものに関する誤解から、それだけ早く目ざめることができる。男にとってはこれが人生観の確立の第一歩であって、これをなおざりにして作られた人生観は、後年まで大きなユガミを残すのであります。

さて、赤線も廃止になった今では、童貞を破る相手というものに不自由するわけですが、処女だけは断じて避けたがよい。童貞と処女という取り合せほどつまらない、相互にとって興醒《きょうざ》めなものはなく、お互いに得なことは一つもありません。しかし世の中はよくしたもので、処女でない年増《としま》の女性の中には、特に童貞を珍重する、「童貞喰《ぐ》い」という種類の女族がいる。こういう女族は、今こそ奮起して、菩薩道実践のために挺身《ていしん》すべきであって、一人で百人や二百人の童貞を一身に引受ける覚悟でいてもらいたい。

ただこういう女性に警告すべきは、男性の性欲というものは、女性の己惚《うぬぼ》れを満足させるためだけにあるものではなく、彼自身の自尊心を満足させるためのものでもある、ということを、くれぐれも忘れないでもらいたい。

私はかかる女子挺身隊に、訓示を与えて、「童貞の少年の自尊心というものは、少女のそれよりもさらに傷つきやすくできている」ということを、周知徹底させなければならん。童貞の少年に対するときは、あくまで相手の男性としての自尊心をいたわりつつ、賢明、親切、熟練、冷静、沈着に事に当るべきであって、決して侮辱的言辞を弄《ろう》してはならぬ。諸姉の一言半句が、一人の男の一生の女性観人生観を決定することを考えて、菩薩の心を心として、菩薩道を実践せねばなりません。

さて、次に、童貞諸兄に申上げるが、世間には、ニセモノ「童貞喰い」も沢山いることを警戒せねばならん。こういう女性こそ魔女であって、彼女たちは決して諸君の童貞を破ろうとせず、その一歩前まで諸君を誘惑して、スレスレのところで拒絶して、諸君を傷つけ、神経衰弱に陥れ、自分は自分で十分残酷なるスリルをたのしんで、かたがた、醜聞から身を護《まも》るという手合です。これが案外多いので、身を委《まか》せそうで委せない女に溺《おぼ》れそうになったら、童貞諸君は、すべからく唾《つば》を引っかけて逃げ出すべきである。こういう女は童貞に対する精神的サディズムを快楽とするお化けですが、都会には沢山います。現に私は、こういう女に引っかかって、完全にノイローゼに陥り、自殺した若者の一例を知っています。

ティーン・エイジャーの暴力的性欲がいろいろ問題にされているが、私はこれは、性の学校のよき性の女教師が不足しているところから来るのだと思う。フランスでは、中年女性という立派な性的教師がいたるところで教鞭《きょうべん》を揮《ふる》っているのが、社会的にいい結果を生んでいる。日本もそこまで行くべきです。日本だって、「源氏物語」の時代には、ちゃんとそういう風にできていて、文明は今より進歩しておりました。優雅という言葉は、本質的には、性的熟練という意味だと考えてよいのであります。

私の見るところでは「童貞喰い」の女には、ナルシシズムと劣等感とのまざり合った女が多いようである。年齢から来る劣等感もありましょう。相手が童貞なら、彼女をほかの女と比べてアラ探しはできぬわけで、忽《たちま》ちにして彼女は、彼にとって全女性を代表し、女神になり、ヴィーナスになることができるわけです。

しかしなかなかそうは問屋が卸《おろ》さぬ。童貞を失ったときから、そこにいるのは一人の男になります。彼は、よほどセンチメンタルな少年でない限り、自分の前に無限の自由を、ひろい海を、数しれぬ港を、突然予見します。しかし、後年年老いて、少年はいつまでも感謝を以て、最初の女性を想い起すことでしょう。

女から金を搾取すべし

タクシーの運ちゃんからきいた話ですが、ある日の深夜、池袋駅の近くで、その小型タクシーをとめた青年があった。一見品のよい大人《おとな》しそうな青年だが、とめておきながら、乗らないでうじうじしている。

「どうしたんです。旦那《だんな》」

「イヤ、今お金を全然持っていないんだけど、家へかえって払えばいいだろうか」

運ちゃんはその正直さにおどろきました。一文も持たなくても大きな顔をして乗って、着いてから家の中へ駈《か》け込んで金を持って来る客は、深夜にはめずらしくないのに、わざわざ断わるとはよほど正直だ。それに、しょんぼりはしているが、身なりもわるくないので、運ちゃんは好意を持って、

「さア、お乗んなさいお乗んなさい」

と乗せました。乗せると、中野まで、というので、距離から言って悪い客ではない。しかし車が走っているあいだ、青年は物思いにふけって、一言も言葉を交わしませんでした。

車は夜ふけの中野駅前をとおって、右折左折して、やっと一軒の家の前にとまりました。メートルは三百三十円でした。

「お金をとってくるから」

と青年は玄関の戸を叩《たた》いた。戸ががらりとあいて若い女がすごい形相であらわれた。

「あなた！　今までどこをうろうろ、ほっつき歩いていたの」

「タクシー代を出してくれ。三百三十円なんだ」

「そんなもの出せませんよ。夜おそくまで遊び歩いて、その上贅沢《ぜいたく》にタクシーになんか乗って来るなんて。絶対に出せません」

「だって運転手さんに悪いじゃないか」

「とにかくそんなお金は出せません」

青年はすごすご車にかえると、又思いあぐねたようにシートに身を埋《うず》めた。一部始終をきいている運ちゃんは、気の毒で、言葉もかけられない。すると突然青年は、

「鶯谷《うぐいすだに》まで行ってくれ」

と言い出しました。

「えッ」と運ちゃんはおどろいて、「あんた、お金もないのに、これから鶯谷まで行ってどうするんです」

「いいんだ。そこまで行けば払えるから」

「どうして？」

青年は小さな声で答えました。

「鶯谷には、おふくろが住んでるんだから」

――これには、運ちゃんもダアとなりました。敵がこう弱気では、直接交渉で行くほかない、と思い直した運ちゃんは、

「私に委せておおきなさい」

と言い捨てて、車を下り、気の強い細君に直談判《じかだんぱん》と出かけました。

「奥さん、そんなことを言っても、私の立場もありますから、払ってくださいよ」

「払えないものは払えません」

「まあ、そう言わずに、何とか」

「うるさい人ね。私に断わりなしにタクシーなんか乗りまわして、どうして私が払わなければいけないの」

細君は押問答の末にも、頑として払いませんでした。とうとう諦《あきら》めた運ちゃんは、それでもなかなかの人情家で、車から青年を下ろしてやると、名刺を渡して、

「いいですか。お客さんを信用して、事情をお察しして、こう言うんですが、これが私のタクシー会社の所番地です。あしたは朝十一時から午後一時まで、私はここにいますから、ぜひ代金を払いに来て下さい」

「はい」

と青年は力なく答えました。

——しかしあくる日、青年は指定の時刻に、ちゃんと三百三十円を持参して、さんざんお礼を言ってかえって行ったそうです。

——何と皆さん、悲しい話ではありませんか。

男性の威厳もこれでは形《かた》なしです。三百三十円がなかったばかりに、男の体面丸つぶれとは

情ない。

私にはこの三百三十円という値段は実に象徴的に思える。アメリカの金に直せば一弗《ドル》以下である。現代の日本女性は、わずか一弗で、男の顔を張ることができるのである。

一体現代社会で男性とは何ぞやということになると、身の丈《たけ》六尺ちかく筋骨隆々、というのが男性というわけではない。こういう場合に三百三十円持っている男のことです。

さて、推測するに、右の青年の例では、彼の一家の家計は、彼のかせいで来た金でまかなわれているのでしょう。もし細君のかせいだ金で暮しを立てているのだったら、女はあんな態度に出ることはまずありません。この青年は、彼のかせいで来る金が、細君の夢を養うことはおろか、一家の生計を維持するにもかつかつなのに、タクシーに乗ったりする贅沢を敢《あえ》てしたので、細君を怒らせてしまったのでしょう。そしてそれは現代の男性の絶対多数の生活の実態であります。

そこに多分まちがいがある。

女のヒモになっている不良青年は、もっと正々堂々と金を要求し、引っさらって行きます。性的主権と経済的主権を、共に握ることは男性のかわらぬ夢ですが、この考えがまちがっていはしないか。資格もないのに両方握ろうとするから、女性にバカにされるのである。実際は性的に女性を征服するなどというのはバカげた妄想で、女というものは、特殊な条件でなければ、そういう男性の妄想に屈服しません。要はそういう特殊な条件を創造することにかかっている、と私は考える。

現代の大多数の女性は、経済的主権のあやふやな男性に対しては、たとえ性的満足を彼から得ていても、彼の性的主権というものを心底みとめていない傾きがある。しかも男はあやふやなまま両方握ろうとするから、さっきの青年のような恥をかくのです。

ヒモはちがいます。ヒモは経済的主権などは屁《へ》のごときものと思っていて、そんなものを握ろうともせず、金は女が作って持って来るものだと考えている。経済的主権を全く持たぬのみかそれを軽蔑《けいべつ》している男を仰ぎ見て、女は性的主権を喜んで捧《ささ》げるのです。彼は彼女には、性の権化、男性の権化に見えてくる。威張り返って金を搾取する男に、彼女たちは征服されたように感じる。なぜなら彼の主権には何らあやふやなものがないからだ。

女はあやふやなものに敏感です。あやふやなものを嗅《か》ぎつけると、すぐバカにしてかかります。経済的主権のあやふやな、現代の大多数の若い男性は、同時に、その性的主権もあやふやなものと見られつつある。これこそは男性の危機なのである。

キューバの首都ハバナの青年たちは、アメリカのオールド・ミスの旅行者と見ると、口笛を吹いて彼らの存在を知らせ、女に連れられてホテルに泊り、朝なにがしの金をもらって意気揚々とかえってくる。こういう青年たちを毎晩とりかえ、一カ月に三十人の男を知ってかえってきた或《あ》るタイピストの話をきいたことがある。そしてアメリカにかえると、このタイピスト嬢は、多分同じ勤め人の青年と結婚するだろうが、一生のあいだ、彼女は多分、自分の良人《おっと》に真の性的主権をみとめず、ハバナの青年たちに、力強い性的主権の夢を託することはほぼ確実である。何故ならアメリカでは、亭主の月給でほそぼそと暮さなければならないが、ハバナでは、金を払ったのは彼女だったのです。

私の月並な教訓は、一生大した収入もてそうもない青年は、経済力のある稼ぎ手の女性と結婚して、せめて自分の性的主権を、男性的威厳を確保すべきだ、ということです。

うんとお節介を焼くべし

左は四年ちかく前、新婚早々の私の妻宛《あて》に来た無名の手紙ですが、無名ですから、私信を公開してもかまわぬと思い、そのままお目にかけます。これは実に美しい愛情あふれる手紙なのであります。

「前略、婦人雑誌や週刊雑誌などを通して、貴女様《あなた》にたいへん好意を感じ、三島氏との御結婚を心からお喜びしておりました平凡な家庭の主婦の私が、突然このようにお手紙いたさずにおられず、ペンを取りましたことを、何卒《なにとぞ》悪しからずお許し下さいませ。

さて『週刊明星』創刊号を御覧になりましたでしょうか。『不道徳教育講座』をお書きの方は、まちがいなく三島氏でございます。見知らぬ他人が、とやかく言うに及ばずとは思いながら、今度ばかりは好意を持つ同性として、実に〳〵言語道断の憤りを禁じ得ないのでございます。たとえ仕事の延長とは申せ、貴女様のようなまことに申し分のないお方と結婚なさり、しかも数カ月の今日、よくもよくもあのようなこと、『知らない男とでも酒場へ行くべし』のようなことを、ぬけぬけと書けたものでございます。

貴女御自身お倖《しあわ》せなら、何もかまいませんけれど、世間では、作品はどうか知りませんが、作者のことは随分な遊び人とか申してましたし、突然婚約を発表されたとき、私、大へん貴女がお気の毒な気がしました。

貴女のような方でしたら、もっともっと誠意もありドンファンでない良い方がいくらでも生涯の伴侶《はんりょ》にいる筈《はず》です。明日《あす》では遅すぎぬうちにじっくりお考え決心なさいました方が、真の女の幸福を最後まで味わえるのではないでしょうか。

大へん勝手なことと思いましたけれど、まだまだお若く初々《ういうい》しい貴女様のことを思い、ひとごとでなく感じましたものですから、余計なお節介と知りつつペンを取りました。何も聡明《そうめい》な貴女様のことゆえ、申し上げる必要もないと思いながら、ついつい。何卒悪しからずお許し下さいませ。乱筆乱文にて、かしこ。

無名の友より」

おしまいの「ついつい」が、いかにも真情があふれており、まことにうるわしい友情の手紙であります。

どこの学校にも「オデシャ」という仇名《あだな》の生徒がおり、何にでも出しゃばり口を出して、余計なお節介をして、みんなにきらわれながら、他人のために「ついつい」尽してしまうという美しい心情を捨てきれない人がいる。この筆者も学校時代は「オデシャ」と呼ばれていたのでしょう。こういう人はいつも他人に、無料の美しい心の贈物をたくさん捧げる。忠告、これも無料です。手紙なら十円かかるが、十円ぐらい、他人のためなら惜しくない。

こういう人たちの人生はバラ色です。何故ならいつまでたっても自分の顔は見えず、人の顔ばかり見えているので、これこそ人生を幸福に暮す秘訣《ひけつ》なのです。

ある日彼女はぶらりと出かけます。ああ、孤独なんてどこにもない。世間の人はみな彼女のお節介を待ちこがれて、そこかしこに待機しているのです。

道のまんなかでキャッチ・ボールをしている子供がいる。

「まあ危ない。そんなところでキャッチ・ボールなんかして、怪我《けが》でもしたらどうするの」

と彼女は呼びかけます。子供がしらん顔をしているので、とうとうそばへ行って子供の腕に手をかけて引きとめる。

「まァ、一体親御さんはどこにぼやぼやしているんだろう」

腕をとられた子供は怒って叫び声をあげ、目の前の垣根から、おそろしい形相のおやじが、ぬッと顔を出します。

「オイオイ、人の子に手をかけるのはよしてもらおう。ぼやぼや親爺《おやじ》はちゃんとここにいるんだからな」

彼女はプリプリしてその場を離れます。世間の無理解、公徳心の欠如は、何というひどさでしょう。でも彼女の人生のゆくては依然バラ色です。お節介の餌《えさ》はいくらでもみつかるからです。

彼女は電車に乗ります。大きな荷物を持ったお婆さんが、吊革《つりかわ》にぶら下って立っており、座席は満員で、お婆さんの前には、何も荷物のない学生が、くだらない雑誌か何かをひろげて一心に読んでいます。(ああ、私はこういう場面を思い出す。戦争中「座席ゆずれ運動」というのがあって、目の前に老人や子供が来たら、学生はすぐ立って、席をゆずることになっていました。われわれ学生が四人ならんで坐《すわ》っている前に、一人の老人があらわれて、いかにも席をゆずれと言わぬばかりにわれわれを睨《ね》めまわしたので、われわれはお互いから落伍者《らくごしゃ》を出さぬように、となりの友だちの上着の裾《すそ》をしっかり引張って、とうとう頑張り抜きました)

彼女はすぐさま、学生のエゴイズムに呆《あき》れて公憤を発します。

「何です。あなたは若い学生のくせに、この重い荷物をかかえた御老人が目に入らないんですか。早く席を立って、おゆずりなさい」

すると、反駁《はんばく》は意外にも、お婆さんの側から出ます。

「よして下さい。私はまだ老人じゃないし、第一この荷物の中味は綿ですよ」

車内のお客というお客は笑い出し、彼女はコソコソと次の駅で別の車輛《しゃりょう》に乗りかえます。しかし彼女はまだ希望を失いません。

駅を下りるとそこは公園です。昼日中から恋人たちが、木かげのベンチにもたれてうっとりしています。何という汚ならしい、不道徳な眺めでしょう! 彼女はそこにいる同性たちみんなに同情します。彼女たちはみんなだまされかかっている哀れな仔羊《こひつじ》なのです。

一つのベンチにもっとも悲劇的な一組がいます。女は良家の令嬢らしい大人しい清楚《せいそ》な娘さんで、男ときたらGI刈りに目つきのわるい見るからに愚連隊然とした青年です。こんな一組は正視するにしのびません。彼女は勇敢に立ち寄って声をかけます。

「お嬢さん、この男は愚連隊ですよ。あなたの大事な人生を大切にしないと、取り返しのつかないことになりますわよ」

すると男は、ギョロリとした目を向けて、

「ヤイヤイ、糞婆《くそばば》ァ、俺《おれ》のスケにへんな知恵をつけてくれんなよ」

とニヤニヤ笑いながら言います。この男は見かけによらずなかなか寛大だ。

お嬢さんは冷たい目でチラリと彼女を一瞥《いちべつ》してから、男に向って、

「どうせオールド・ミスの性的不満だわよ」

と言います。

「オールド・ミスなんてよして下さい。私はレッキとした家庭の主婦ですよ」

「家庭の主婦なら、オシャモジでもかついで歩いてらっしゃいな」

これで彼女は又もプリプリして立去らなければならぬ。男になぐられなかったのが勿怪《もっけ》の幸いですが、どうして人が善意を尽して、なぐられるというようなことがあってよいものでしょうか。

お節介は人生の衛生術の一つです。われわれは時々、人の思惑などかまわず、これを行使する必要がある。会社の上役は下僚にいろいろと忠告を与え、与えられた方は学校の後輩にいろいろと忠告を与えます。子供でさえ、よく犬や猫に念入りに忠告しています。全然むだごとで、何の足しにもならないが、お節介焼きには、一つの長所があって、「人をいやがらせて、自らたのしむ」ことができ、しかも万古不易《ばんこふえき》の正義感に乗っかって、それを安全に行使することが

できるのです。人をいつもいやがらせて、自分は少しも傷つかないという人の人生は永遠にバラ色です。なぜならお節介や忠告は、もっとも不道徳な快楽の一つだからです。

醜聞《スキャンダル》を利用すべし

現代では何かスキャンダルを餌にして太らない光栄というものはほとんどありません。現代の英雄はほとんどスキャンダルの英雄であり、清廉潔白、人格高く、身辺塵《ちり》もとどめないというような人は、どうも不遇になりがちです。政治家でさえそうなのですから、あとは推《お》して知るべしでしょう。今手もとの英語の字引で、スキャンダルというところを引くと、「(非行、悪徳に対する) 世間の反感、非難、恥辱、醜聞《しゅうぶん》、疑獄、悪口、悪評、陰口」などという訳語が出ていますが、この第一の訳語の「世間の反感」というやつは、どうやら誤訳になったようだ。何故なら世間はスキャンダルを「歓迎」するのですから。

私も少年のころ、醜聞を持った友だちがうらやましく、自分も架空の醜聞を立てようと思って骨を折ったが、もともと臆病《おくびょう》で、大した度胸もないことを、まわりの人たちは見抜いているから、一向スキャンダルも立たず、生煮えにおわりました。

しかしスキャンダルというやつは妙なもので、さんざん悪いことをしながら一向スキャンダルの立たぬ人もあり、大して悪いこともしないのにことごとにスキャンダルの渦に巻き込まれる人もある。

世間には、外貌《がいぼう》と内側の全然一致しない人もある。いかにもお人よしに見え、人にだまされてばかりいるような感じの男が、実は、凄腕《すごうで》の女たらしであったり、いかにも精力旺盛《おうせい》、鬼をもひしぐような壮漢が、案外の、世間体《せけんてい》ばかり気にする弱虫であることもある。犯罪事件などが起ると、犯人の顔は、多くの場合、想像と少しも似ていません。

しかしスキャンダルは犯罪でなく、それを立てられる人は、犯人ではなくて、ただの容疑者なのです。容疑者は少なくとも「らしく見え」なくてはなりません。スキャンダルの成功は、みんなこの「らしく見える」ところに根拠を持っており、石原裕ちゃんのように、それがそのまま、民衆の偶像《アイドル》にもなるのです。

むかしむかし映画女優志賀暁子《あきこ》の堕胎事件というのがありましたが、その結果、彼女はたちまちスタアの座から顛落《てんらく》しました。最近では、某人気歌手の堕胎事件というのがさわがれましたが、これは当人にとってはショックでも、世間では一場のお笑いにすぎませんでした。又むかしは姦通《かんつう》事件で失脚したり自殺したりした人はいくらもいるのに、このごろはそんな話は掃いて捨てるほどあって、誰もおどろきません。これが犯罪、あるいは犯罪を暗示するスキャンダルと、ただのスキャンダルとの差であって、堕胎罪や姦通罪が廃止になった今では、一部の赤新聞が、どんなに正義派ぶって、映画スタアの不道徳行為を非難しても、世間のほうが相手にしません。ですから一面、現代には、本当に深刻な、殺人的なスキャンダルはないともいえるので、すべてのスキャンダルは、遊戯的な、罪のないものになったともいえるのです。ですからスキャンダルを利用するほうも、大したヤケドの心配がないわけです。そして有名になる一番の早道は、スキャンダルの渦に巻き込まれることです。殺人事件が起ると、架空の犯人が新聞社へ電話をかけて来たり、名乗って出たりするのは、一種の売名狂、スキャンダル狂といえましょう。

世間はキズ一つない陶器の白い皿のような名声というものをみとめたがりません。あんまりきれいな手でくみとられた清水のような名声というものを歓迎しません。本当のところ、道徳と名声とは必ずどこかで相反するもので、新興宗教の大繁昌も、道徳としてどこかいかがわしさのあるところが魅力のもとなのです。そのくせ一方では、世間は、名声のある人間の不道徳行為を口をきわめて非難するのも大好きなのです。ここに或《あ》る映画スタアがいて、与太者やギャングを演じて、大人気を博しており、世間は正にその与太者性ギャング性のゆえに彼を支持したのに、一度彼のちょっと与太者がかった私行が明るみに出ると、今度は、

「俺が支持するのは俳優としての与太者であって、私生活のヤクザではない」

とひらきなおって、彼を非難しはじめます。そこで彼がちょっと自粛して、ションボリした風を見せ、一応世間にお詫《わ》びすると、世間は今度は、今までのイメージを破られて、

「ヘン、あんな意気地のない野郎だったのか」

と彼をすっかり見捨ててしまいます。スキャンダルを一度利用したら、それをとことんまで押しとおすのが秘訣《ひけつ》であって、この点、元首相吉田茂氏は見上げたものでした。反動勢力の親玉であり、親米派の巨魁《きょかい》であり、傲岸不遜《ごうがんふそん》、人を人とも思わず、カメラマンにはコップの水を引っかけ、わからずやで、あらゆる漫画のタネになったこの人物は、最後まで

弱気を見せず、インテリ的良心みたいなものをちらつかせたりしませんでした。そしてこの個人的スキャンダル性が彼の信用になり、一方では、政治的スキャンダルから完全に無縁で終りました。政治家にとって致命的な政治的スキャンダルさえおこさなければ、個人的スキャンダルなどは屁《へ》のカッパであり、それればかりか、これほど世間の目をくらませ、世間の注目を自分の一等くだらない部分に引きつけておけるものはないということを、吉田茂氏はよく知っていたのである。世間はとにかくエライ地位にいる人物を、話のタネにして、からかいたい、バカにしたい。……そういう要求にこたえるためには、せいぜい葉巻と白足袋《しろたび》とコップの水くらいの手品ですむのです。

以前ヌードを早朝の街に立たせて、ショッキングな写真をいっぱいとり、問題をおこした写真家がいました。これこそは犯罪スレスレのスキャンダル的成功というもので、ジャーナリズムがさわぎ出す前に、すでにその写真展は満員の盛況だったそうです。いくら早朝でも街というもののもつ公共性と、ヌードとの結びつけは、実にスリリングで、この写真家のアタマの良さは並々ではありません。寝室におけるヌードなどは陳腐な古いセンスであって、意想外の場所にあらわれるヌードほど、尖端《せんたん》的なエロティシズムはない。たとえば、諸君が歌舞伎《かぶき》座へ行って、一人の女性観客が、膝《ひざ》の上にハンドバッグをおいただけの全裸で、すまして芝居を見ているところを発見したら、いかほど新鮮なおどろきであろうか？

スキャンダルは決して本質をつきません。政治家の場合は、本質をつかれぬほうが何かと好都合だが、芸術家の場合は、それでは困ることが多い。この写真家にしても、ガッチリした十九世紀風の銀行建築と、やわらかいヌードとの対比と言った、ヌードが銀行をオブジェに化し、銀行がヌードをオブジェに化する、奇抜な芸術的本質などは、スキャンダル的成功のおかげで、なかなかわかってもらえないことになるでしょう。しかし十人の人に見てもらうより、千人の人に見てもらえば、それだけ、知己《ちき》を得る確率は多いわけです。

スキャンダルの成功は、かくて、確率の利用なのであります。一粒選《ひとつぶよ》りの成功ではなくて、まず砂をざっくり箕《み》にすくい上げて、ふるった末に、一粒でも二粒でもの砂金が発見できれば、それに越したことはありません。砂金とは真価をみとめられる本当の成功です。しかしこんな早手廻《はやてまわ》しの方法が、案外大へんな遠まわりである場合も多いのですが……。

友人を裏切るべし

私はどうも「青年のうるわしき友情」というやつを信じません。子供の社会のほうがずっと正直で、子供の社会はいつも苛烈《かれつ》な裏切りの危機に直面しています。必ず「いい子」になりたがる子がいて、はじめは自分も悪戯《いたずら》の計画に加担していたくせに、途中から急に寝返って、お母さんや先生のところへ、言いつけに走るからです。こういう点では、女の社会（女に社会というものがあると仮定して）は、男の青年の社会よりずっと正直で、子供の社会に似ています。異性が一人あらわれたら、裏切りや謀略は忽《たちま》ち日常茶飯事《さはんじ》になる。そしてこのほうが、青年の社会よりも、現実のわれわれの社会生活のよき雛型《ひながた》なのであります。現実の社会は、残念ながら、友情的青年の理想社会よりも、ずっと女や子供の社会に似ています。しかし大人の社会では、子供や女ほどの正直な裏切りは少なく、いろんな点でうまくやっており、友愛らしきものも保たれている。しかしラ・ロッシュフコオは、例の身もフタもない調子で、「世間の人が友愛と呼びなすものは、ただの社交、欲得のかけ合いかけひき、御親切のとりかえっこにすぎない。結局、自愛が常に何かの得をしようとしている一種の取引にすぎない」と言っています。

でも夫婦というものがウソをつき合いながらも何とか楽しくやってゆくように、大人の友愛なるものも、右のごとき前提の下《もと》に、特殊の親しみも生れ、なつかしさも生れ、憎からぬ気持も生れ、空気みたいな気易さも生れる。そんなわけで、この世の中も、どうやら地獄にならずにすんでいる。そこのところのいきさつが、青年にはなかなか呑《の》み込めません。女はずっと大人です。

「まァ、いいスーツを召していらっしゃるわ。どこでお誂《あつら》えになったの？」

「N……って店よ。でも仕立はよくても、スタイルがこんなでしょう。あなたなら、ずっと活《い》かしてお召しになれるわ」

「なに仰言《おつしや》るのよ。あなたの足は日本人離れしていらっしゃるんですもの。とんでもないわ」

——たとえばこういう会話を交わしている女性が、裏ではものすごく憎み合っており、相手を陥れようと、虎視《こし》タンタンねらっている場合だってありえます。しかし人にきかれると、まずこう答えるのはまちがいありません。

「ああ、Sさん？　あの方、私の昔からのお友達よ。とてもいい方」

――友人を裏切るまいという努力は一体どういう種類の努力なのでしょう。

たとえばここで友人の一人がドロボーをしたとします。しかし唯一の目撃者の友人はこれをかばって、絶対に否定します。そこで事件は迷宮入りになり、ドロボーをした友人は、シャーシャーとして生きています。すると、ドロボーをかばった友人のほうに一種の良心の負担が生れます。あのとき俺《おれ》のやったことは正しいことだったろうか。もしかしたら、一見裏切りのようにみえても、彼の罪を告発したほうが、永い目で見て、彼の将来のためにも、社会全体のためにも、よかったんじゃなかろうか？……こうクヨクヨ考えているうちに、友人を裏切らなかったばかりに、彼自身がドロボーをやったようなイヤな気持に落ちこみます。

封建社会や、共産主義社会や、ナチズムの社会では、密告が奨励されていて、政府が密告者に対してゴホービをくれます。社会正義にのっとって行動した人は、とにかく善人なのであって、密告して友人を裏切ったなどという小さな悪は問題になりません。この密告制度は人間の品性を下劣にするといわれますが、同時に、一面、弱い人間の心に下剤をかけてスッキリさせる作用もある。密告者は、少なくとも、良心を政府にあずけてしまったのですから、安心です。

「俺の知ったことじゃないよ」とうそぶいていられるのだから。

人間の、少なくとも男の精神的成長は、自分の一時期一時期の友人を裏切ることによって、行われると言っても過言ではない。これは密告その他の卑劣な行為をすることではなく、単に精神的に裏切るという意味ですが、きのうまで、或る友人が、

「人生って自動車みたいなものなんだな。止ってれば場所ふさげで、その代り安全だが、走っ

てれば今度はいつ人を轢《ひ》き殺すかわからない」

などというのをきいて、

「ふん、さすがはあいつだ。洞察力がある」などと感心していたのに、今日はそれを、「なんだ。あいつの思想と来たら、シャレた格言みたいなものの他に何もないじゃないか」と思うようになる。そのとき君はすでに友人を精神的に裏切ることによって精神的に成長したのである。

昔の友人に久しぶりで出っ会《く》わすと、なつかしがって大いに肩を叩《たた》き合うが、一とおり昔話のタネがつきると、まるっきり話題がなくなって困ることがある。過去だけのつながりなどというものが、人を永く引止めておくことはできません。このごろでもよく、旧軍人たちの同志的結合というようなものがほうぼうで行われているようですが、まさか大の男がなつかしさや昔恋しさだけで附合ってゆける筈《はず》はなく、これもやはりラ・ロッシュフコオ流の友愛と言えましょう。

世の中には妙な趣味の人がいて、友人の恋人をとる常習犯がある。友人が新しい女をつくると、急にその女がほしくてたまらなくなり、結局、自分のものにしてしまう。これは明らかに友人に対する裏切行為だが、彼にとっては一種の友情の範囲内の出来事だから始末がわるい。彼はただの女には興味がなく、それが大好きな友人の彼女になると、たちまち魅力を生ずるのです。

友人を裏切らないと、家来にされてしまうという場合が往々にしてある。大へん永つづきした美しい友情などというやつを、よくしらべてみると、一方が主人で一方が家来のことが多い。

主人側がなかなか利口で、あくまで対等の扱いをして、世間にも、また当の家来にも、彼が主人であるということを露骨に出さず、実は完全な精神的主従関係を確立しているのです。これは家来側が、すっかり降服して、忠誠を誓い、かつ主人の才能や力を利用して虎の威を借りており、主人側が鷹揚《おうよう》にかまえて、十分利用させてやりながら、アゴで使っているという関係で、本当の友愛ということはできないが、人間関係の動物的本質にとっては、このほうがむしろ自然ですから、裏切りがないかぎり、いくらでも永つづきします。世間で、

「あいつは俺のポン友でね」

などと言っている間柄には、何とこの種の裏切りなき主従関係が多いことでしょう！　そして世の中には、生れつき、家来になることの好きな人たちも多いのです。

たいていの偉人の伝記を読むと、家来にされそうになると、うまく相手を裏切って、裏切りの上に、油断のならぬ対等な関係を確立し、自分を大きくして行った人が多いようです。

国家同士の関係もそうで、友邦などと言ってるが、実は家来と主人であることが多く、家来が大人しく、ひたすら忠実に仕えていると、いつのまにか植民地にされてしまっていたりする。

裏切りは友情の薬味であって、これはコショウかワサビみたいなものであり、裏切りの要素もその危険も伏在しない友情など、味がないと思うようになるとき、諸君はまず、青年のセンチメンタリズムを脱却した、一人前の大人になったと言えましょう。

弱い者をいじめるべし

どんな強者と見える人にも、人間である以上弱点があって、そこをつっつけば、もろくぶっ倒れるものですが、私がここで「弱い者」というのは、むしろ弱さをすっかり表に出して、弱さを売り物にしている人間のことです。この代表的なのが太宰治《だざいおさむ》という小説家でありまして、彼は弱さを最大の財産にして、弱い青年子女の同情共感を惹《ひ》き、はてはその悪影響で、「強いほうがわるい」というようなまちがった劣等感まで人に与えて、そのために太宰の弟子の田中英光などという、お人好しの元オリンピック選手の巨漢は、自分が肉体的に強いのは文学的才能のないことだとカンチガイして、太宰のあとを追って自殺してしまいました。これは弱者が強者をいじめ、ついに殺してしまった怖るべき実例です。

ところで私は、こういう実例を、生物界の法則に反したデカダンな例とみとめます。

一方には、又、こういう例があります。むやみと、「強きを挫《くじ》き、弱きを助く」という格言を信奉して、強い者にはバカに挑発的態度をして、吹っかける必要もない喧嘩《けんか》を吹っかけ、弱者に対しては、やたらに兄貴ぶって、小遣をふんだんにやり、自己流に猫可愛《ねこかわい》がりをして相手の迷惑もかまわず、ついにはみんなにきらわれる人がいる。これも生物界の法則に反した、デカダンな態度であって、わざとらしいやり方です。このほうの例としては、戦後のアメリカのやり方がいい例で、グレアム・グリーンは「おとなしいアメリカ人」という小説で、みごとにこのアメリカ的性格をからかっています。

強者の弱者に対する態度は、生物界には一つしかないのです。それが「弱肉強食」であり、もっと上品な言い方をすれば「弱い者いじめ」であります。子供は正直ですから、不具者や病人を平気でバカにして、からかいます。

小さな例ですが、アメリカ映画には、その清教徒主義の禁令があって、小人というものが出て来ません。少なくとも劇の中心で役を演ずることはありません。しかしフランス映画には平気で出て来て、コクトオの映画などでは、小人の俳優がみじめな役を演じます。これはフランスには、まだ小人をおもちゃにする残酷な中世紀の精神がいきいきと残っているからです。

しかし不具者や病人は、弱さを売物にしているわけではなく、やむをえず弱さに生きなければならぬ不幸な気の毒な人たちですから、ここでは除外して、別に不具でも病人でもないのに、むやみと、「私は弱いのです。可哀想《かわいそう》な人間です。私をいじめないで下さい」という顔をしたがる人のことに限定しましょう。

こういう弱者をこそ、皆さん、われわれは積極的にいじめるべきなのであります。さア、やつらを笑い、バカにし、徹底的にいじめましょう。弱者を笑うというのは、もっとも健康な精神です。

諸君の友だちに一人、自殺志望者がいるとします。彼がある日、青い顔をして、フラリと君をたずねて来ます。

「何だ。又自殺の話か」

「そうなんだ。僕はもうこの苛酷《かこく》な生に耐えられない」

「バカヤロウ。死ぬなら早く死んでしまえ」

「そう簡単に死ねればこんなに悩まないんだが」

「死んじまえ。死んじまえ。何なら、僕の前で毒でも呑んでみないか。僕はまだ、服毒自殺っていうのを、見たことないから、ここで一杯やりながら、ゆっくり見物するよ」

「君なんかに僕の気持はわからんよ」

「わからん奴《やつ》のところへどうして来るんだ」

そのうちに君は、こいつが、ひたすらいじめてもらいたくて、君のところへ姿を現わすのに気がつきます。そこで頰桁《ほおげた》の一つもパンと張ってやって、

「貴様みたいな閑人《ひまじん》と附合うヒマはねえや。出てゆけ。もう二度と来るな」

と追い出してやります。でも大丈夫。死ぬ死ぬというやつで、本当に死ぬのはめったにいない。彼は命拾いをし、君は弱い者いじめのたのしみを味わい、両方の得になる。――しかし実際にこんな場面にぶつかると、われわれはなかなか颯爽《さつそう》とは行かず、下手に同情して相手の己惚《うぬぼ》れを刺戟《しげき》し、己惚れたあげくに彼は本当に自殺し、君は後味のわるい思いをするという、両方損になる場合が多い。

しじゅうメソメソしている男がある。抒情詩《じよじようし》を読んだり、自分でも下手な抒情詩を作ったり、しかもしょっちゅう失恋して、またその愚痴をほうぼうへふりまき、何となく伏目がちで、何かといえばキザなセリフを吐き、冗談を言ってもどこか陰気で、「僕はどうも気が弱くて」とすぐ同情を惹きたがり、自分をダメな人間と思っているくせに妙な女々しいプライドをもち、

悲しい映画を見ればすぐ泣き、昔の悲しい思い出話を何度もくりかえし、ヤキモチやきのくせに善意の権化みたいに振舞い、いじらしいほど世話好きで……、こういうタイプの弱い男は、一人は必ず、諸君の周辺にいるでしょう。こういう男をいじめるのこそ、人生最大のたのしみの一つです。

「ヘン、又失恋しやがった。好《い》い気味だ」

「そんなにいじめるなよ」

「何だ。その釦《ボタン》穴にくっつけてる鼻クソみたいなものは」

「彼女が去年くれたスミレの花だよ」

「バカバカしい。そんなもの捨てちまえ。胸くそのわるい」

と君はそのスミレの花をむしりとって、地べたに投げ捨てて、ツバを引っかけてやる。

「アッ、何をするんだ」

「口惜《くや》しかったら、俺《おれ》をなぐって来い」

「なぐるなんてそんな。君が友情で、そんなことをしたのが、僕にはわかっているんだもの。僕を思い出から自由にしようと思って、花をふんづけてくれたんだな。ありがとう。（ト泣く）」

「何を、このバカヤロー。ふざけたことを言うな」

いじめているのに、友情だなどと誤解されては迷惑至極ですから、君は即座に拳《こぶし》を固めて彼をなぐります。

「いや、僕にはわかるんだよ。君の友情の鉄拳《てつけん》が。……僕をキッパリ立ち直らせようと思って、心では泣きながら、僕をなぐってくれたんだな。その気持わかるんだよ。僕も何とか立ち直らなくちゃいけないと思うんだけど」

「なぐられてお礼を言う奴があるか、阿呆《あほう》」

「アッ、いたた。……（泣きながら）でも、ありがとう」

「もう一つ、ポカリ」

「アッ、いたた」


　君はもうすっかりムシャクシャして、気持が悪くなるが、弱い者いじめの快感には替えられない。しかしもう撲《なぐ》っても無駄ですから、今度は言葉でいじめます。

「お前みたいなヒョーロク玉は、何度女に惚れたって、フラれるのが関の山だよ。鏡でも見てよく研究しろよ。しょっちゅう泣きッ面《つら》をして、カラッとした顔をしていたためしがない。せめて金でもあればいいが、安月給で昼飯はラーメンばっかり食ってるくせに。それに何だい、インテリ面《づら》して、読めもしないくせに、原書なんか抱えて歩いて。週刊雑誌のほうがよっぽど気がきいてらァ。お前みたいな人間のカスは、早くガス管でもくわえてお陀仏《だぶつ》したほうが世のため人のためだよ」

「でもねえ。（トしばらく考えて）それほど言われても、まだあきらめきれないところを見ると、あれは本当の恋だったんだねえ」

　皆さん、この勝負はどちらの勝でしょうか。

できるだけ己惚《うぬぼ》れよ

己惚れというものがまるでなかったら、この世に大して楽しみはありますまい。自分が日本一の美男子だと思っていれば、毎日が幸福でたまらないし、日本一の美女だと思っていれば、毎日をウキウキした気持で送れるでしょう。己惚れ鏡というものは誰でも持っているもので、私の小説家としての経験を申しますと、絶世の美男子を小説に登場させると、あのモデルは僕だという十人並男子がほうぼうに現われ、絶世の美女を登場させると、あのモデルは私なのよという十人並女子がいろいろと現われる始末。顔のほうの己惚れをあきらめた人は、知能やら名声やら、別のほうへ己惚れを移すわけで、病人は病人なりに己惚れをもち、サナトリウムでは重症患者が幅を利かせ、犯罪者も己惚れの固まりであって、大罪を犯した者の悔悟の大芝居には、すぐ裏に己惚れがまつわりついています。

昔の人は己惚れの効果、己惚れの利用法についてよく知っていました。「葉隠《はがくれ》」というのは有名な武士道を説いた固苦しい本ですが、

「武勇と言う事は、我は日本一と大高慢にてなければならず」

とか、

「武士たる者は、武勇に大高慢をなし、死狂《しにぐる》いの覚悟が肝要なり」

とか述べています。

謙遜《けんそん》ということはみのりのない果実である場合が多く、又世間で謙遜な人とほめられているのはたいてい偽善者です。ある大学教授は文章の中で、自分のことを、「私ごとき一介の老書生」とか、「哀れな一語学教師」とか書く趣味がありますが、誰がこれを本当の謙遜だと思うでしょうか。

「みのるほど頭の垂るる稲穂かな」などという偽善的格言がありますが、みのればみのるほど頭が重くなるから垂れて来るのが当り前で、これは本当は、「みのるゆえ頭の垂るる稲穂かな」と直したほうがいい。高い地位に満足した人は、安心して謙遜を装うことができます。

己惚れとは、一つのたのしい幻想、生きるための幻想なのですから、実質なんぞ何も要りません。あくまで主観的問題ですから、他人の評価など別に要りません。もちろんそれがあれば、己惚れの裏付を得ることになって、それに越したことはないが。

己惚れ屋にとっては、他人はみんな、自分の己惚れのための餌《えさ》なのであります。

恋愛から己惚れを差引いたら、どんなに味気ないものになってしまうことでしょう。「恋人同士が一緒に居て少しも退屈しないのは、しじゅう自分たちのことばかり話して居るからだ」とラ・ロッシュフコオが言っているのは尤《もっと》もで、恋人以外の他人にむかって、自分の話をしたって、うるさがられるに決っている。そしてどんな恋人同士も、自分たちのことをロミオとジュリエットみたいだと思いこそすれ、夢にも、「ワレナベにトジブタ」だなどとは思っていません。

己惚れ屋の長所は、見栄《みえ》ん坊に比べて、ずっと哀れっぽくないことです。たとえば、見栄ん坊は、たえずウソをつき、ありもしない別荘の自慢をしたり、小学校しか出ていないのに慶応大学を出たという顔をしたがったり、もってもいない自動車をもっているふりをしたりします。こんなウソはすぐばれるもので、ばれた時のみじめさは一入《ひとしお》である。何故なら、見栄ん坊は、いつも自分の持っていないものを意識して、それを糊塗《こと》して、背伸びをしているわけですから、己惚れ屋のようにカラッと行かず、ジメジメしているのです。

己惚れ屋は、何でもかんでも自分がもっていると信じているんだから、陽性です。仕様のない己惚れ屋というものはどこか痛快で、憎めません。彼はウソつきではないのです。これに反して、謙遜な人というのはたいていウソつきです。先年物故した某名優は「私なんぞまだまだお恥かしいもので、役者は一生修行です」というのを口ぐせにして、死ぬまでそう言っていました。某名女優は、天下に名がひびいているくせに、又自分でそれをよく知っているくせに、公開の席で自己紹介をするときには、「私は、新劇を勉強しております××と申す者でございます」と、田舎の小学校の女教員みたいな態度で、声もほそぼそと言うそうです。私はこういう陰性の己惚れ屋がきらいです。最近の文壇の陽性の己惚れ屋のピカ一で痛快なのは、何といっても石原慎太郎氏でしょう。彼の己惚れには、全く人をたのしくさせる要素があり、これは岡本太郎氏などにも共通するものでしょう。岡本氏は誰にでも、「俺《おれ》はピカソ以上の画家だ」と公言しています。

しかしセンスのない人たちは、依然、謙遜家の猫かぶりに傾倒するもので、映画女優などは、まず、

「未熟者でございますから、どうぞ皆様、お引立て、御指導のほど、おねがい申上げます。どうぞよろしく。みなさん、本当に御苦労様です。お疲れ様です。私のような何の値打もないものが、こうしてスタアでいられるのも、みなさんのおかげです。本当に心の中で手を合せて、毎晩、皆さんに足を向けて寝たことはありません。（誰です、足を向けて寝てほしいなどというのは）どうぞよろしく。よろしく」

と言って歩いたり、そういう態度を表明していれば、映画界における人気は保たれます。

「なかなか、あいつは、若いのにできている」

などと言われる。

代議士も、センスのない人たちを大ぜい相手にする商売ですから、謙遜という猫をかぶってペコペコしますが、同じペコペコでも、映画女優の愛嬌《あいきよう》にかなわないのはぜひもない。

——しかし私はこういう処世術のことをいっているのではないのです。精神衛生の問題として、何か己惚れを持っていれば、めったに病気にもかからない、ということを言いたいのである。

女性のたいていの病気は、街で会った見知らぬ女が、自分と同じ洋服を着ていて、しかもそれが自分より似合っており、自分より美人だった、などという発見から生れる。女性がこういう目につづけて二、三度会えば、寝ついてしまうに決っています。そのとき、

「何だ。私のマネをしているわ。似合いもしないくせに」

と本気で言える己惚れがあれば、病気にかかる心配もありません。

男の病気もまた、会社であいつはたしかに俺より出来る、俺より出世が早そうだ、課長に先になるのはあいつに決っている、などというヒガミから生れ、肝臓を悪くしたりするのです。

「なんだ、あんな野郎、俺の爪の垢《あか》でも煎《せん》じて呑《の》みやがれ」

と本気で思える己惚れがあれば、平チャラです。何も自信を持てというのではない。自信とは実質を伴う厄介な資格である。誰でもなかなか本当の自信などもてるものではない。しかし己惚れなら、気持の持ちよう次第で、今日からでも持てるのです。

「あたしの鼻はどうしてこう低いんでしょう」

と思うより、

「あたしの鼻は何てかわいらしい形をしてるんでしょう。アメリカの整形美容って、みんな高すぎる鼻を削ってるんだってね」

と思うほうがいい。しかしこの己惚れにもやはり他人の御追従《ついしょう》が、裏付として必要になり、他人と社会というものが、われわれの必需品である理由はそこにあります。

流行に従うべし

「時花」と書いて「はやり」と読みます。まことに流行は時代の花で、つまり石原裕次郎君であり、ポール・アンカ君であり、サック・ドレスであり……その他の種々なる花であります。花だからいつか凋《しぼ》むに決っている。人は流行というものの薄命なことをよく知っていますから、凋まぬ今日のうちに、いそいで、競争で、その花を摘むのです。

どうでもいいことは流行に従うべきで、流行とは、「どうでもいいものだ」ともいえましょう。しかしそれがなかなかバカにならないのは、はやりすたりの少ない男の洋服でさえ、もう四、五年前にあつらえたズボンは、太すぎてダンブクロみたいに見え、穿《は》けたものではありません。

流行の中から自分に似合うものだけを摂取する、というのは一見賢明な態度ですが、流行のほうでは、別にあなたに似合うかどうか考えてくれるわけではありません。流行というものは、とらえて来た人間を、一定の長さの寝台に縛りつけて、体の長さのあまった部分を容赦なく斬《き》り落した、あの有名な古代ギリシアの盗賊のようなものであります。数年前の夏氾濫《はんらん》したサック・ドレスの中で、一体何人がお世辞にも似合っていたと言えるであろうか？

似合っても似合わなくても、流行には従うべきなのであります。それはあなたの最上の隠れ蓑《みの》であって、思想をよく隠すのは流行の衣裳《いしょう》だけだと言ってもよろしい。もし君が共産党の細胞の一員で、世間にそれを隠す必要があったら、よろしくマンボ・ズボンを穿いて、ロカビリーをききに行くべきだ。誰も君を共産党だなどと見破りはしないでしょう。たとえば団体交渉の委員が、イカれたアロハかなにか着て、裕次郎口調で、

「オット、イカすじゃねえか、社長。その意気で、二千円がとこ、賃上げをみとめてくれたら、みんな、なァオイ、グットごきげんで帰れるんだがなァ」

と言うと、大会社の社長が、これ亦《また》、マンボ・ズボンか何かで、東北弁で、

「エカス、エカスっておだてても知んねえぞ。上げられねえものは、上げられねえ」と頑張る。すると、委員たちがギターをやかましくかきならして、ロカビリーで、組合歌を合唱する。あまりのやかましさに、社長がとうとう閉口して、賃上げをみとめる。大体メーデーの歌やデモの歌には、集団のセンチメンタリズムがこもっていて、狂熱がちっとも感じられない。ああいう歌は、アクチュアルな歌であるべきなのだから、みんなロカビリー調に編曲し直すべきなのである。どんなやかましい流行も社会的鎮静剤として作用しているという点に、資本家も労働者も気がつかないのはフシギなことです。さすがにアメリカには、組合運動をジャズ化した、「パジャマ・ゲーム」などという、警抜《けいばつ》なミュージカルが出ています。

話が脇道《わきみち》に外《そ》れましたが、世間には、流行というと何でも毛ぎらいする、ケツの穴のせまい人種がいる。

「ロカビリー、おおやかましい、おお下品だ」「裕次郎だって？　あんな乱杙歯《らんぐいば》、どこがいいんでしょう」

そうしてショパンを聴きに行って、心から満足して帰る。それも趣味だから何ともいえないが、こういう人たちの中には、妙に「現代に対する嫉妬《しっと》心《しん》」という精神分析的病気の持主が多い。自分が流行の中心になるなら、流行もゆるせるが、そうでないなら、流行なんかに従ってやるものか、というレジスタンス精神は立派なものだが、却《かえ》ってそういう人の頭の中には流行が、現代が、現代のもろもろの事象が、自分をのけものにして進んでゆくものとして、しじゅう心に焼きついている。むしろ流行が固定観念になっているのはこういう人たちです。

この人たちは心の中で流行に嫉妬しています。「サック・ドレス。まァ勇気があるわねえ。でも私は着ない」……そう言いながら、心は平静でないのです。

それでも私は、戦後の一時期の、インチキ実存主義大流行時代や、カストリ文化流行時代には、一向流行に従う気にはなれませんでした。ああいう文化的流行というやつは、われわれ同じ商売の者には、楽屋のバカらしさだけ見えて、とても同調できるものではない。流行は無邪気なほどよく、「考えない」流行ほど本当の流行なのです。白痴的、痴呆《ちほう》的流行ほど、あとになって、その時代の、美しい色彩となって残るのである。歌舞伎《かぶき》の「助六」の美しい舞台を見た人は、あれが、当時のもっともモダンな風俗やはやり言葉の集大成であったことをふしぎに思うかもしれません。

一般的に浅薄さはすぐすたれ、軽佻浮薄《けいちょうふはく》はすぐ凋む。流行というものは、うすっぺらだからこそ普及し、うすっぺらだからこそすぐ消えてしまう。それはたしかにそうだ。しかし一度すたれてしまったのちに、思い出の中に美しく残るのは、むしろ浅薄な事物であります。鹿鳴館《ろくめいかん》の風俗は、当時の浅薄な、外来文化の猿真似にすぎませんでしたが、今日では、明治時代の重厚なる征韓論《せいかんろん》なんかより、浅薄な鹿鳴館風俗のほうが美しい過去として残っている。しゃっちょこばったものや重厚なものは、一見流行ほどはやりすたりがないようにみえるが、本当のところは、流行より短命なのかもしれない。浅薄な流行は、一度すばやく死んだのちに、今度は別の姿でよみがえる。軽佻浮薄というものには、何かふしぎな、猫のような生命力があるのです。流行の生命力の秘密は、まさにここにひそむともいえましょう。

重厚な流行というものはあんまりありません。上等なホームスパンの生地《きじ》とか、上等な久留《くる》米絣《めがすり》などというものには、はやりすたりはありません。ですから勤倹貯蓄型の精神の持主、いわゆる渋好みの人たちは、こういう重厚なものにとびつき、重厚なもので身のまわりを固めます。こういうのをお店者《たなもの》精神と言ってもよろしい。お店者精神は、お茶器の骨董《こっとう》への崇拝やら、あらゆる形の趣味生活にしみ込んでいます。

こういう人は、流行のうつろいやすいカゲロウのような株を買おうとしません。資産株だけ買うのです。その結果どうなるかというと、この人たちは流行の大きな利得をわがものにすることができない。隠れ蓑を着るチャンスを逸してしまう。どうでもいいことにも一々流行に反抗しているから、大事なエネルギーをみんなこれに使ってしまい、却って時代時代の現象に引きずりまわされる結果になって、本当に自分のために使うエネルギーを失くしてしまうのです。こういうそこで彼に残る個性とは、ただ、久留米絣やホームスパンだけになってしまいます。こういう奥床しい、哀れな紳士を、私は沢山知っています。

流行は時には命とりになります。

ゲエテの「若きウェルテルの悲しみ」がベスト・セラーになったとき、ドイツの青年たちは、きそってウェルテルのマネをして、黄色いチョッキを着て、自殺しました。文化的流行とはかくも危険なものであって、私が、「流行に従え」というのは、こんな流行に従えと言っているのではありません。どうでもいい、浅薄な流行に従えというわけです。

お役人などという頭の固い人種は、灰色の建物の中で、時代おくれの服を着ている人たちですから、流行に従う知恵を知りません。学校の先生という人種も、従っているのは学校教育関係の流行にだけであって、ひろい世間の安全無害な浅薄な流行とはついに無縁に一生をおわる、気の毒な人種であります。哀れむべし。

お見合でタカるべし

「お見合サギ」というのを御存じですか？　結婚サギとちがって、これは全く犯罪を構成しない。近ごろのチャッカリ青年にはやっているサギだそうです。

まるで気もないのに、お見合となればイソイソと出かけ、もともと断わる気でいるから、相手の顔などろくすっぽ見ず、ただ御馳走《ごちそう》をたべるだけたべ、お酒もすすめられるままに呑むだけ呑み、適当に言葉をにごして帰る。これでは相手はいい面《つら》の皮です。もちろんこういう手で、何度となくタカっているわけですから、男のほうも、良いお婿さんたる条件をそなえているわけである。それを百も承知で、相手を利用しているのだから悪質ですが、目的はタダで食欲を満足させるだけだから、無邪気とも言えるわけで、現代青年のチャッカリさと同時に、みみっちさをもよく現わしている。こんな青年を退治するためには、お見合に要する費用は折半として、ツケをまわすような慣行をこしらえなければなりません。

「お見合サギ」という一語にも、現代青年が世間の因習に身を委《まか》せて、そこから自分のトクになるものだけを失敬して、責任は全然負わず、サッサと逃げ出すという精神態度がよくあらわれています。まことにけしからんことだ。まことに不道徳的なことだ。――しかし形だけ見ると、何十ぺんお見合をしても気に入らないときは仕方がないのですから、この青年のやっていることだって、世間ふつうのことで、何もフシギはない。御馳走や酒にしたって、出されたものを食べないのは却って失礼に当るのだから、すみからすみまで平げて、お皿もなめるほどキレイにしてしまえば、礼儀に叶《かな》ったことというべきである。どこからどこまで非難の余地のない完全犯罪であります。

やみくもに伝統と因習と古い権威とに反抗する青年の時代は去って、青年はだんだん利巧になり、こすっからくなって来た。従順な見せかけ、猫っかぶりもずいぶん巧《うま》くなった。負けるとみせ、服従するとみせて、とるだけのものはとるようになって来た。現代青年は孫呉《そんご》の兵法を学んで来たようである。

先輩にタカることの巧くなった点でも、戦前の学生は、今の学生に遠く及びますまい。今の学生は、それで別に恩を着るというようなところもなく、オゴられた側の食欲及び金銭欲の満足と、オゴった側の親分気取の優越感とが、丁度トントンで、おあいこだと考えて割り切っている。今の学生が先輩をおだてる巧さなど、敬服に値いする。昔はとてもああは行きません。

一体、見かけはヤクザっぽく、目つきもすごく、ひねくれているけれど、内心は純情、気がやさしく、非常に心持がきれい、……というような流行の青年像は、どこから出て来たのかと考えてみるのに、結局「エデンの東」のジェームス・ディーンに帰着するようである。こういうタイプは、女性の中の母親性を無類に刺戟《しげき》するらしく、映画批評家のK・K女史のごときは、ディーンの死をきいてさめざめと泣き、ごはんもノドをとおらず、ディーンの一周忌にはJ・Dと頭文字を焼き込んだ葬式饅頭《まんじゆう》を知友に配り、私をつかまえては、

「あなた、ニューヨークで、ディーンのよく行くレストランで、ディーンのいつも坐《すわ》っていた席でごはんをたべたって言ってたけど、そのときあなた、どんなズボンはいてた？」

と訊《き》くから、

「さア忘れちゃった」

と答えると、

「そのときはいてたズボンを私に頂戴《ちようだい》。ディーンの坐ってた場所に坐ったズボンを」

と、おどろくべき要求を出し、つい先だって、ついにディーンの墓参のためにアメリカへ旅立ちましたが、私はてっきりこの女史は独身だと思っていたのに、レッキとした奥さんであることを知り、「こういう浮気なら、いくらさせても、御亭主は安心だ」と、妙なところに感心しました。

このディーンの青年像は、日本では石原裕次郎に換骨奪胎《かんこつだつたい》されましたが、実はこんな青年像は古くさいもので、青年というものはたいていこんな生き辛《づら》さを、どこか身内にひそませているに決っており、現今のチャッカリ青年だって、青年である以上、いかに調子よく、気易く、世渡り上手に見えても、生き辛さは十分感じているのだ。お見合で飯をタカるなど、自分の世渡り上手の自作自演の喜劇を一人で演じてみせる、苦肉の策であって、たとい「見合サギ」とわかっても、相手方のお嬢さんも、柳眉《りゆうび》を逆立てるに及びません。

いつかも銀座を歩いていたら、いきなり見知らぬ青年に呼びかけられ、

「先生、M氏は今東京ですか？」

と訊くから、私も思わず、

「サア、もう帰ってるだろう」

と答えると、私の歩くなりに歩いてきて、自分が演出家M氏から芝居を習っていること、先生の芝居は二度ほどみたが、そのM氏の演出はすばらしかったこと、自分はS社の演劇研究所にいること、などを、立てつづけに喋《しゃべ》り、とある町角へ来て、私が右折すると、

「じゃ、ここで。失礼しました」

とさっさと別れて行きました。こいつもよっぽど孤独なんだな、と私は思い、気易さと心臓の強さには一向おどろきませんでした。この程度の気易さや心臓は、現代青年はたいてい無意識に身につけています。そんなものは帽子やネクタイと同じことで、別に孤独感を追っ払う役に立たないのです。

そういう孤独を救うために、当面どうしても要るものはお金で、お金をパッパと使えば気のまぎれるようにできている資本主義社会ですが、青年はまずお金とは縁がない。お金のふんだんにある青年というものも妙なもので、私はそういう青年にタカったことがある。

大分前、若い人の新劇団に関係していて、その中のマネージャア格の小肥《こぶと》りした青年で、いつもリューとした背広を着ている奴《やつ》が、芝居の話のかえりに、

「一寸《ちょっと》おつきあいいただけませんか？」

と自家用車のすごい奴にわれわれを乗せ、銀座の大キャバレエに連れて行き、女たちの名をスラスラと五、六人呼んで連れて来させ、バカでかい皿のオールドヴルなるものをテーブルに飾り、いやというほど酒を運ばせて、さて頃合を見計らって、

「オイ君」

とふんぞり返ってボーイを呼び、札束を切って引揚げ、私をあっけにとらせましたが、見かけは大そうふけていて、二十七、八歳だろうと思われたその大商店の息子だという青年が、実は二十一だときいて、二度びっくりしたことがあります。

人にタカるのは気持のよいものですが、私ぐらいの年配になると、だんだんそうも行かなくなる。しかし問題は貫禄如何《かんろくいかん》で、貫禄のある方へ勘定書が行くのだから、仕方がない。ニューヨークでぱったり石井好子《よしこ》嬢に会い、あの堂々たる体軀《たいく》に毛皮のストールをまとった好子さんを、昼飯に招いて、自分のホテルのレストランへ連れて来て、さしむかいで食事をしたあと、私が現に泊っているホテルだというのに、悲しいかな、給仕頭《がしら》はうやうやしく勘定書を好子嬢にさし出しました。アメリカで女のほうへ勘定書が行くのは、よほど男に貫禄のなかった場合に他ならない。私はあわてて勘定書を引ったくったが、好子さんはゴキゲンで、「あなたてっきりツバメと思われたのね」

と私をからかいました。

約束を守るなかれ

私は大体約束をよく守るタチですが、それをあんまり自慢できることとも思っていません。約束にキチンキチンとしばられるなどということは、人物の器量の小さい証拠で、社会の一歯車にすぎない証拠ともいえます。

女相手の約束については、ローマの詩人、オウィディウスは、その「恋愛論」の中で、こんなことを言っている。

「約束をするのにも、気を小さくしていてはならない。約束は女の心を引くものだ。又約束には、どんな神々でもかまわないから、証人に立てたまえ。ユーピテルは天上から、恋する者の偽誓を笑っている。そして果されなかった約束は、アェオルスの風に持ち去れと命じたまう。ユーピテルも下界の神を証人に立てては、よく妻ユーノーに嘘《うそ》の誓いを立てたものだ。（中略）女相手の欺瞞《ぎまん》に、信義を守るのはむしろ恥とすべきだ」

古来からの恋愛の鉄則として、約束を守らないほうが必ず勝つ。彼女にすっぽかされて、喫茶店で、イライラ、何杯もコーヒーをのみ、灰皿を吸殻《すいがら》だらけにするなどという、「約束を守る男」はまず負けです。

ブラジルでは、

「男と待ち合せたら三十分。女と待ち合せたら一時間待つのが礼儀」

ときかされ、日本以上だとおどろいたものです。あの国の人は、とてもノンキで、人を待つことなど何とも思わぬらしい。女と映画を見にゆく約束をして、映画館で待ち合せる男は、自分一人だけの切符を買って、先に入って、ロビイで外を見ながら、一時間でも二時間でも、のんびり待っている。これなら、女がやって来たとき、女の切符代を払ってやる心配がありません。ブラジルは全くいい国です。

アメリカのニューヨークというと、みんながみんな、一分一秒を争って、約束ぜめで生活しているようにみえるが、私の友だちにテレビのプロデューサーで大へんなノンキ者がいて、彼の約束は誰も信ぜず、彼が約束を破っても誰も怒らないのでした。そこまで持ってゆけばしめたものだ。彼はわれわれと話している最中にも、ときどき、急に時計を見て、

「オー」

とためいきをついて、天井を見上げ、首を振ってあきらめて、又何事もなかったように話をつづけるのでしたが、われわれはその時、彼が同じ時刻に人としていた約束を、思い出したのだということがよくわかりました。しかし気のつくときは、たいてい一時間以上過ぎているのでした。

世の中には出来る約束と出来ない約束とがある。本来小説の〆切なんていうものは、出来ない約束に類するものだが、それでも一片の口約束をもとに、雑誌の編集プランが立てられているのである。

大体人間の身体は細胞が何年かですっかり新しく入れかわるのだそうで、

「あれからみんな細胞を入れかえたから、あのとき約束したオレは今のオレじゃない」

と言えば言えないこともない。こんな不安な時代には、あした原爆工場が爆発して大都会が全滅するかもしれないのだから、

「あした五時に、服部和光《はっとりわこう》の前でね」

などと言ったって一分後の運命は神のみぞ知る、今夜自動車にひかれてしまえばそれまでです。

上田秋成《うえだあきなり》の「菊花の契《ちぎり》」という小説に、或《あ》る男が同性愛の恋人と会う固い約束をしたのに、とてもその日に間に合わなくなってしまったので、魂は肉体より早く飛ぶという法則に従って、自殺し、幽霊になって恋人のところへあらわれる、という話があります。「俺は必ず約束を守る男だ」とふだん公言している人間でも、とてもここまでは行きますまい。まして大国間の、原爆実験停止の約束など、とても信じられたものではありません。

つらつら考えると、約束というものが守られるという保証はどこにもないのです。そのために証文や裁判があるのだが、それだって約束が守られなかった後の祭のようなもので、「約束が守られる」という考えは、人間社会がいつも描いてきた美しい夢なのです。この夢に従って社会の歴史は動いて来たのですから、これをぶちこわそうと思えば、一人が約束を守らないように気をつけただけではダメで、何百万という人が、一どきに約束を守らないようにすれば、社会の歯車は忽《たちま》ちにしてぶっこわれます。大銀行が約束を破れば、取付さわぎになって、経済は混乱するし、又一方、室町時代の徳政令のように、政府が「借金棒引」のお布令《ふれ》を出せば、政府は一文も出さずに人民の信望をかち得ます。……つまり「約束を守る」ということは、社

会がしょっちゅう気をつけている健康な状態のことで、「約束を破る」ことは、社会がいっちかばっちかのとき使う毒性の強い劇薬のようなものです。このごろの政府のように、しょっちゅう公約を破ってばかりいては、いざという時キキメがありません。

もしある日、貴下に三つの約束があるとします。

午前十時、M君と会ったときこの間借りた千円を返すこと。

午後二時、企画会議に課長の代理で出席すること。

午後六時、S子と銀座のX堂で待ち合わすこと。

午前十時の約束は守らなくてもかまいません。もちろんM君と会うのは仕方ありますまいが、「金を返せ」などとは言い出しにくいもので、約束は忘れたフリをしていればよいのです。それでもM君が勇気のある人で、「千円返してくれる約束はどうした？」とでも言い出したら、なるたけサッパリと、「ああ忘れてた。あしたにしてくれ」と言えばよろしい。そこでM君は当てにしていた金をとりそこね、金を貸した側が不愉快な気持にされ、人に君の悪口をふりまいて、せめてもの腹イセをします。

「あいつに金を貸すなよ。決して返さないから」

こういう評判は、貴下をますます豪傑に見せ、男らしく見せ、逆にM君を、ますます卑しい小人物に見せますから、貴下のトクです。

午後二時の約束も守らなくてもかまいません。これこそ貴下の出世のチャンスです。なぜなら、代理の貴下が出席しなかったおかげで、課長の欠席が、社長にマークされ、課長が却《かえ》ってクビになり、貴下がその後釜《あとがま》に坐《すわ》れるかもしれないからです。

午後六時の約束は、守らないほうが利口です。彼女はすっぽかされたおかげで、はじめは怒るが、おしまいに貴下の身にかかわる交通事故を心配し、ほうぼうの警察へ電話をかけ、あげくのはてに数日後貴下の無事を知って大安心し、すっかり今度は、貴下に惚《ほ》れ抜いてしまいます。しかしもし、もう彼女が鼻についているのだったら、六時キッチリに出かけて行って、早速別れ話を持ち出し、サッサと別れたほうがトクでしょう。

さて今日、貴下は三つの約束を破ったおかげで、世間の評判を高め、出世のチャンスを獲得し、彼女の愛を得ました。約束を破ったおかげであまった時間は、何に使うか。パチンコでもやっているがいいでしょう。そういう時は又、いくらでもチンジャラジャラと玉が出るものです。

「殺《や》っちゃえ」と叫ぶべし

今日私はボクシングの試合を見に行きました。試合も面白いが、面白いのは大衆席の掛声です。

「殺《や》っちまえ！　殺っちまえ」

「殺せ、殺せ」

などという物騒なのから、

「ずるいぞ、休んでばっかりいやがって。畜生、休むガラか」

なんて言っている。言われた選手は、殺しても死なないようなタフな新人でしたから、「休むガラか」には、私も思わず吹き出した。

「シャモのけんかじゃねえぞ」

「しっかりやれ、黒シャモ」

黒シャモと呼ばれたほうは黒パンツの選手で、相手の赤パンツは忽ち赤シャモにされてしまった。

歌舞伎《かぶき》の掛声とちがって、掛声で芝居がぶっこわれるということがない、掛声をかければかけるほど景気のよくなるのが、ボクシングの試合ですから、中には、はじめからおわりまで、あたりかまわず、一人で怒鳴りつづけている人がいる。自分の思ったことが、みんな口に出て来て、それがみんな一種の掛声になる。

「ジャブ、ジャブ、そうだ、そこだ、そこでジャブ、もう一つ」

こんなことを言ってる人に、はじめてボクシングを見に来たとなりの客が、

「ジャブって何ですか」

ときいたら、

「そんなこと知るもんか」

と怒られたという話もあります。

——このごろは親が子を殺したり、子が親を殺したり、物騒な世の中ですが、ボクシングの

試合を見に来て、

「殺《や》っちまえ」

「ばらしちゃえ」

「もう一息だ。そこだ。そこでやるんだ」

などと叫んでいるダンナは、まず人殺しはしないだろうと思われる。ボクシングほど、人間の闘争本能を端的に満足させるスポーツはないし、こういうものは文明生活の大事な通気孔であります。

政治上の平和主義はともかく、人間がけんかをしたがったり、血を見て昂奮《こうふん》したりするのは、太古からの動物的本能で、これをむやみに禁遏《きんあつ》すれば、ノイローゼになりがちです。狩猟《ハンチング》だのボクシングだのは、そういう意味で、人間の原始的本能を比較的無害に満足させてくれるスポーツですが、さてこの原始的本能というやつは、文明の進歩によってだんだん弱まるどころか、文明が進めば進むほど、押えつけられた逆の勢いで、却って強まってゆく傾向があります。ニューヨークのティーン・エイジャーの凶悪犯罪のものすごさは、日本の比ではありません。しかし世間に尽きない誤解は、

「殺人そのもの」と、

「殺っちまえと叫ぶこと」

と、この二つのものの間に、ただ程度の差しか見ないことで、そこには実は非常な質の相違がある。

私はイギリスで探偵小説や犯罪推理小説がもっともさかんなのを面白い現象だと思いますが、あの乙に澄ました英国紳士が殺人の描写を読んで夢中になっているところを想像すると、いかにも自然に思える。英国人は、「殺っちまえと叫ぶ」国民ではあるが、それは虫も殺さぬ常識人であることと少しも矛盾しません。いちばん沢山実際に人を殺したのは、あの崇高な理想主義者のドイツ人です。

ギャング映画が子供に害があるとか、チャンバラが品性を下劣にするとか、しじゅう害毒を心配しているPTA精神を、しんそこからきらいな私は、ボクシングを、その気取りのない「殺っちまえ精神」の故に愛します。「警職法反対」なんて、年百年中、ただ反対ばかりしていないで、

「何ィ？　警職法？　殺っちまえ！」

と叫んだほうが、私にはイキに思える。別に本当に殺すわけじゃないのだから、そのほうが語呂《ごろ》がいいじゃないか。たとえば、「何ィ？　道徳教育？　殺っちまえ！」という具合に。

劇場でも、昔の劇場には、「殺っちまえ精神が」横溢《おういつ》していました。にくらしい敵役《かたきやく》の名演技にコーフンして、舞台へ駈《か》け上ってその役者を斬《き》ろうとした武士の昔話は別にしても、大正のころまでは、大向うの掛声も、

「大根、引っ込め！」

ぐらいは平気で言ったので、そのころは大向うもボクシングの大衆席並みでした。それがこのごろは、躍動する、殺気をはらんだ批評精神などというものは、とんと劇場の客席で見かけ

ません。つまらない芝居だったら、口笛を吹き鳴らし、足をガタガタ踏み鳴らし、

「作者を殺せ！」

と怒鳴るのが、本当の芝居の観客というものなので、西洋の芝居はそういう客にモマれて育ったのに、日本の新劇のお客は何と大人しいのでしょう。かれらは切符を買うか買わないかで意志をわずかに表明するだけです。

日本の芸術界にも、その他の分野にも、今一等欠けているのは、この殺人精神であるらしい。そこで例によって私の論理は飛躍するのだが、今、現実の人殺しがこんなにもフンダンにあり、人の命の軽いこと安いことは戦争中以上だと思われるのは、「殺人精神」「殺《や》っちまえ、と叫ぶ精神」の衰微《すいび》から来ているんじゃないか。それが証拠に、当節の殺人には、情熱的な殺人というものはほとんどなく、わずか二、三百円の金がほしさに人を殺したり、迷惑を耐えしのぶことが辛《つら》さに人を殺したりするのが多く、これでは、「殺っちまえ」という景気のよい叫びは出て来る筈《はず》もなく、ただこの人たちは、不安から殺人を犯すのです。ドライ時代などといわれるが、現代の殺人は、ある意味で実にジメジメしているというのが、私の感じです。つまり文明が進んで、社会が窮屈になればなるほど、人間の血なまぐさい原始本能は、ヒステリックに高まって来るのは、前に申したとおりですが、それが「殺っちまえ」という叫びにならずに、重苦しい不安の形になって、じかに本当の殺人行為に人を追いやってしまうというのが、現代の病気であるらしい。

この病気の療法は、「殺っちまえ」「バラしちまえ」という陽気な叫びを、もっと社会全般

にみなぎらせることじゃないでしょうかね。

「×のやつが今度実にくだらん小説を書きやがった。低俗で見るに耐えん。殺っちまえ！」

と来れば、批評もずいぶんスッキリします。

「あの人、よくもあたしを捨てて、他の女と結婚したりしたわね。ようし、バラシちゃうから」

「よし、今度税金をとりに来やがったら、只《ただ》じゃおかねえぞ、殺っちまえ」

「何だ、上役ヅラをして、俺《おれ》のことをボケナスなんて言いやがったな、殺っちゃえ殺っちゃえ」

　これを心の中で言っていたのではダメで、公然と言えるようになったら、ちっとも殺伐ではなく、陽気で爽快《そうかい》です。ためしに一人で叫んでみてごらんなさい。大声で、大きな叫びで人を殺すのは、実際に人を殺すよりずっと気持のよいものだということがわかるでしょう。しかし本当のところ、法律も文明もなかったならば、にくい奴《やつ》を、ただにくいからという理由で殺すのは、人間にとって一等健康的なことであったかもしれないのです。

　フランスはさすがに名だたる文明国で、ついきのうまで決闘という社会的習慣を黙認していました。現在でさえ、名舞踊家セルジュ・リファールのおままごと的決闘を、ニュース映画で見た方も多いことでしょう。

文弱柔弱を旨とすべし

プロ野球の選手が最高の英雄である現代において、文弱柔弱をすすめるのは、ふしぎに思われるかもしれません。しかしこんなにスポーツがさかんになり、栄養食が重んじられ、十代の男女の体位がメキメキ向上してくるのを見ると、私は何となく、今の高校生たちを昔の徴兵《ちょうへい》検査場へ引っぱり出してみたらという空想にかられます。まず大多数は甲種合格疑いなしです。

「若者よ。体をきたえておけ」などという、歯の浮くような題の唱歌がありますが、日本が共産主義政体になったら、逸早《いちはや》く徴兵制度が布《し》かれることはまず疑いがありません。

平和主義とか、戦争絶対反対という見地からは、本当は体位向上なんかヒンシュクすべきもので、現代の青少年が一人のこらずフニャフニャの柔弱児になり、ゲイ・ボーイみたいにシャナシャナ歩き、つつけばよろけるような奴ばかりになったら、それこそ、万世の泰平ここにあり、ともいえましょう。事実歌舞伎劇の二枚目に「つっころばし」という、フニャフニャの色男の役があり、「色男金と力はなかりけり」の見本のような芝居を演じますが、この「つっころばし」は、「つっつけばころびそうな」という意味です。

決してまちがえてはいけないことは、政治家というものは、青年の思想を活用するように見せかけて、実は、利用したいのは青年の肉体だけだということです。青年の思想なんて、まるきり利用価値はなく、肉体だけは大いに使い物になる、ということを知っている点では、政治家というヤカラもバカになりません。学校の教師よりずっとオリコウだ。だから政治家が青年に目をつけだしたら、警戒せねばならん。政治家の裏をかくには、文弱に流れ、柔弱に堕して、フニャフニャの、全然使いものにならぬ肉体を作り上げることです。正に「若者よ、体をきたえておけ」です。

まずいけないのはスポーツであります。これにイカれると、自然に体位が向上し、性欲が昇華され、下司《げす》なことを考えなくなり、理想主義的になりますから、いちばん政治家に利用されやすい態勢をしらぬ間に作ってしまう。映画もいけない。これもちっとも頭を消モウさせず、のんびり見ているあいだ消化を助け、身体に害がないからいけない。そうすると麻薬なんか一等いいことになるが、私は何も中毒の病人を作ろうというのではなく、ただ文弱柔弱になれ、と言っているのですから麻薬まで行っては行き過ぎというものです。

読書。これは結構です。コーヒーと併用すればますます不眠症を誘発し、人間をだんだん空想的にして現実から遊離させ、しかも体位を低下させます。読書の姿勢はどうしても前かがみになりますから、軍隊には向きません。それに勉強すればするほど、人間は決断力が鈍くなり、行動力を失うようになりますから、ますます結構です。

「深夜喫茶」などという、青年柔弱化に絶対適切で効果的なものが禁止されたのは、政府が再軍備へ向って一歩踏み出した兆《きざし》と考えてよろしいでしょう。深夜喫茶に通いつめて、青白くなった青年などは、まず第一に、兵隊むきでないからであります。

ゲイ・ボーイなどは、もっともっとさかんになるべきで、むかしの平和な時代の春信《はるのぶ》の浮世絵などを見ますと、恋をささやいている若い男女が、服装も顔かたちも、どっちが男でどっちが女かわからないほど似ていますから、そういう黄金時代の再来の兆がゲイ・ボーイでありま す。

一体、女と寝ることがもっとも男らしい行為だという誤解が生れたのは、いつからでしょうか。女と寝れば寝るほど、そして、女と感情的心理的交渉を持てば持つほど、実は男性というものは女性化するものなのであります。光源氏《ひかるげんじ》でも、「好色一代男」の世之介でも、日本型ドン・ファンが、何となく女性的なのは、この点から見て、リアリズムの本道を行ってるというべきです。ボクシングでも水泳でも、男性的な体力のさかりは、まだ女をよく知らない年頃に限られています。

又、妙なことに、女性は、わりに女性的な男を好む傾向を持っています。文化の進んだ国ほどそうで、日本やフランスで、もっとも女にもてる男の典型は、女性的であります。

歌舞音曲、なかんずく、シャンソンや三味線などは、人を柔弱にする絶大な力があります。それもなるたけ世をはかなむような、抒情味《じよじようみ》満点な、ガーゼで顔をなでるような歌詞がよろしい。朝も夕べも、こういう音曲をたしなんでいるうちに、青年はだんだん骨抜きになります。くにゃくにゃ、じゃらじゃら、軟体動物的な青年で日本中が埋まったら、再軍備はおろか、ファッショ化や共産革命の心配も全くありません。

次にいけないのは貧乏です。貧乏は人間を緊張させ、たえず向上の意欲に燃え立たせ、闘争心をあおり、奮起させます。青年柔弱化のために、金をなるたけフンダンに持たせる必要があります。もっとも、より有効な方法は、女に金を持たせることで、女に貢がれ養われるうちに、青年は勤労意欲も、向上の欲望も失いますから、そのほうが早道です。

それから青少年はお洒落《しゃれ》に憂身《うきみ》をやつし、お化粧に熱中すべきです。お尻《しり》の小さい青年はヒップパットをつけ、顔がまずかったら整形手術に通い、どの青年の顔ものっぺりして来たら、とても強そうな軍隊は出来ません。むりやり軍隊を作っても、小休止の号令がかかると、いっせいに道ばたでコンパクトをあけてお化粧をはじめるようでは、士気正に地に落つ、というものでしょう。

終戦後、一時、「文化国家」という言葉がはやりました。本当の文化国家なら、ひところのフランス、ひところのシナのように、一億柔弱化が達成された筈なのであって、爛熟《らんじゆく》した文化というものは、究極的には、女性的表現をとるのです。ところが日本は、そこまで行きませんでした。一方にゲイ・ボーイがいれば、一方に、いとも男性的なる長嶋君や裕次郎君がいます。大衆は文化に背を向けて、プロ野球に熱中します。政治家は再軍備や、警職法改正に熱中します。これでは大した文化国家とも思えませんし、一億総蹶起《けつき》、軍国主義警察国家への再編成も、そんなにむつかしいことではありますまい。戦争中、便乗学生が、学校の演説会で、こんな演説をしました。

「目下、わが国は未曾有《みぞう》の国難に直面しているにもかかわらず、名誉あるわが校にも、一部に文弱な学生があって、くだらん小説など書いている」

と言って、私のほうをジロリとにらみました。

私はこのころ、本当にヒョロヒョロで、青白くて、軟派小説を書いていて、文弱と言われても仕方がなかったが、こう面罵《めんば》されるとさすがに腹が立ち、「今に見ろ、文弱の時代が来るから」と心の中で呟《つぶや》きました。

果して戦争がおわり、文弱がわが世の春をとなえたが、しかし前にも書いたように、日本がシンからの、柔弱文弱の極致をゆく文化国家になりそうもないと見きわめをつけた私は、今度は自分が時代に便乗して、ボディ・ビルなどをはじめ、今や筋骨隆々、いつ赤紙が来ても大丈夫という自信を得ました。もっともこの年になったら赤紙は来っこない、と安心してはいますがね。

スープは音を立てて吸うべし

たいていの気取ったエチケット講座には、洋食の作法として、「スープは決して音を立てて吸ってはいけません」などと、おごそかに戒めています。子供のときから味噌汁《みそしる》を音を立ててのみ、お薄《うす》茶もおしまいのときにはチューッと吸い込む作法に馴《な》れて来たものに、むりやり西洋人の作法を押しつけようというのです。

ところでこういう表面的作法に一等影響をうけやすいのは女性であって、女性はとかく上《うわ》っ面《つら》だけで物事を判断しますから、

「好きな彼氏がいたんだけど、はじめて二人で夕食をしに行って、スープが出て、いきなり彼氏が、ズルズルッという、ラーメンでも流し込むような音を立てて、ポタージュを吸い出した

瞬間、わたしは生理的嫌悪を感じて、それ以来、彼氏がすっかりイヤになりました」

などというのは、たいていの女性雑誌の「恋愛心理の微妙さの特集」とかいう、告白記事に出ています。私は別にこんな女性心理は、微妙でも何でもなく、ただの虚栄心だと考えますが……。

エチケット講座の担当者たちを見ればわかりますが、彼らは私にとって格段尊敬すべき人たちとも思えません。洋食作法を知っていたって、別段品性や思想が向上するわけはないのですが、こんなものに影響をうけた女性は、スープを音を立てて吸う男を、頭から野蛮人と決めてしまいます。それなら、あんなフォークやナイフという凶器で食事をする人は、みんな野蛮人ではないでしょうか？

たまたまここへスープの音の話を持ち出したのは、私の最も尊敬する先輩が、二人まで、すさまじい音を立ててスープを吸う。二人とも外国をまわって来た人ですが、外国のどこかの都市の、気取ったレストランで、もし御両人が相会してスープを吸ったら、さぞや壮観だろうと思われる。御両人とも日本最高の頭脳に属するが、スープを音を立てて吸ったりすることは、日本最高の頭脳たることを少しもさまたげないのである。そればかりではない。私は両氏を見ていると、あれだけあたりかまわずズーズー音を立ててスープを吸えたら、あのくらい頭がよくなるんじゃないかと思うことがある。

――事はスープだけにとどまらない。或《あ》る中世芸能の研究家が、私の目の前でナイフに肉をのせて、御丁寧に刃のほうを下唇へあてがって、口の中へ肉をほうり込むところを見たが、これなんかは、いつ口が切れやしないかと相手をヒヤヒヤさせて、スリルを満喫させる点だけでも功徳《くどく》というものである。

エチケットなどというものは、俗の俗なるもので、その人の偉さとは何の関係もないのである。

静まり返った高級レストランのどまん中で、突如怪音を発して、ズズズーッとスープをすすることは、社会的勇気であります。お上品とは最大多数の決めることで、千万人といえども我ゆかんという人は、たいてい下品に見られる。社会的羊ではないという第一の証明が、このスープをすする怪音であります。

野球を見にゆくのは、社会的羊のやることだから、一人狼は見に行く必要がない。ゴルフも社会的羊のスポーツであります。

N子は本講座の優秀な聴講生であるから、恋人のS青年が、レストランで、破廉恥な音を立ててスープをすするのを、むしろ誇りに思っていました。

「この人は見どころがあるわ。きっと今にエライものになる」

と心中ひそかに思って、うれしがっていました。

彼がめずらしくショパンのピアノ曲の演奏会へ誘ってくれたので、一緒に行くと、しんとした演奏のさなかに、靴底でカンシャク玉を踏みつけ、観客を総立ちにさせておいて、逃げ出す始末でした。

彼は下界の礼儀やいたわりを軽蔑《けいべつ》していましたから、見ず知らずの腰の曲ったお婆さんの手を引いて、車道を渡らせてやりました。

「おや、もう、こりゃァ、ありがとう。若い方が、よく気がついて、いやもう本当に、御親切に」

とおばあさんは言いました。しかし車のゆききが織るような車道のまんなかまで来ると、彼は手を離してさっさと行ってしまったので、おばあさんは車道のまんなかに腰を抜かして、お題目をとなえる始末になりました。尤《もっと》もお題目の声がクラクションのひびきより高かったので、幸い轢《ひ》かれずにすみましたが。

彼が風邪を引くと、何かしんみりした悲恋物をやっている映画館へ行って、まんなかの座席に坐《すわ》って、たてつづけに二十回ほど大きなくしゃみをしました。観客は笑い出し、せっかくの悲恋物は台なしになり彼の風邪も治ってしまいました。

彼は又、交番という交番の前へ行って、帽子を脱いで、丁寧に最敬礼をして、何も言わずに引返して来たので、すっかりお巡りに気味悪がられて共産党の新戦術かと誤解されました。

彼は公園へ出かけて、水鳥のいっぱいいる池の中へ、紙屑《かみくず》をいっぱい入れた紙箱に火をつけたのを浮べて逃げ出したが、おどろいて飛び立った水鳥に、頭へ糞《ふん》を引っかけられました。

N子はこういう彼にいちいちついて行って、彼の所業を見ていたわけですが、ますます並々ならぬエラ物《ぶつ》だと思わないわけには行かなくなりました。彼はたしかに羊ではないのです。

ところが、とうとう或る日、彼が精神病医の診断を受けさせられて、精神病院へ入れられてしまったときいたとき、彼女は大へんガッカリして、狼を柵《さく》の中へ追い込んでしまった羊の大群の威力に気がつきました。もう一つ羊たちは、監獄という柵を持っています。ですから、羊たちにイヤガラセをするには、せいぜいスープをズルズルッと音を立ててすするぐらいのところに、止めておいたほうがよいのだ、と考えざるを得ませんでした。

皆さん、これがわれわれの芸術というものの実態です。それはレストランの羊たちのためのなごやかな音楽でなければ、せいぜい狼の習性をあらわすスープをする音にすぎないのです。それでも私は、羊たちのための音楽よりも、このスープの音をえらびます。それは妙《たえ》なる音楽ではないかもしれないけれど、少なくとも、「俺は羊じゃない」という不断のつぶやき、勇気の一種、抵抗の一種、イヤガラセの一種、すなわち、人間に欠くべからざるものの、ささやかな見本なのであります。

罪は人になすりつけるべし

ロンドン郊外で或る日本人が、友人の日本人を同乗させてドライヴしていました。黒い人影が前を横切ったと思うと、ギーッといやな音がして、彼の車はすでに人を轢いていました。見るとイギリス人のおじいさんです。友人のほうは、さア大変だと顔色を変えましたが、轢いた御当人は、おじいさんがすでに死んでいることをたしかめると、悠然として警官を待ち設けます。

警官がやってくる。訊問《じんもん》がはじまる。轢いた御当人は、上手な英語で冷静に申し立てます。

「これこれしかじかの理由で、轢かれた老人のほうが悪いのである。自分のほうには全く落度はない。ここに同乗者がいるから、彼が証人となるであろう」

友人は面喰《めんくら》ったが、ともかく証人になり、その後事件はまことに簡単に片附きました。しかし友人のほうが却《かえ》って寝覚めがわるく、友達をこっそり難詰《なんきつ》しました。

「君だって日本人じゃないか。日本人なら、『お気の毒に』とか、『すみません』とか、『私が悪かった』とか、何か一言アイサツすべきじゃないか。もっと日本人らしい日本人なら、地べたに手をついて、泣いてあやまるだろう」

「バカ、ここは西洋だ」

彼はたった一言、そう答えたきりでした。

――西洋では、人はめったに、

「すまなかった」

とか、

「私が悪かった」

とか言いません。

現に一九五七年に私が高い金をつかってニューヨークに長逗留《ながとうりゅう》したのも、私の芝居を上演することになっていたプロデューサーが、資金難のために言いのがれをして、「もうじき芝居があくから」とウソをつき、私がうまうま乗せられていたからです。芝居はとうとうオジャンになり、私はそこは日本人ですから、彼が、

「これこれしかじかの理由で、芝居はダメになった。みんな私が悪かったんだ。どうか諒承《りょうしょう》してくれ」

と男らしくいさぎよくあやまれば、経済的損失のことなどは忘れてしまうつもりでいました。

しかし彼は頑強に、

「アイ・アム・ソウリイ」

という私の期待していた言葉を言わないのです。そして彼のついて来たさまざまなウソも、客観情勢の悪化のせいにして、ケロリとしています。私も腹が立ったが、おしまいに、腹を立ててもムダだとさとりました。

「ここは、西洋なのだ」

男らしくとかいさぎよくとか言っても、それはあくまで日本人の概念であって、一例が戦争で捕虜になることを最大の不名誉と思っていた国民と、捕虜になることを名誉と思っている国民とでは、男らしさ、いさぎよさの内容もちがってくる。「男らしく」「いさぎよく」捕虜になることもできるのだし、「男らしく」「いさぎよく」真赤な嘘《うそ》をつくこともできるのです。

――ブラジルでは、（フランスでもそうだそうですが）子供のけんかというと、たいてい親が出て来ます。そして、両方の親が、

「うちの子に限って、決してそんな悪いことはしない。悪いのはそっちの子に決っている」

と口角《こうかく》泡を飛ばしてギロンをします。これは永遠の平行線で、いつまでたっても、自分の方の非をみとめない。これが日本なら、

「いいえ、いいえ、うちの子は本当にしようがありませんで、申訳ありません。坊やッ！　(ト人前でわざと我子を叱《しか》り)いけませんよ、そんな悪いことをして、さァ、おあやまりなさい」

「いいえ、いいえ、とんでもない、こちらこそ。うちの子が余計なことを申しますから、坊ちゃんがお怒りになったのも尤もですわ。本当にすみません。さァ、坊やッ！　おあやまりなさい」

という如き、いとうるわしき風景が展開します。しかしそれは日本の話、西洋ではそうはいきません。

思うに西洋のように、権利義務の観念の発達した世の中では、物事はすべて日本よりキュークツで、人と人の関係はすべて日本よりきびしいのです。一度自分の非をみとめたら、外堀を埋められ、二度みとめたら内堀を埋められ、ついには家も財産も乗取られてしまう。西洋人は、たとえ親戚《しんせき》縁者、親友の間柄でも、そういう歴史をくりかえして来ましたから、生れながらに、自分の城を守るという意識と警戒心が強い。それが、「すみませんでした」という言葉を言わせない歴史的理由で、言ったらおしまいだし、全責任を自分で負わねばならない。だからよく言えば、西洋人がめったに「すみません」と言わないのは、責任観念が旺盛《おうせい》なのだとも云える。

余談ながら、西洋人が宝石を珍重し、宝石の知識もゆたかなのは、いつも身一つで逃げるときの用心に、財産を宝石に代えて来た不安な歴史を物語っています。

――そこへ行くと日本は極楽だ。のんきなものだ。人と人の関係には、義理人情というヘンなものがあって、これのおかげで、すべての緊張が緩和されてしまいます。

「すみません」

「悪うございました」

「私のまちがいです」

「申訳ありません」

と何でもかでも、我身一つに引受けてしまえば、却ってトクをします。下手に突張るよりそのほうがトクなことが、日本では多い。なぜなら「私が悪うございました」と言ってしまえば、西洋と反対に、全責任を解除されてしまうからです。

総理大臣が新聞記者にツバを引っかけても、あとで陳謝すれば、たいていおさまってしまう。あやまられた方は、

「総理大臣にあやまらせてやった」

とすっかりいい気持になり、実質的損害をつぐなわせるために裁判を起そうなどという気はなくなります。

又エライ人になると、目下の者が悪いことをした場合に、

「すみません。もういたしません」

とあやまらせれば、それ以上追究しないほうが、自分の大度量を見せることができて、世間の評判をよくする。

「すみませんとあやまるだけですむと思うか」

などというのは言葉だけの話で、国鉄が事故で人を殺したら、国鉄総裁が雀の涙ほどのお香《こう》奠《でん》を大きな包みに包んで、遺族のところへあやまりに行き、仏前に平伏して、泣いてみせれば、たいていおさまる。遺族もそれ以上、

「お前さんが悪い。責任をとりなさい」

と追究しないようになっている。日本では万事、先にあやまってしまったほうがトクなのです。冒頭に書いたロンドンにおける日本人の話でも、もしこれが日本だったら、利巧な彼は、すぐ遺族のところへ、泣いてあやまりに行って、涙ながらに「私が悪うございました」と詫《わ》びることで、簡単にケリをつけるでしょう。

皆さんはどっちがいいと思いますか？　日本人から西洋人の考えを見れば、不道徳だし、むこうからこちらを見たら、やはり一種の不道徳でしょう。社会の慣習というものはまことにふしぎなものです。しかしどちらがズルイやり方かといえば、手取早《てっとりばや》くあやまってしまうほうがズルイので、「罪は人になすりつけるべし」という精神のほうが、むしろ真正直な考え方ともいえる。だって人は誰でも、内心自分が一等正しいと信じているのですから。

美人の妹を利用すべし

もし君が学生で、しかも美人の妹があったら、それを利用しないという手はありません。これは実話ですが、A君はその年頃の学生に似合わず、そこらじゅうの女のお尻《しり》を追っかけたり

することがなく、どこへ遊びにゆくにも妹を連れてゆくという堅物《かたぶつ》。映画でござれ、ダンス・パーティーでござれ、美人の妹を連れ歩くので、はじめは、「あいつ、ステキな掘り出し物を連れて歩いてる」と評判になったが、実の妹とわかってみると、又ぞろそれが評判になる。

「おい、俺《おれ》にも妹を紹介しろよ」

という友だちが出て来る。彼は誰にでもこころよく妹を紹介するが、それから先がなかなか警戒厳重で、悪童連も手が出ない。

将を射んと欲すれば先ず馬を射よ、という戦術は、ちかごろの学生も同じとみえて、A君は、おかげでしきりに友達からチヤホヤされる。なかにも金持の息子などは、A青年を親友にしようと、家に招《よ》んで御馳走《ごちそう》したり、両親に引合せて、「こんな真面目《まじめ》な友達と附合ってる」と、かたがた自分の株を上げる材料に使ったりする。

——こうして入社試験のシーズンが来たとき、みんなはA青年が、すばらしい就職口を獲得したことに目を見張りました。彼の成績もコネも、人並以上ではなかった筈《はず》なのです。ところがよくよく事情をしらべると、A青年は妹を餌《えさ》にして、大事業家の息子と親友になり、かつ妹を片方でチラチラ見せながら、この馬鹿息子に、最上の就職口を世話させたということがわかりました。

妹もさるもので、兄貴の就職が確定すると、今度はその馬鹿息子が結婚を申し込むまで、じらせにじらせてやろうと手ぐすね引いています。彼女はまことに現代風な美人で、鼻はチマチマとして、目はあくまで鋭く、なかなか一筋縄では行かぬお色気を持っています。

まことに天晴《あっぱ》れな兄妹というほかはありません。

現代は個人主義の時代かと思うと、案外、家族兄弟の結束の固い時代で、これは終戦後、親が経済的実権を失って、一家がそれぞれ働きに出て、力をあわせて家庭経済をまかなって来た影響かもしれない。美空ひばり嬢も雪村いづみ嬢も、幼い妹弟の売り出しにかかり、映画界だけ見わたしても、兄が弟を、姉が妹を、というふうなコネで、兄弟縁者を続々人気者に仕立てる傾向がなかなか強い。

「親の七光りで出世するのはイヤだ」

「兄貴の力でどうとかしてもらうなんて男の恥だ。俺は俺一人の力をためしてみるんだから」

「お姉さんの世話にはならないわ」

などという精神はあんまりはやらない。

手近にあるものは、片っ端から百パーセント利用するというのが、現代精神で、美人の妹を利用する兄貴も、別にそれで、良心にとがめたりする必要がない。実際、自分一人の力なんか知れているので、自分一人の実力で世に出たつもりでも、間接に大ぜいの人の助けを借りているという真理を、このごろの青年はよく知っていて、むしろ意識的に利用しようとする。これだけでも大した進歩というべきで、むかしは、青年というものは、「自主独立」なんてモットーを心から信じていただけ、甘いところがあったわけだ。

大分前にテレビ結婚式を見ていたら、それに実にエライ青年があらわれた。苦学力行、勤倹貯蓄、そのまじめさを買われて主人筋の娘をもらったのですが、結婚費用で人の世話をうけるのがイヤだというので、テレビ結婚を強硬に主張し、ついに誰の世話にもならずに、堂々結婚式をあげることができたのだそうです。

これを見て、イジワルな観察と思われるかもしれないが、私はこう思った。

「この青年は誰の世話にもなっていないつもりだが、現にテレビの世話になってるじゃないか。タダで挙式が出来る代りに、何の関係もない人の好奇心の目の前に、姿をさらさなきゃならない。つまりテレビに身を売ったも同じことだ」

身もフタもない言い方だが、この世間には本当に只《ただ》というものはないから、只のテレビに出ることは、テレビに身を売ったことに他ならない。

身を売って暮してるのは、パンパンばかりじゃない。ボオドレエルが、「芸術は売淫《ばいいん》だ。神を相手にした売淫だ」と言いましたが、そんな高尚な売淫じゃなくっても、われわれ小説家も自分の身を切り売りして暮しているのです。

全く自力でやったと思ったことでも、自らそれと知らずに誰かを利用して成功したのであり、誰にも身を売らないつもりでも、それと知らずに身を売っているのが、現代社会というものです。むかし、「周の粟《ぞく》を喰《くら》わず」と潔癖に言い放った伯夷叔斉《はくいしゅくせい》などというサムライがいましたが、現代は、どこまで逃げて行っても、「周の粟」を喰わざるをえぬ仕組になっている。こういう社会では、自分一人聖人みたいな顔をしているのは、コッケイをとおりすぎてキザである。

美人の妹を就職のために利用する兄貴のごときは、こういう社会の仕組をよく知っていて、それを裏から利用したので、その結果、妹の身に何の怪我《けが》もなければ、すべては丸くおさまったことになります。

赤線が廃止になってから、売淫はおもてむきなくなりましたが、よく考えてみると、美貌《びぼう》というものがあるかぎり、精神的売淫というものはなくならない。映画スターは現代の偶像だそうですが、そう言うと怒られるかもしれないが、映画スターほど、精神的売淫を公然と行って生きてゆく商売はありません。不特定多数の人にセックス・アッピールを売りさばくというのは、立派な精神的売淫であり、これを材料にお金をもうけている人は、一種のツツモタセかもしれない。歌舞伎《かぶき》もむかしはそうだったのですが、歌舞伎のセックス・アッピールというやつは、もう現代向きでなくなって、現代では売り物になりませんから、仕方なしに、「芸術」というものに納まって生き永らえているのです。

「精神的売淫」という言葉は、バカにショッキングで低俗で、人を怒らせるおそれがあるが、それなら「媚《こ》び」と言いかえてもよろしい。これは女にも男にもあるので、一度自分の肉体的魅力を知った人間は、その日から、世間全体にむかって、微妙な「精神的売淫」をはじめます。そして世間はそれにお金か、あるいはもっと大事なものを支払うのです。アメリカでは、テレビで「ニヤッ」と笑う笑顔のよさ如何《いかん》で政治家の人気が決り、大統領選挙にさえもひびくそうであります。これも一種の「精神的売淫」です。

しかし、顔や肉体の魅力を売り物にするのはまだ無邪気なほうで、「精神的魅力」の「精神的売淫」ということになると、これはまた複雑で、一筋縄では行きません。宗教家たるの素質は、正にこの点にあるのであって、イエス・キリストといえども、この点で、かの娼婦《しょうふ》マグダラのマリヤと親近感を感じたものらしい。

現代では、みんなが、世間の中を動いてゆくかぎり、何らかの形で身を売っているのであります。美人の妹は、あなたの心の中にいるのです。そこでこの美人の妹をうまく活躍させ、八方美人と言われぬ程度に頃合に利用すれば、あなたの成功は、まず疑いないところでしょう。

女には暴力を用いるべし

おんなじ不道徳でも、こんなのは昔なら当り前の話で、明治生れの人が読んだら、何が不道徳かと面喰うだけでしょう。

以前、藤原義江氏から、こんな話をきいたことがあります。

青年時代の藤原氏は人も知る美男子ですが、イタリーでイタリー女と恋をして、人もうらやむ仲らいをつづけたが、いよいよ氏が日本へかえることになって、ローマ駅で涙の別れということになりました。

二人はすぎしたのしい日のことを語り合い、オペラなら二重唱になるところでしょうが、その美男美女の別れの場面は、さぞ情緒纏綿《じょうちょてんめん》たるものがあったと思われる。

いよいよ発車の時刻になった。藤原氏はたった一言、言いのこしたことがあるのを思い出して、女にこうたずねました。

「僕たちの二人の間に、何かたった一つでも不満なことがあったら、言ってごらん」

女は涙にうるんだ目で、じっと氏を見つめました。

「そりゃあ私たちは幸福だったわ。私は生れてからこんな幸福は知りませんでした。でも……」と彼女は言い澱《よど》んで、

「……でも、あなたは本当に私を愛していたのかしら」

「愛していたとも。こんなに愛していたじゃないか」

とむしろ藤原氏は、質問の意外にびっくりして言い返しました。

「そうでしょうか。私には何だかもう一つ物足りないの。あなたがもし本当に愛していて下さったのなら……」

この時汽車はおずおずと動きはじめ、氏はタラップに駈《か》け昇りました。そしてこう叫んだ。

「何だって？」

女は氏の姿を追いながら、大声で叫びました。

「もし本当に愛していて下さったのなら、どうして一度も私をなぐってくれなかったの」

――汽車は走り出し、氏は女ともう言葉を交わすことはできませんでした。しかし一人車内に残された氏は、深刻なショックを感じて、しばらくぼんやりしてしまったそうです。

「なるほどこれが女の本音だったんだ。僕はまだ女というものを知らなかった！」

それ以後の氏が、大悟一番、附合う女性という女性をなぐり倒したかどうか、それは寡聞にして知りません。勿論《もちろん》紳士の氏としてはそんなことはなかったろうし、又女という女が、このイタリー女性のように、男になぐられたがっているかどうかもはっきりしません。

――が、この話は一つの永遠の真理を含んでいます。

このごろは一度なぐられると、さっさと離婚を申し出てお里へかえってしまう若夫人が多いそうですが、これは多分、愛欲の機微も教え込まないうちに、腹立ちまぎれになぐりつけた無神経な若良人《おっと》のほうが悪いのでしょう。

軽く打ったり、かみついたりすることは、性的技巧の一つとされており、別にアブノーマルな傾向とはいえず、昂奮《こうふん》を高める有効な手段とされていますが、「男が女をなぐる」「女がなぐられてよろこぶ」ということには、ただの性的昂奮ではない、精神的な要素が入っているようです。

インテリ男は、「なぐる」ということなど、知識人のすべき所業ではないと思っているが、女性にはもっと原始的な憧憬《どうけい》が隠れていて、男の本当に強烈な精神的愛情のこもった一ト《ひ》なぐりを受けたときに、相手の男らしさをパッと直感するらしい。たとえば細君がよろめきかかったとき、良人が物も言わずにポカリとやれば、きっと立ち直ったのに、へんな平和主義に毒されて、黙視したり、口でクドクドたしなめたりしているうちに、細君はどんどん本当によろめいてしまう場合が多い。

どうも女性には、みんな夢遊病的素質があって、ほとんど無意識に、寝床から起き上って散歩に出かけるような心理があるらしい。たいていよろめきの初歩段階は夢遊病的なもので、自分でも罪の意識なしに、ふらふらと出て歩いて男とダンスに行ったりするものらしい。だからよろめきやすい細君が、一人で出かけるのにいやにおめかしに凝《こ》って、鏡の前に坐《すわ》っているのを見たら、もう夢遊病と決めて、よけいな遠慮をしたり、クドクド耳に入らぬお説教をしたりせずに、いきなりポカリとやれば、目がハッキリさめて、あとで「よくなぐって下さった。おかげで目がさめた。あなたの本当の愛情がわかった」と感謝されるかもしれない。男はやっぱり、なぐることを教養の一部として身につけるべきである。

　新劇俳優の社会は愉快な活気に充《み》ちた社会で、世間で想像するほどインテリくさい世界ではありません。私自身が二、三の劇団に関係しているから、よく知っているが、この間も、或《あ》る二枚目とその奥さんの女優さんをめぐって、軽い三角関係だか四角関係が発生したとき、日ごろ大人しい二枚目が、人前で、美しい愛妻をポカリ一発やりました。

　それで彼は仲間の男優連に大いに人気を博し、

「あいつもはじめて男になった」

　とほめそやされました。そしてこの夫婦もますます円満ですから、一石二鳥というものです。

　これと反対な例で、若い劇作家と女優の夫妻が、その女優さんが良人の劇を演じたあと、われわれ友人と一緒に酒を呑《の》んだことがある。ところが、彼女は今日の芝居の出来のわるかったこと、セリフを飛ばしてしまったことを大いにくやみ、ヒステリックに人前で泣き出して、みんなが慰める始末になったが、そこまではまだしも、今度は良人のせいにしだして、

「あなたの芝居のあそこが、よく書けていないから、やりにくいのよ」

　とやりだした。一座はシンとし、私はその良人の立場に大いに同情し、次に憤激をおぼえました。奥さんが亭主の仕事を人前でけなすなんて、およそ最低というものです。そういうとき

の亭主の態度は一つしかない。

「ポカリ！」

これだけだ。と私は思い、「これが自分の女房だったら、とっくにポカリだ」と思いつづけました。しかし大人しい劇作家は苦笑するばかりで、何もしませんでした。……そしてこの二人の結婚生活は、のちに不幸な結末に陥りました。

さてそのころの私は独身だったが、結婚してみると、なかなかポカリの機会がない。まだ一度もポカリをやっていないという腑甲斐《ふがい》のなさで、理論と実践はこうまでちがうのか、あの劇作家を今の私ならそんなに笑えまい、と痛感するのであります。

アメリカの男性は、どこまで行っても女をちやほやいたわるばかりで、決して「ポカリ」まで行かないので、アメリカ女性は旧大陸の男や黒人に憧《あこが》れます。フランスのアパッシュ・ダンス、男が女の髪の毛を引きずりまわしたり、頬桁《ほおげた》を張ったりするダンスは、今でもパリのレビュー小屋の呼び物ですが、観光客のアメリカ人の中年夫婦などがそれを喜んで見ている。アメリカの規格一点ばりのレディ・ファーストの一生を、すでに大半終ったそういう夫婦は、目の前に、男女の愛欲の本当の姿を表現する踊りを見せられて、どんな気持がしているのでしょうか？　私は、やはり彼らが、「男が女をなぐるのはまちがいだ」という通俗的教訓を、貯金帳と一緒に、大事に胸に抱いて暮してゆくのを、何か味気ない生涯だと憐《あわ》れまずにはいられません。

先生を教室でユスるべし

司馬温公《しばおんこう》の勧学の歌に、
「明師《めいし》に投じて自《みずか》ら昧《くら》ますなかれ」
というのがあります。（今日は別に漢文の御講義をはじめるつもりはありませんから、御安心下さい）

これは頭のよすぎる立派な先生について、われとわが身をパアな存在にするなかれ、という意味であります。先生と生徒との利口さ加減、あるいはバカさ加減には、そこにおのずから調和があるべきで、次のお話は、先生が立派でオツムがよすぎ、スマートでありすぎたので、教え子が却《かえ》ってアタマに来ちまったという悲劇であります。もっとスマートでない先生だったら、生徒ももっと利口に立回ることができたでありましょう。

お断わりしておきますが、以下のありそうもない話は、都内のさる大学で起った実話であって、私がその場に居合わせた学生からじかにきいた話です。その大学は、この事件がおこって以来、しばらくはセンセーションの嵐《あらし》に包まれたそうであります。

大学の大講堂では、今、社会学の講義がすすんでいて、ふちなし眼鏡をかけた三十代の一見インテリ風好男子の先生が、朗々たる口調で西洋人の学説を紹介しています。男学生も女学生も、サラサラとペンをノートに走らせ、講義は今や佳境に入って、シワブキ一つきこえません。

そのとき、うしろのドアがあいて、遅刻した学生にしては乱暴すぎる靴音が、コトコトと通路を走って下りて来ます。みんなが思わずふりかえると、派手なワンピースの妙齢の女性で、目は吊《つ》り上り、口は耳まで裂けている。その烈火のごとき形相のかげに、この中の落第生の何人かは、去年卒業したA子さんの面影を見たにちがいありません。そうである。彼女は正にA子その人だ。

A子はどこかに空席を探して、なつかしいP先生の講義をきこうというのであろうか。いや、そうではなさそうだ。彼女は果敢に、まっしぐらに、一直線に、教壇目がけて進んで行きます。

A子に気がついた先生は、ハッと顔色を変えて絶句しました。自動的に、学生たちもペンを止めて、P講師の顔をながめました。黒板の前に、P先生は呆然《ぼうぜん》と、色蒼《いろあお》ざめて立っています。講義どころではない様子です。

A子はすでにハイヒールの靴音高く、教壇にかけ上り、先生を尻目《しりめ》に、机に両手をかけて、全学生に目を向け、すんなりした体つきに似合わぬ、腹の底からふりしぼるような声で演説をはじめました。

「皆さん、このPの講義をどういうつもりできいてるんですか。一体学問がいくらできても、人格低劣な人の講義なんかに、一文の値打があるものでしょうか。私を御存知の方もあるかもしれませんけど、私は去年卒業したA子です。でも、でも、もう、(とヒステリックに泣き出し)一生人前へ出られない体なんだわ。私の純潔をふみにじって、捨てて、私の一生を台無しにしたのが、この男、この色男気取りのキザ男、このPなんです！　皆さん、Pにだまされちゃいけませんわ」

場内はこの熱弁にシンとしました。Pは硬直した体が、心なしかふるえているようです。

「Pは卑劣漢の、悪党の、サギ師の、大泥棒です。皆さんの前で、私、Pに道徳的制裁を加えなくちゃ、気がすまないのよ！」

と言うなり、A子はPへ向きなおって、いきなり、渾身《こんしん》の力をこめて、Pの横っ面《つら》を張り飛ばしました。ふちなし眼鏡をおさえようとしたPの努力も甲斐なく、眼鏡は一間《けん》も先へ吹っ飛びました。そこへ又A子のけたたましい笑い声がひびきわたりました。

「ごらんなさい、皆さん、この可笑《おか》しな顔、Pの奴《やつ》はメガネを外した顔にとても劣等感を持っているんです。よくよくごらん下さい、この劣等感にあふれた顔を」

この一言で、満場の男女学生諸君は、堰《せき》を切ったように笑いだし、教室は収拾のつかない混乱に巻き込まれ、そのうちにいつのまにか、A子は悠々と姿を消していました。

自治委員がすぐさま一切の顚末《てんまつ》を、教務へ報告に行きました。P先生は可哀想《かわいそう》に、即日クビになりました。

これが哀れな実話の一部始終であります。

――さて、私はこの話から、何の教訓を引出そうというのでもありません。ただP先生のそのときのショックはいかばかりであったかと同情するのであります。

それにしても、このA子なる女性のものの考え方は、あんまり小学生的で、教師と牧師、知識と道徳とを混同しています。これはずいぶん古い昔の考え方であって、今日、知識というものは何ら道徳とは関係がありません。かりに天下の名誉教授が、万引をしたり、自動車強盗をやったりしても、別に私はフシギとも思いませんし、それを彼らが実際にできないのは、ただお年を召したためと、世間体《せけんてい》を大切にするためだけだ、ということを私は知っています。世界的細菌学者が強姦《ごうかん》をしたってフシギはないのですが、学者は学問に全能力を使い果して、多分そんなことをするだけの余分の精力がないのでしょう。

A子がP先生を責め立てたのは、少し不純だともいえます。これがもし町の与太者に処女を奪われて捨てられたのなら、彼女は誰にも黙っているでしょうし、怖くて復讐《ふくしゅう》もできないでしょう。相手がなまじ名声のある先生で、インテリの弱虫だと知っているから、こういう手に出たのでしょう。もっとも負けると決っている勝負をするバカはいませんから、彼女は賢明な勝負をしたというべきです。

しかしもっとも怖るべきは、彼女がメガネを外した先生の顔を、公衆の前にさらしたその演出効果です。そのメガネを外した可笑しな顔は、彼女がベッドルームではじめてお目にかかった顔でありましょうし、

「僕はメガネを外した顔に劣等感があるんでね」

という告白は、男たるものが、もっとも心を許した女性にだけ、打明けることのできる秘密でありましょう。ですからその秘密は（今はたとえ冷たい仲といえ）、彼の一等まじめな愛情のやさしい思い出というべきで、この一等美しい思い出を、A子は公衆に売り渡したのであります。今さらながら、女の復讐の怖ろしさが身にしみます。

教室は先生にとって、何より大切な神聖な舞台であります。そこへいきなり寝室の問題をも

ちこんだA子は、革命家としての力量と才能の持主といえるでしょう。革命とは公爵家のサロンへ便所をもちこみ、最高裁判所へトラクターを引きずり込み、首相官邸へ鼠の死骸《しがい》をまきちらす所業だからであります。すべてあるべきでないものを、あるべき場所へ持ち込むこと、それが革命というものです。知識の殿堂である教室へ、A子はエロと無智《むち》を敢然と持ち込んで、パンパンもかなわない度胸を発揮した。彼女こそ革命軍のジャンヌ・ダルクたるべき器量の持主である。……しかし悲しいかな、彼女の折角の猛烈な破壊力が、全社会秩序を破壊しない限り、彼女はこんな所業によって、いずれ社会秩序の別の面で手痛い罰を蒙《こうむ》ることになるでしょう。

いずれにしろ、先生をユスるには、教室でユスるに越したことはない。お巡りさんをユスるには、交番でユスるに越したことはない。GIをユスるには、立川の基地の中でユスるに越したことはない。こちらに分《ぶ》があれば、必ず相手は敗北するに決っている。尤《もっと》もこれは、諸君にそれだけの勇気があったとしての話ですがね。

痴漢を歓迎すべし

女性の心理で、われわれ男性に、どうしても納得の行かないことがあります。それは、
「あなたが欲しかったのは、私じゃなくて、私の体だけだったのね。汚ならしい。あなたはケダモノだわ」

というような怒り方をすることです。これを逆に考えて、かりに男が、

「君が欲しかったのは、俺《おれ》じゃなくて、俺の体だけだったんだな。汚ならしい。君はケダモノだ」

と言ったとすると、何だかピンと来ない。よほど時代おくれのセンチメンタルな童貞青年が、年増女《としまおんな》にでも童貞を奪われたあげく、捨てられたなどという時には、あるいはこんなセリフを吐くかもしれない。しかしあくまで一般には通用しないセリフで、ともかくピンと来ません。

男というものは、もし相手の女が、彼の肉体だけを求めていたのだとわかると、一等自尊心を鼓舞《こぶ》されて、大得意になるという妙なケダモノであります。男にとって最高の自慢になることは、彼のやさしい心根や、純情や、あるいは才能や、頭脳を愛されたということではなくて、正にそのものズバリ、彼の肉体を愛されたということなのである。これは男性の通性であって、高級な知的な男たると、低級な男たるとを問いません。

ところが女性は全然ちがうらしい。

彼女たちは、「私」のほうが「私の体」よりも、ずっと高級な、美しい、神聖な存在だと信じているらしい。だから、この高級で清浄で美しい「私」をさておいて、それ以下の「私の体」だけを欲望の対象にする所業はゆるせないのである。これは奇妙な自己矛盾であって、もし女性が自分の肉体を、高級で、美しくて、神聖なものと信じていたら、それにあこがれる男の欲望をも、高く評価する筈《はず》であるが、多くの淑女は妙に自分の肉体それ自体を神聖で美しいものと感じない傾きがある。

そう言うと、読者諸君はそれはウソだと言われるにちがいない。湯上りのバラ色の裸身を、ほのかに湯気に曇った鏡に映して、恍惚《こうこつ》としている女性の姿は、よく小説や映画に出てくる。又同性の体の美しさをしきりにほめたたえる婦人はめずらしくない。こういう素朴な肉体崇拝と、私の説とは、一見折れ合わないように思われる。

これを説明するには、サルトル先生ならびにシモオヌ・ド・ボーヴォアール先生の説が最も適切と思われるので、ここで両先生の説を通俗化して拝借することにします。

女というものは、両先生によると、男の性欲の主体的なのに比して、主体の対象としての「物」、いわばオブジェになってしまうところに存在理由があるので、愛されるときには自分の主体性を捨てなければならぬように躾《しつ》けられている。しかるに男は、主体そのものであって、愛するときも主体を失わない。「物」になってしまうということがない。

ところでこういう歴史的社会的状況に反抗したいと思うのが、人間の常でありますから、女は主体的立場に立ちたいと思い、男は逆に、「たまには物になりたい」と考える。そこで男は、自分の肉体だけが女に愛されたということに、大いに「物的《もの》満足」を味わうのである。しかし厳密に言って彼は「物」になりっこないのであるから、この満足は一種の仮装の満足で、殿様の若君が魚屋に身をやつし、支配者が被支配者に身をやつして喜ぶような、錦ちゃん映画的な喜びだと考えられる。

一方、女性は、何とか主体性を回復したいと思っているので、自分の肉体だけを愛されることを侮辱と感ずる。何故なら男の性欲は、いやが応でも、女性の肉体を、対象化し、「物」化し、オブジェ化し、以てその主体を剝奪《はくだつ》するようにできているからであります。だから、同じ愛されるなら、なるたけ主体を認めてもらった上で愛されたい。女の肉体というものは男にとっては、どうせ女一般の肉体に他ならないのであるから、それよりも、自分以外の誰でもないこの「私」、この私の個性、私以外の何者でもないこの「私」を愛されたいと望むのであります。

ここまで言えば、おわかりと思うが、女性が自分の肉体について持っている考えは二重になっており、

「私の体は美しいわ」

という自信は、ともすると個性とかかわりのない、「女一般の肉体としてすぐれている」という感じ方にすぐつながるらしい。女性は自分の肉体に、終局的に、個性と主体性を自らみとめない傾向がある。これが女性が流行に弱い一つの理由でもあります。

とにかく女の人が自分の体に対して抱いている考えは、男とはよほどちがうらしい。その乳房、そのウェイスト、その脚の魅力は、すべて「女たること」の展覧会みたいなものである。美しければ美しいほど、彼女はそれを自分個人に属するものと考えず、何かますます普遍的な、女一般に属するものと考える。この点で、どんなに化粧に身をやつし、どんなに鏡を眺めて暮しても、女は本質的にナルシスにはならない。ギリシアのナルシスは男であります。

――さてこれだけの前置ののちに、本篇の主人公である痴漢が登場します。

痴漢とは何であるか？　彼は絶対に女を人格的に愛し得ない男であります。純粋に女体の物《もの》

的本質に執着する男であります。

　痴漢は、ですから、女性たちに忌みきらわれ、世間からは滑稽視《こっけいし》される、哀れな弱気な、内攻性の男たちです。ところが脳裡《のうり》に真のヴィーナスを夢見ているのは、彼ら痴漢どもであるかもしれません。

「デバカメ」という情ない名の下に、かれらは女湯をのぞきます。あるいは電車の中で、見しらぬ女のお尻《しり》にさわることに、無上の快楽を見出します。映画館の暗闇《くらやみ》にひそみかくれ、隣席の女性の手を握ることに人生最大の、たのしみを発見します。

　大都会には数しれぬ痴漢がいて、ひそかな悲しい夢に酔っています。それは犯罪とスレスレなところで生きる危険な人生であり、社会的体面を台無しにされる怖れにしじゅう直面しています。

　痴漢はこんな哀れな存在ですけれど、本当のヴィーナスの像は、そこらの女たらしよりも、彼らの頭の中にかがやいているのかもしれません。なぜなら、見知らぬ女のお尻、見知らぬ女の手に触れ、見知らぬ女の体をのぞき見するときに、彼らは女性から人格を完全に取り去った、ヴィーナスの各断片に触れているのかも知れないからです。男にとって本当に困ることは、女性美の最高の姿であるヴィーナスには、女体の物《もの》としての美が集中された、そこには人格が完全に捨て去られていなければならぬことで、こんなヴィーナスは、現実に附合う女性には、求めようもないことです。かくて痴漢は、男性の欲望の、秘められた悲願を代表しているのです。

　そこで痴漢に襲われたときの女性の心得は、彼に対して、もっともすばやく、もっとも適切な手段で、あなたの人格を示すことです。

「まあ、しばらくだったわねえ。Nさん。いやよ、そんないきなり撫《な》でたりして。私、あなたのおかげで、すっかり日本の経済問題に興味を持って来たのよ。私のこと、このごろすっかり経済学者らしくなったって、みんな言ってくれるわ」

こう言われたとたん、痴漢の目にはあなたは一個の人格を持った女性として出現し、あなたに属していたヴィーナスのお尻は消え、ヴィーナスは四散して、がっかりして逃げ出すにちがいありません。——しかし痴漢を歓迎する女性がいたら、それこそ彼女自身が、真のヴィーナスでありましょう。

人の恩は忘れるべし

私は猫が大好きです。理由は猫というヤツが、実に淡々たるエゴイストで、忘恩の徒であるからで、しかも猫は概して忘恩の徒であるにとどまり、悪質な人間のように、恩を仇《あだ》で返すことなどはありません。

人に恩を施すときは、小川に花を流すように施すべきで、施されたほうも、淡々と忘れるべきである。これこそ君子《くんし》の交わりというものだ。

よく、貧窮時代に、寒さと飢えにこごえていたところへ、ホカホカと湯気の立つ温かいまんじゅうか何かを振舞われたうれしさを、何十年たって出世してから思い出し、昔の恩人を探し

出して、大御馳走《ごちそう》なんかをして、

「おかげで私もこれだけになりました。あのときの御恩は終生忘れません」

言った方も言われた方も、しばし感涙にむせぶ、というような物語は、よく芝居や浪花節《なにわぶし》に出てくるのみならず、出世した実業家や芸能人の自叙伝にも、なくてはならぬ一《ひ》ト齣《こま》でありま す。

こういう話は何となくイヤらしい。それにその上、恩人のほうが今では落魄《らくはく》したりしていると、話のイヤらしさは数層倍で、たまたま出来心で人にまんじゅうを振舞ったばかりに、数十年後、美談の片棒をかつがされる羽目になるのである。

もしかりに、あなたが山登りか何かをして、崖《がけ》から足を踏み外《はず》しそうになって、危機一髪のところで、あなたの命を救ってくれた人がいるとする。

「命の恩人です。御恩は一生忘れません」

とあなたはもちろん言うでしょう。

ところでこの恩人がたまたまあなたの家のお向いにでも住んでいて、毎日顔を合わす仲だとする。

はじめの数週間は、

「ああ、ありがたい。今オレが生きていられるのもこの人のおかげだ」

と思って、うしろ姿に手を合わせたいような心境がつづくでしょう。

しかし数カ月たつと、あなたの心理は別れ道へ来る。一つの道は、だんだん御恩を忘れて、のんきに、ただの隣人として、気楽に淡々と附合うようになることで、もう一つの道は、「ああ、又今日も命の恩人の顔を見なければならない」という重荷が昂《こう》じて、だんだん顔を合わすことを避けるようになり、しばらく後には、何となく相手が憎らしくなって、蔭口《かげぐち》をきくようになる。ついには恩を仇で返すような振舞をするようになります。

この二つを比べたら、淡々と忘れたほうがどんなにいいか知れない。人間にだって猫的性質は豊富にあって、ただそれが世間に対する思惑から隠されているだけのことですから、同じことなら、この猫的性質を善用したほうがいいのである。

人に命を助けてもらうといえば、お医者様に命を助けられた人はずいぶん多いでしょう。しかし誰も医者の恩を負担に感じないで、すぐ忘れてしまう。これは人の命を救うのが職業だから、救うほうも当然、救われるほうも当然という気でいる。しかしいわば人助けのアマチュアに助けられると、大恩を着せられることになるのである。

うちの亡くなった祖母はいい人物でしたが、困った欠点があって、

「あの人はまったく恩知らずだ。これだけのことをしてあげたのに、知らん顔をしている」

とか、誰それがお礼を言うのを忘れた、とか、しじゅう言い暮している人でした。

こういう人の人生は灰色で、人の裏切りや恩を数え立てて一生を送らなければなりません。一度数え立てたら、こんな忘恩行為は、私がことさら講義の一項目にあげるまでもなく、世間に星の数ほど多いのです。だから「恩を知る」行為が美談にもなり、忠犬ハチ公が銅像にもなるわけです。

怨《うら》みは忘れないが恩は忘れやすい、とはどういうことなのでしょう。これは、不幸は忘れないが幸福は忘れやすいのと似ています。佐藤春夫氏はその詩のなかで、「幸福はアイスクリームみたいに融《と》けやすいから、すぐ忘れてしまい、詩や物語の材料にならない」と歌っています。人から受けた恩も幸福に似ています。大体人間は欲が深くて向上の欲望を持っていますから、幸福や恩は、現状維持や現状からの向上に関係していて、生命の方向と同じだから忘れやすく、不幸や怨みの思い出は現状の改悪の思い出であって、生命の流れに逆行するから、忘れられないのでしょう。

昔恩になった人に逢《あ》うと、われわれはチラリとその人の顔を見て、「恩」という字が、二人の間を一閃《いっせん》の稲妻のように通りすぎるのを感じます。こちらは、

「ア、この人には恩があるんだっけ」

と思い、むこうも、

「こいつにはあれだけのことをしてやった」

とチラと考えます。

これは何だかヘンな瞬間で、昔一度だけ寝たことのある男女が、パッタリ顔を合わすと、こんな気分に似たものを味わうにちがいない。ところが情事には「お返し」というものはないが、恩には「恩返し」というものがあるべきだとされている。それで恩というものは借金に似てきて、恩返しの美談を卑しく見せてしまうのです。これがもし情事の思い出のように、貸し借りのないものだったら、どんなに美しくはじまり美しくおわるでしょう。次のようなのは理想的

だ。

十年前、山の案内人をやっていた男が、自分が命を助けた青年に、銀座で逢ったとする。青年はもう落ちついたサラリーマンになって、新婚の奥さんらしい美人と、幸福そうに歩いている。恩人のほうは、青年に気づいたが、青年のほうは、もうすっかり忘れている。そこで目が一瞬合ったのちに、挨拶《あいさつ》もせずにすれちがった恩人は、心にこう独り言をする。

「ああ、あいつは幸福そうに人生をたのしんでいる。それというのも、俺《おれ》があいつの命を助けたからだ。ひとりこう思うだけで、俺は肚《はら》の底から満足だ。忘れていてくれて却《かえ》って助かった。あの若い奥さんに、この人が僕の命の恩人だなんて紹介されたら、照れくさくてかなわん」

こうして恩人はせい一杯幸福になって、姿を消す。青年のほうは、

「オヤ、どこかでちらと見た人だが、誰かな。質屋の番頭かな？　それにしては色が黒いが」

それから一時間ほどたって、

「あ、思い出したぞ。あの人は僕の命の恩人だ。しかし、畜生、あのとき山で死んでいたら、情熱と理想で一杯のまま死ねたのに、今やお先真暗なしがないサラリーマンで、アクセクその日ぐらしをしているんだ。あのとき死んでいたら、人生はどんなにロマンチックなものになったろう。ちぇッ、恩なんか忘れちまえ！」

青年は自分の生きているのが人のおかげだと思うことに堪えられません。そしてこれが青年のいいところなのであります。

恩返しは人生を貸借関係の小さな枠のなかに引き戻し、押しこめて局限してしまう。それに

比して、猫的忘恩は、人生の夢と可能性の幻影を与えてくれるといえましょう。

人の不幸を喜ぶべし

「われわれはみんな、他人の不幸を平気で見ていられる程に強い」とラ・ロッシュフコオは言います。これは全く見事な皮肉で、一つの例外もない人間心理だと思われますが、よく女学生の同性心中なんかで、「お友達の不幸に同情して心中する」などの遺書がのこされる。しかしこれも例外というよりは、女学生特有の病的センチメンタリズムという、別の原因に帰せらるべきで、およそ健康な人間なら、右の格言が誰にもピタリあてはまる。健康な人間とは、本質的に不道徳な人間なのであります。

世間には無邪気で暇な中年婦人がいるもので、他人の不幸をエサにして生きている人がある。何か、交際範囲に事が起ると、すぐ友達のところへ電話をかけ、

「モシモシ、Nさん、御機嫌いかが?」

と来る。その声のたのしげなこと、うれしげなことで、馴《な》れた友人は、語られぬさきから電話の用件がわかってしまいます。

「今朝の新聞をおよみになった? Sさんの旦那《だんな》様が疑獄で逮捕されなすったのね。まァ、本当にお気の毒に。Sさんどうなすっていらっしゃるでしょう。御子様も沢山おありなのに、ねえ、お気の毒に」

と言って喜んでいる。そこでNさんが、

「S家を訪れたら、一家は涙に暮れていて、Sさん自身は病いの床についた」とでも報告しようものなら、もう大喜び。

そのあくる日には、又電話がかかって来て、「Yさんの旦那様が脳溢血《のういっけつ》でおなくなりになったんですってねえ。何て不仕合せな方でしょう、Yさんって。御苦労に御苦労をなさって、やっと御主人が社長におなりになったところで、こんなことになって、お気の毒だわ。どんなにお嘆きでしょう。でも、まあ、あれだけにおなりになったんだから、あとに残された御家族がお困りということはないでしょうけれど……」

「いいえ、それが、借金だらけで、全然遺産らしいものがないそうですわ」

「えッ、ほんと?」

と声がもう喜びを隠すことができない。

「今住んでいらっしゃるお家《うち》だって、二番抵当まで入っているそうですわ」

「まあ、それ本当? なんて不仕合せな方。いいえ、いいえ、Nさん、嘘《うそ》だわ。そんな筈《はず》はないわ。あんなに不幸な方に、その上又辛《つら》い運命が待ち構えてるなんて、そんなことありっこないわ」

「でも、主人がそう言っておりましたし、主人は御存じのとおり、地獄耳でしょう」

こう保証されると、彼女は喜びのあまり、電話口で気絶しそうになっていることがよくわかるのである。

しかしこういう婦人は天真爛漫《てんしんらんまん》の部類に属するので、もっと内攻性の婦人は、慈善事業に乗り出します。

よく外国では（このごろは日本でもたびたび催されるようですが）、慈善興行とか慈善舞踏会とか慈善園遊会とかいう、社交界の催しものが、シーズンのあいだひんぴんとある。ニューヨークのオペラ座などは、慈善興行となるが、ふだん十弗《ドル》あまりの入場料が、五十弗にもはね上る。

おんなじものを見るのに高い金を出して見るやつはバカだ、と思うのはわれわれの浅墓《あさはか》な考えで、慈善興行や慈善舞踏会は、そういう馬鹿金を払うことのできる選ばれた人たちだけの、豪華な社交の機会である。誰がこんな巧《うま》い仕組を考えたのか、と私はホトホト感心するが、この出席者は、贅沢三昧《ぜいたくざんまい》と豪奢《ごうしゃ》を競えば競うほど、それだけ多く慈善事業にも貢献しているわけで、ゼイタクと虚栄の欲望を満足させるだけ満足させて、しかも社会に尽しているという満足も得られ、何ら貧乏人に対して後めたさを感じないですむ。そのおかげで一年の予算を賄《まかな》っている聾唖《ろうあ》学校とか、施療《せりよう》病院とか、不具者の更生施設とかが潤うわけだからです。

が、もう一段意地のわるい見方をすると、慈善興行や慈善舞踏会の花やかさ喜ばしさは、ただそれだけのためではありません。日向《ひなた》と影のように、自分たちが慈善する側にまわり、かしこには見えない裏側に、慈善される人たちがいる、という意識が、オペラの序曲やダンスのワルツの、陶酔に薬味を添えて、それをいっそうたのしいものにするのです。こちらに健康でオペラやダンスをたのしんでいる金持たちがいるという意識だけでは、何だか不十分なので、本当にもう一段幸福に、もう一段喜ばしくなるために、あちら側に、不幸な不具者たちの存在を必要とするのです。しかもこんな本質的に不道徳な喜びが、罰せられるどころか、社会からはほめそやされ、神様からは嘉《よみ》されるというのでは、やめられたものではありません。

世の中の仕組が愉快に出来ていることに、いつも私が感心したのは、都心のある劇場に接したレストランのバルコニイでした。それは花柳界の只中《ただなか》にあるレストランで、バルコニイは川につき出ており、初夏の宵など、折柄《おりから》朝鮮の特需ブームにしこたま金儲《かねもう》けをしたという感じの肥《ふと》った中年紳士たちが、美しい芸者たちを連れて、芝居の合間などによくこのバルコニイで涼んでいました。川のこちら側には、芝居とおいしい食事と美妓《びぎ》とお金が、この世の快楽が、全部そっくり揃《そろ》っているというわけです。

さて、このバルコニイは絶妙な眺めを持っていた。というのは川の丁度向う側は、朝鮮動乱で傷ついた外国人の傷病兵たちを収容する軍病院で、夕ぐれなど、看護婦に手押車を押されて、物思わしげにうなだれて、川べりをゆく傷兵の姿が見える。芝生の上には、白い繃帯《ほうたい》をいたたしく巻いた傷兵たちが休んでいる。しかもかれら兵士は、つい数年前までは、われわれの勝利者だったのです。

……そのころよく私はここへ来て、運命の逆転というものをふしぎに感じたものでした。しかし、これが日本人同士なら、義理にも気の毒顔をするところですが、国家というエゴイズムは何ものよりも強く、このバルコニイでぶらぶらしている日本人で、向う岸を見て気の毒がる人は一人もありませんでした。正に、「われわれはみんな、他人の不幸を平気で見ていられる程に強い」という普遍的な人間心理が、至極自然に露呈されていたのである。

——つらつら案ずるに、われわれが自分の精神的健康をいかにして養っているかというと、どうもその半分ぐらいは、人ぎきのわるい秘薬や秘密の食品で養っているらしい。他人の不幸、などというのもこの薬品の一つであります。だが、いかに人間正直が大切だからと言って、自分の気持をそのままに、人が死んだとき紅白のお餅《もち》でも持って、お慶《よろこ》びに出かけては具合がわるい。

「今日《こんにち》は。皆様も御機嫌よろしくて何よりでございます。承わりますれば、此度は、お宅の御主人がサギ横領で、臭い御飯を召上るようになりました由、本当に、主人もともども蔭《かげ》ながら、お喜び申上げております。奥様もどんなにか御安心でいらっしゃいましょう。もう入るところへ入っておしまいになれば、スッキリいたしまして、この上はございませんわ。御子様方も、さぞ学校で、肩身がおひろくいらっしゃいましょう。宅もね、早速お喜びに上るように申すものでございますから、とるものもとりあえず……」

いくら何でもこれではね！

沢山の悪徳を持て

ある犯罪や、思いがけない悪事のニュースのかたわらに、よく第三者の感想が語られています。

「あんないい人がねえ。こんな思い切ったことをやるとは思いませんでした。実に正直ないい人でしたがねえ」

前科七犯とか、トバク常習犯とか、犯罪が習《なら》い性《せい》になって、刑務所とシャバとを往復して暮している人もいますが、まあこの講座の読者にはそんな人は一パーセントもいないでしょう。そういう犯罪の天才が読んだら、私の講座なんか、甘っちょろくて、読めたものではありますまい。

そこで、一般の善良なる読者を対象にして言いますと、犯罪などというものは例外的事件であって、一回きりのもの、露見したらそれっきりのものと言えます。ところで、どうしてそういう犯罪を犯すか、犯人の心理をいろいろ研究してみますと、たいていふだんは気の弱い、度胸のない、ごく善良な人が、突然カーッとなったり、誘惑にズルズル引きずられたり、環境に追いつめられたりして、悪事を犯してしまうのであります。

私の皆さんに忠告したいことは、不道徳を一つだけ持ってると危ない、できるだけ沢山持って、その間《かん》のバランスをとるようにすべきだ、ということです。

早い話が、純情青年がアバズレ女に打ち込んで、金に困って友達の預り物を売り飛ばし、それでも足りなくなって、押込強盗《おしこみごうとう》を働くというような話はよくききますが、この青年がほかに二、三人女をもっていたら、決してこんなことにはならなかったにちがいない。何故なら、この純情青年は、かのアバズレ嬢の恋愛に於《おい》て甚だ道徳的であったがために、人のものをちょろまかすというたった一つの不道徳から、犯罪の淵《ふち》へと沈んで行ったのであって、おそらく逢ってみれば気分のいい青年にちがいない。ただ、彼はたった一つの不道徳に深入りしたからいけなかったのである。ほかに二、三人女がいれば、それぞれの女に対して「不実」という不道徳を働いているわけで、その結果、たとえ金に困っても、強盗まで行かず、せいぜい「借金を踏み倒す」というくらいの不道徳を犯すだけですんでいたでありましょう。

九十九パーセント道徳的、一パーセント不道徳的、これがもっとも危険な爆発的状態なのであります。七十パーセント道徳的、三十パーセント不道徳的、ここらが最も無難な社会人の基準でありましょう。このパーセンテージは、なかなか数学的に行かないのであって、一パーセント不道徳氏のほうが、三十パーセント不道徳氏よりも、ずっと犯罪の近くにいることが多い。中には豪胆なる政治家諸氏のように、一パーセント道徳的、九十九パーセント不道徳的というような比率を示していても、犯罪者どころか、立派に「国民の選良」で通っている人もあるわけです。

同じ結核菌でも、田舎から来た健康な青年の抵抗力のない胸には忽《たちま》ちとりついて病気にしてしまうが、東京生れのヒョロヒョロには、却《かえ》ってとりつきにくいようなものである。都会は人間を鍛練して、不道徳に対して強靭《きょうじん》にしてゆきます。そこで病気（犯罪）にかかる心配もなく、沢山の不道徳を抱えていられるようになる。外国に昔からある社交界というやつは、不道徳の巣でありますが、同時に不道徳菌免疫症の人たちだけが住める場所であり、それなりに和やかにやって来たわけである。彼らは絶対に頭にカーッと血の上らない人種なのだ。頭にカーッと血の上るのは、いずれにしろ正義派の証拠で、これがもっとも不道徳にヨワイ人種でありま す

から、よく私のところへ、

「こんな有害な講座は早くやめてしまえ」

などと激越な投書をよこします。

たった一つの不徳を持つべきではない。沢山の不徳を持つべきである。

たとえば貴下が、ウソつきという不道徳を持っているなら、詐欺師になるまで一筋道をゆかずに、もう一つ二つ、「他人の彼女がほしくなる」とか、「ものすごいケチである」とか、別の不道徳をも併せ持っている必要がある。するとこの三つの不道徳は、お互いに毒を以《もっ》て毒を制し合ったり、あるいはお互いに一致協力して活気を加えたり、なかなか有効な働きをします。

彼がB君に会って、

「俺《おれ》はゆうべ君の彼女と寝たよ」

とヌケヌケ告白しても、彼が嘘吐《うそつ》きであることを知っているからB君は信用しない。そこでエヘラエヘラ笑ってB君は、

「へえ、それでどんな風に誘惑したんだい」

「まず帝国ホテルでディナーを喰《た》べ、ロード・ショウ劇場の指定席で『女に手を出すな』という映画を見て、それからナイト・クラブで踊り、そこでルビイの指環《ゆびわ》のプレゼントをして、ホテルへつれて行ったよ」

と言うと、B君はもうゲラゲラと笑い出します。

「君みたいなケチが！　冗談じゃないよ。そんなに金をつかうわけがないじゃないか。バカバ

カしい、もう俺をからかうのはやめた、やめた。とにかく俺は今彼女に惚《ほ》れ抜いているんだから」

とB君は向うへ行ってしまいます。

さて、B君の彼女が、何となく様子がヘンなので、あるときB君がA君のことを何となくききます。

「俺の友だちにAという奴《やつ》がいるが、どんな奴か知ってるかい？　ものすごいケチなんだ。あんなにケチじゃ、女と一緒に食事をする金も出さないだろうから、とても女を口説けるわけがない。ところがこいつが変っていて、本当に惚れた女となると、むやみに金を使うんだそうだ。行きずりの女には依然としてケチだけど」

こう言ってB君は彼女の顔色を窺《うかが》います。彼女が嬉《うれ》しそうな顔をチラリとでも見せれば、A君の言ったことは本当になり、どうやら彼女とA君との仲は怪しい、ということになります。ところが彼女は、ふっと、とてもイヤな、不愉快な顔をします。

『これはおかしい、彼女はA君に例のケチな扱いをうけたので、プライドを傷つけられたのだろうか』

とB君は考える。しかもA君がウソツキであることはたしかなので、例の御馳走《ごちそう》だのロード・ショウだのナイト・クラブだのという話はみんなウソになり、彼女の顔色と符合する。

しかしそれはみんなA君がウソツキだという前提から出たことで、それなら、

「俺はゆうべ君の彼女と寝たよ」

という A 君の宣言も嘘でなければならない。……ここらで B 君の頭はこんがらかって来る。「もし彼女が嬉しそうな顔をしたら怪しいと俺は思っていたが、不愉快な顔をしても、やはり怪しい。もう俺は何が何だかわからない」

――かくて秘密は保たれ、A 君は、ウソツキで、ケチで、友だちの彼女がほしくなる癖の持主であったがために、三つの不道徳をみんな満足させて、しかも安全であります。これが、A 君が、その不徳の一つでも欠いていると、歯車の動きはよほど円滑を欠いたことでありましょう。

好色で、意地悪で、乱暴者という役人がいたとしましょう。彼はなかなか汚職事件を起しません。乱暴で事こわしになるのを怖れて、業者のほうで警戒するからです。人を悪徳に誘惑しようと思う者は、たいていその人の善いほうの性質を百パーセント利用しようとします。善い性質をなるたけ少なくすることが、誘惑に陥らぬ秘訣《ひけつ》であります。

喧嘩《けんか》の自慢をすべし

若い人というものは、殊に喧嘩の話が好きです。若いくせにひたすら平和主義に沈潜したりしているのは、たいてい失恋常習者である。

この間もクリスマス・イヴに、ナイト・クラブを廻《まわ》りくたびれたあげく、黛《まゆずみ》敏郎氏夫妻とわれわれ夫婦が、お好み焼屋へ行ってみようということになって、さる店の二階へ上ったら、衝立《ついたて》一枚となりのハイ・ティーンの一団が、さかんにお好み焼の追加注文をしながら、「聖《きよ》きこの夜」を喧嘩自慢にすごしている。クリスマス、お好み焼、喧嘩自慢、というのが三題噺《さんだいばなし》みたいでまことに面白い。

「デカなんか怖くねえよ。そいつの面《つら》をよ、硝子《ガラス》戸ん中へ叩《たた》き込んでよ、面いっぱいに硝子が刺さってよ……」

などという調子は、法華宗信者が太鼓を叩いて歩いているようなもので、叩けば叩くほど気分がよくなって際限がない。

その席にも女の子が一人二人いるらしいが、声一つ立てないのは、彼氏たちの喧嘩談義にすっかり聴き惚れているらしい。

――それで思い出したのは、このごろ久しく会わない昔の友だちで、会えば喧嘩の自慢しかしない男がいた。

戦争直後はしばらく特攻隊時代の自慢ばかりで、彼がパラシュートで、燃えさかる飛行機から下りてくると、すぐ目近に同じくパラシュートで下りてくる米兵がある。そこで忽ち空中で撃ち合いになり、彼の撃った一弾がむこうのパラシュートに当ったと思うと、パラシュートがたちまち昼間の朝顔の花みたいに萎《しぼ》んで、米兵は大地へ激突して死んでしまった。というのだから恐れ入る。

つい一年ほど前会ったときは、喧嘩のスケールも大分小さくなって、ある私鉄の駅前が舞台になっていた。

五、六人の与太者にかこまれて因縁をつけられた彼が、もうこのごろでは、下手に喧嘩を買って相手に怪我《けが》をさせてもつまらないという分別が出来たので、隠忍自重《いんにんじちょう》、からまれるままにからまれ、小突《こづ》かれるままに小突かれている。すると、相手はますます図に乗って、土下座してあやまれば許してやる、と言い出した。彼は煮えくり返るような胸をじっと押えて、新調のズボンの膝《ひざ》を折って、アスファルトの上に座った。そのとき、まわりの人垣のなかに、彼の顔見知りの刑事の顔がみえた。この刑事が、彼に声をかけて、

「おい、Nさん。そこまで辛抱するこたァねえよ。やっちまえ、やっちまえ」

と叫んだのだそうだ。

「よし。やるぞ」

と彼は、目の前の与太者の一人の足をさらって、倒し、当るを幸いなぎ倒し、気がついたときは、四人の男が自分のまわりで気絶していて、あとの二人は雲を霞《かすみ》と逃げてゆくところだった。……

――こんな三流映画みたいな話も、彼の口からきくと、どこまで本当だかわからないが、妙に迫真力があって面白いのです。

およそ自慢のなかで、喧嘩自慢ほど罪のないものはない。人をなぐった、とか、鼻血を出させてやった、とか、成行はたいてい決っているが、これは話題として最上のもので、あらゆる自慢話のなかで、臭味のない自慢話はこれだけしかない。外国旅行の自慢は、外国へ行ったことのない人をひがませるだけだし、器量自慢や女にもてた自慢は鼻持ちならないし、知識の自

慢はおよそ貧乏ったらしいし、勤め先の会社や役所の自慢は奴隷根性だし、仕事自慢は退屈だし、家柄の自慢は時代おくれだし(私の友人で、ある女性とねんごろになったとき、彼女がベッドに入って来ながら、何を思ったか急に、

「ねえ、××って知ってる?」

と人の名前を持ち出し、知らないと答えると、

「アラ知らないの。前の郵政大臣よ。私の伯父貴《おじき》なの」

と言ったので、それっきり感興もさめはてて、彼女を捨ててしまったという男がある)、子供自慢は聞き苦しいし、ガマ蛙のような顔のおやじが「うちの娘、俺そっくりだろ」と自慢するなど哀れを催すばかりだし、自動車自慢は安っぽいし、こちらが住むわけでもない家自慢はばかばかしいし、女房自慢は阿呆《あほ》らしいし、……およそ自慢は聴き手を閉口させるだけですが、喧嘩自慢だけはさわやかなものであります。このごろは女性にも喧嘩自慢があって、

「私が腕まくりして、『文句があったら、外で勝負をつけましょうよ』と言ったら、男のガキどもは、クモの子を散らすように逃げて行ったわ、ゆくゎい、ゆくゎい」

などと言うのも、楚々《そそ》たる女性が言うと、味のあるものだ。

これに反してアル・サロなどで、踊りながら、

「私、Iさんと同じ会社なのよ」

「へえ、××映画会社か?　何してるの?」

「いわゆるニュー・フェイスなのよ。もう四、五本出たわ」

などと自慢されると、何か索漠としてしまう。

喧嘩自慢には、闘争というものの全然功利的でない性質があらわれていて、喧嘩好きな人はもちろん、喧嘩に縁のない人の耳をもたのしませるものがあるのです。喧嘩自慢はその人の値打を低めこそすれ高めはしない。そういうことを自慢せずにはいられない、ということには、じめじめした自分の欠点の告白よりも、きく人の心をさわやかにさせるものがある。そこでは自慢という ポジティヴな要素と、喧嘩という適度にネガティヴな要素とが、うまく折れ合っているのです。

これは喧嘩自慢ではないが、私が今までにきいた自慢話で、一等愉快であったのはボディ・ビルをやっている魚河岸のあんちゃんの自慢話です。

「おれんちのへんは凄《すげ》えんだから。何しろ前のうちが恐喝でパクられたろう。隣りんちは娘が万引さ。二軒むこうが強盗未遂で、うしろのうちが傷害なんだから」

喧嘩自慢もややこれと似ており、あまり自慢にならぬことという社会的良識に対する、「自慢」という形の陽気な反抗が感じられるからです。社会的良識が無条件でプラスとみとめている事柄の自慢は、どうしてもいやらしさを免かれません。スポーツの勝利の自慢などが、喧嘩自慢より聞き辛いのはそのためです。

さてその喧嘩の動機となると、たいていあいまいで、一寸《ちよつと》いやな目つきで睨《にら》んだから、とか、人の通るところへ足を突き出して通行を妨害したから、とか、くだらない動機が多いようです。そんなことで腹を立てるのは一つの才能であって、二、三日前に「大いなる西部」という映画を見たが、つまらぬことには一向腹を立てず、しかも実力も勇気も備えたヒューマニスティックな英雄という奴《やつ》が登場し、私はこの役を大きらいな俳優がやったせいもあって虫酸《むしず》の走るほどキライでした。

喧嘩はつまらぬことに腹を立てることから発生して大事にいたるのが通例ですが、人生上の事件には、そんなに動機の軽重はないのです。腹を立てるべき十分の理由があって腹を立てる喧嘩というのは、ドラマチックではあっても、喧嘩の純粋な非功利性は失われ、人間の行為を論理で押し固めた人工的なものにしてしまいます。そんな喧嘩の自慢はつまらない。

さて喧嘩といえば、兄弟喧嘩をはじめるとき、必ず弟が出刃庖丁《でばぼうちょう》を二本もち出し、一本を兄にとらせて、丁々発止《ちょうちょうはっし》喧嘩するという話を最近きいた。てっきり十代の兄弟と思っていたら、兄が三十歳、弟が二十八歳ときいて、さすがの私もあいた口がふさがりませんでした。

空《から》お世辞を並べるべし

世間の人でお世辞のきらいな人があったらお目にかかりたい。中でも女と権力者は、お世辞の愛好家の最たるものである。私は断言してよろしいが、

「俺《おれ》はお世辞が大きらいだ」

と威張ってる人間ほど、お世辞の大の愛好家で、しかもお世辞に対して人一倍贅沢《ぜいたく》な嗜好《しこう》を持ってる人だと思ってよろしい。

私の知人で、豪傑肌の人物がおり、親友の家を訪ねて、玄関に親友の年頃の娘さんが二人出て来たら、

「おめえの娘は、そろいもそろって器量が悪いなァ」

と嘆声をあげ、その家の奥さんから、以後お出入り禁止を喰《くら》ったそうです。

こんなのは、「お世辞を並べるのはいやらしい。真実を言うのが男子の道だ」という道徳家に、アルコールが加味された場合に生ずる現象ですが、何も娘が不器量だと思ったら黙っていればいいことで、口に出して人を傷つけるには及びません。一方、「洗練された紳士」という種族は、必ず不道徳でありますから、お世辞の大家であって、「人間の真実」とか「人生の真相」とかいうものは、めったに持ち出してはいけないものだ、ということを知っています。ダイヤモンドの首飾などを持っている貴婦人は、そのオリジナルは銀行にあずけ、寸分たがわぬ硝子《ガラス》玉のコピイを首にかけて出かけるのが慣例です。人生の真実もこれと同じで、本物が必要になるのは十年にいっぺんか二十年にいっぺんぐらい、あとはニセモノで通用するのです。それが世の中というもので、しょっちゅう火の玉を抱いて突進していては、自分がヤケドするばかりである。

戦前の或《あ》る有名な貴族出の政治家は、お世辞ぎらいで通っていました。この人の前へ行って、

「いやァ、先生の風貌《ふうぼう》は実に貴公子然としていて、品位があって、頭が下りますなァ」

とか、

「先生の達見は、正にビスマルク級ですなァ」

などと空《から》お世辞を並べる奴は、忽《たちま》ちきらわれて、お目通りが叶《かな》わなくなりました。それに反して、まことにイケゾンザイな口をきき、たえず悪口を言う連中は、大いに可愛《かわい》がられました。たとえば、

「なァに、先生は色男ぶってるが、そんなのは衣冠束帯《いかんそくたい》には似合ったって、今は時代おくれですよ」

とか、

「先生の考えはなっちゃいませんよ。又ハムレットばりの、『死すべきか、永ろうべきか』ですか。ここらで、崖《がけ》から飛び下りなくちゃだめですよ。全くだらしがないなァ」

などと言うと、大先生ホクホク喜ぶのです。

一見、この政治家は大人物で、お世辞を言う取巻きを遠ざけ、直言居士を可愛がった東洋的豪傑みたいに見えますが、実はさにあらず、この先生こそ、お世辞愛好家の最たる者であった。つまり生れつき贅沢に育ったこの先生は、洋食や高級日本料理みたいなお世辞はすっかり鼻についていて、お茶漬や焼芋やドンドン焼きみたいなものにしか食欲を感じなくなっていたのです。貴公子的風貌や高邁《こうまい》な達見は、子供のころからゲップの出るほどほめられていたので、今さらほめられると歯が浮くようである。しかし、顔の悪口を言ったり、ゴルフの腕前の拙劣さをからかったりしてくれる取巻きは、実に新鮮で、面白くて、手離せない。この取巻き連は、もう一段微妙なお世辞のテクニックを心得ているので、本当の自尊心は傷つけずに、傷つけてもいいことだけ傷つけてくれる。しかも一見直言居士風であるから体裁もよい。貴人のお取巻

き、という連中には、必ずこういう手のこんだ特質があります。時には喧嘩《けんか》までしてみせますし、……こちらから絶交までしてみせる。お世辞の最高の技術は、かくて、無害な喧嘩を売ることかもしれません。

お世辞の秘訣《ひけつ》は、連戦連勝の将軍に向って、

「あなたはすばらしい戦術家です」

とほめることではない。人のほめない大穴を狙《ねら》って、

「将軍。あなたのお髭《ひげ》は何て美しいんでしょう」

と言うことだ、とフランス人は教えます。一つのことにほめられ飽きた人間は、別のことで人にほめられたくてうずうずしているのであって、それは多くはくだらないことですが、しかもそれを認められたことが心に触れるのです。大政治家や大実業家は、自分の政治的手腕や実業家的才能をほめられるよりも、シャボテンの栽培の巧《うま》いことや、ネクタイの趣味のいいこと、小唄《こうた》の巧いことをほめられたがる。

芸者たちは、こういう人情の機微の大専門家であって、人が近よるのも怖れる大政治家のハゲ頭をピシャリと叩《たた》くことも平気でやる代りに、抜け目なく、女の目から見た一人の男として、彼をみとめるふりをします。そのために、芸者という存在は、「女であること」の立場を一歩も離れません。芸者が女史になってしまったら、彼女の無邪気な性的な嬉《うれ》しがらせも、相手の心に触れることはないでしょう。

外国人の無邪気なお世辞愛好家の適例を、意地悪なサント・ブゥヴが「我が毒」の中で書い

ている。それは他ならぬヴィクトル・ユウゴオのことです。

「ユウゴオには、俗悪なものと無邪気なものとがある。老ぼれのジュリエットが、卑しい追従《ついしょう》で、彼を丸め込み、彼のお守《も》りをしている。役者のフレデリックが、それについて、私にこう話した。

　貴方《あなた》は偉大な方です、と言って、あの女は彼を手に入れたのだ。貴方はお美しい、と言って彼を引き付けておく。彼（ユウゴオ）は、毎日、

《貴方は輝いていらっしゃいます》

をききたいばっかりに彼女の家に行く。彼女はちゃんとそう言ってやる。彼に渡す台所の勘定書（その点では彼はケチだ）までその手で書くのさ。こんな具合だ。

《私のおなつかしい貴方様より受領……、私の王様より受領……、私の天使より、私の美しいヴィクトルより、と言った類《たぐい》、……買物にこれだけ洗濯にこれだけ、――お美しい手を経て十五スウ云々《うんぬん》……》」

　――こんな例をあげてゆくと、空お世辞は弱者が強者を籠絡《ろうらく》するときの女性的なテクニックだと思われるかもしれない。なるほど権力者は強者である。しかしそれと同じくらいお世辞の好きな女性一般も強者ということになり、論理が矛盾にぶつかります。

　これを要するに、権力者も女性も人生や社会の真実から自分の目がおおわれていることに喜びを見出す人種であります。その点で、権力者と女性は似ており、又、どちらも実においしい栄養十分な果物であり餌《えさ》であるという点でも、似ています。こういうおいしいもののまわりに

は、蟻があつまるのは当然で、蟻はおいしい餌にありつきたいから、相手の目をますます真実から遠ざけるためのテクニックを弄《ろう》することになる。しかし世の中の不思議は、こうして空お世辞を並べている側がリアリストであって人生の真実に目ざめているか、というと、その点も甚だ怪しいということであります。追従を並べて利得を得る人間は、これ又、人生の一面しか知りません。そして年がら年中ちがった女性に、

「君はなんてキレイなんだ」

と無邪気そうな溜息《ためいき》と共にお世辞を言っているドン・ファンが、女性の醜さを知りつくしたリアリストであるとは限らず、甘っちょろい夢想家である場合が大半なのであります。本当の、絶対不誠実な凄《すご》い空お世辞を言えるのは、やはり一種の悪魔的天才でありましょう。

毒のたのしみ

ある映画にこんな皮肉なシーンがありました。

美少女の犯罪を、偽証を使って、弁護の結果無罪にしてしまった名弁護士が、行きつけのレストランへ行きます。すると、こんなインチキを見破っているわけでもない女給仕が、

「先生、今度あたしが亭主を毒殺するときは、よろしくお願いするわね」

と言うのです。名弁護士先生、苦笑いをうかべる他はありません。

――これで思い出したのは、数年前私がブラジルへ行ったとき、彼地《かのち》で大いに流行していた

亭主殺しのことでした。

御承知のとおりブラジルはカトリック教国ですから、宗教上離婚が厳禁されています。その便法《べんぽう》としては、結婚したまま別居すればいいわけですが、やはり心の底からイヤな亭主とは、一刻も早く他人になりたいし、相続財産をもらって自由な生活もしたいというのが女の夢で、それがついに亭主毒殺事件にまで発展するのです。当時ブラジルでは、（もちろん誇張でしょうが）、上流の金持亭主は、女房の出してくれる食事におっかなくて手がつけられない、などという噂《うわさ》がありました。

さて、こういう毒殺犯人容疑者の美しき悩める女性が法廷に登場すると、さなきだに女に甘いブラジル人のことですから、陪審員はみんな被告に同情してしまい、たいてい無罪になってしまうのだそうです。亭主を毒殺しても無罪だというのでは、亭主の恐慌時代来《きた》るというべきで、犬殺しと同居している犬みたいな立場に追い込まれてしまったわけだ。

数年前フランス全土を沸き立たせたラカーズ事件も、その美しき女主人公ドミニックが何度も金持と結婚して、しかもそのたびに金持は不慮の死を遂げ、莫大《ばくだい》な財産を次々と自分のものにしてしまったという経歴から、亭主殺し常習犯の疑いをかけられた事件です。

外国には財産目当の亭主殺しというのがなかなか多い。日本には財産家が少ないせいか、親族間の殺人は、おおむね、手のつけようのない不良息子を、フビンだが殺してしまった、とか、一家の禍根である酒乱のオヤジを殺してしまった、とか、人情美談的殺人が多いようです。

「わが子可愛《かわい》さの余り殺す」などというのは、いかにも日本的犯罪であります。

世の亭主の一人である私が、何もわが身を犠牲にしてまで、亭主毒殺を、世の奥さん連におすすめしようというのではありません。しかし、少なくとも何十年かの結婚生活を送った世の夫婦で、ただの一回も、心の中で「良人《おっと》殺し」「妻殺し」の罪を犯したことがないという人はおそらく稀《まれ》でしょう。ただ実行の機会がなかっただけのことで、彼女がドミニックのような、美しい冷血のヨーロッパ的毒婦の伝統を負うていなかったからに他ならない。

亭主殺しのドラマに登場する亭主は、たいていの場合、お腹の出っ張った、憎々しき大ブゥルジョア亭主であって、社会的地位も高く、今までに相当悪いことをして金を儲《もう》け出世もしてきたというタイプでありますから、殺されたところで世間の同情をあんまり買えない。自業自得だと思われたり、殺したほうの夫人に同情が集まったりするのがオチです。

妻子のためにアクセク働き、悪事一つできず、嘘《うそ》一つつけないいじらしい貧乏亭主は、まずこういうドラマに登場する機会はありません。こう考えると、昔は、妾《めかけ》も持てない男は甲斐性《かいしょう》なしと言われたが、今は、女房に毒殺されそうもない男は甲斐性なしだと言ってよろしい。そこらの可憐《かれん》な亭主が、逞《たくま》しき女房に、

「オイ、そんなに憎かったら、オレを殺してみろ」

と啖呵《たんか》を切ったところで、せいぜい、

「フフン」

と鼻であしらわれるのがオチでしょう。彼女はお腹の中では、「殺したいほど憎い」と思っていても、実行の損得を考えると、とても実行する気にはなれない。人を殺して二千円しかと

れなかった場合、そういう殺人犯人のことを、われわれは悪党と呼ばず、バカと呼びます。

ところがこれが一億円となると、イッチかバッチかやってみよう、という気を女房に起させないものでもなく、そういう勇猛心を起させることが男の甲斐性というものであります。

大体現代社会では金持というものは不道徳だという社会主義的考えが普及しています。かの財産税などはこういう考えから生れたものですが、世間はこの金持を殺して富裕になった美しい未亡人ドミニックの、美貌《びぼう》と胆力と勇気には、むしろ讃嘆《さんたん》を惜しみません。ドミニックほどの女なら、もちろんそれを計算に入れている筈《はず》です。彼女のやったことは、暴力革命ではあったが、革命の一種にちがいないからです。

そこへ行くと、アルゼンチンの億万長者と結婚して、殺しもしないで別れて来た日本女性などは、心やさしい大和撫子《やまとなでしこ》といえるでしょう。もし彼が中南米のどこかで、素姓の知れない女性と結婚していたら、彼の命は風前の灯《ともしび》であった筈です。

さて私の空想は飛躍して、私が億万長者であって、美しき妻に毒殺されんとする場面を脳裡《のうり》にえがきます。

「この葡萄酒《ぶどうしゅ》どうして上らないの」

「イヤ、今はあまり呑《の》みたくないからな。どうだい？　君が呑んだら」

私は老眼鏡の上からジロリと妻の顔をうかがいます。天晴《あっぱ》れ、彼女は顔色一つ変えず、

「それじゃいただくわ」

とアッサリ呑んでしまいます。私はガッカリして、

「こういう手で二、三度安心させる気だな」

と思います。

彼女は私をゴルフ場へ連れて行き、自分も附合って、一コース廻《まわ》ってから、一緒にコカコーラを呑もうと言い出します。壜《びん》からコップへ泡立って注がれたコカコーラの中へ、私は一瞬、彼女が指のあいだから、白い粉をこぼしたのを見たような気がします。

「ア、とうとうやった」

と私は心に呟《つぶや》きます。そして今生《こんじょう》の別れをさわやかな青空に告げて、思い切って目をつぶって、一呑みに呑んでしまいます。

「ああ、おいしかった」

「運動のあとは、こういうものに限るわね」

私はうっとりしてローンに寝ころがります。自分の葬式の風景が浮び、緑の若草の生い茂る丘の上の、自分のやすらかなお墓の形が浮びます。そこへ喪服でぬかずく彼女、黒いヴェールに隠した顔には、涙の代りに、冷たい満足げな微笑が浮んでいる。その微笑が言いようもなく謎《なぞ》を含んで美しい。

「もうそろそろ苦しくなるだろう。もうそろそろ息が詰って来るだろう」

と私は考えます。しかし毒はなかなか利いて来ません。美しい妻はやさしい声で、

「芝生におやすみになると湿って毒ですわ」

と私をたすけ起します。

「オヤ、おかしいぞ。ひょっとするとこの毒は緩慢で、二、三ヵ月たたないと利かないのかもしれない」

と私は思います。

――ここまで空想して、空想裡の、老いぼれの大金持の私は、真理に思い当りました。わかった！　世間の金持亭主殺し事件の亭主は、自ら進んで、自分を毒殺してくれそうな美女を妻に選んだのだ。……そうだ。それにちがいありません。

いわゆる「よろめき」について

今日《きょう》はむかしむかし或《あ》る変り者の小説家の書いた小説から流行語になり、今はもう流行おくれになった「よろめき」なるものについてお話ししましょう。流行は移りますが、不道徳は万《ばん》代不易《だいふえき》です。

三宅艶子さんが書いておられたことで、記憶に残っている一文がある。それは人妻の浮気について書かれた文章であって、今その本が手もとにないので、引用ができませんが、大体こういう意味だったと憶《おぼ》えている。曰《いわ》く、女というものは、何も大げさな肉体関係に至る浮気をしなくても結構たのしいのだ。その意味では、新婚早々の若い奥さんだって浮気をする。私（三宅さん）が、人の家へ行っていて、そこの家の新婚の奥さんが、台所で御用聞きと冗談を言って高いきれいな声で笑っているのを耳にしたとき、何かヒヤリとした。女同士の直感でわかるが、それはもう一種の浮気なのだ。しかしこんな浮気は一瞬のうちに、御本人にすら意識されずに忘れられ、その若い奥さんが若い旦那《だんな》様と至極仲のよい御夫婦であることには、少しも変りがない。……まあ大体こういう趣旨の文章であった。

もし御用聞きと冗談を言って高笑いするのまで浮気に数え立てていたのでは、亭主の寿命もちぢまるわけで、ふつうはこんな浮気は問題視されません。しかし全然問題視しないでよいかというと、これまた問題で、それについては、あとに詳しく述べます。

「アラビアン・ナイト」の中にこんな話があります。シャーリヤル王と王弟が旅に出て、海辺の牧場に身を休めていると、海から巨大な水柱が立ったので、二人は大木の枝に避難した。すると水柱の中からあらわれたのは巨大な魔神で、頭に水晶の櫃《ひつ》を乗せているのが、のっしのっしと陸へ上って来て、大木の下に腰を据え、櫃の中から七つの錠のついた小箱をとり出し、次々と七つの錠をあけると、小箱の中から美しい乙女が出て来た。魔神は、女に愛の言葉をのべてから、彼女の膝枕《ひざまくら》に眠ってしまった。

ところが女は、樹上の男二人に目をつけて、

「下りていらっしゃいよ。怖がることはないから」

と言う。男二人が躊躇《ちゅうちょ》していると、下りて来なければ、私の良人のこの魔神をゆすり起す、とおどかすので、仕方なしに下りる。すると今度は女のほうからアケスケに慇懃《いんぎん》を迫るので、男たちが慄《ふる》え上って断わると、又おどかしにかかる。とうとう、王と王弟はこの美女と交わった。

事のあとで女は、財布の中から、指環《ゆびわ》をつらねた糸を引張り出したが、その指環が五百七十もあった。女にせがまれて、王も王弟も指環をさし出し、つまり彼女のコレクションは五百七十二になったわけである。

——この怖ろしい経験で、シャーリヤル王は、この世に貞女というものはなく、最強の魔神といえども妻の心を占有することはできず、七つの錠を以《もつ》てしても妻の浮気は止めがたい、という怖ろしい真理を知るのであります。

この魔神の寵姫《ちょうき》は、徹底的な肉体派でありますが、私にはこのお伽噺《とぎばなし》は、むしろ、肉体的行為の叙述で以て、女心一般というものを象徴しているのだと思われる。七つの錠をかけた小箱の中へとじこめて、魔神の力で征服しておこうが、女の心を征服しない限り、女は無限によろめくものである。

しかし問題はこの女心という代物《しろもの》です。

男と女の一等厄介なちがいは、男にとっては精神と肉体がはっきり区別して意識されているのに、女にとっては精神と肉体がどこまで行ってもまざり合っていることである。女性の最も高い精神も、最も低い精神も、いずれも肉体と不即不離の関係に立つ点で、男の精神とはっきりちがっている。いや、精神だの肉体だのという区別は、男だけの問題なのであって、女にとっては、それは一つものなのだ。だから亭主の純肉体的浮気に、女房がカンカンになって怒るのも尤《もっと》もであって、女は女の立場から類推する他はないから、「体だけの浮気だ」などと亭主がいくら弁解しても、逃げ口上にしか思えない。上述の魔神の寵姫の肉体派的浮気といえども、全く、女の立場からすれば、「心の浮気」だからであります。ここに男の浮気とちがった女の「よろめき」の重大性があります。そして五百人の男と交わった女は、心をも切り売りした哀れな娼婦《しょうふ》になり、五百人の女と交わった男は、単なる放蕩《ほうとう》者に止《とど》まって、精神の領域では立派な尊敬すべき男であるという事態も起り得る。この不公平は男女の出来具合のちがいで、致し方がありません。

そこで最初の話に戻るが、女性にとっては、本当のところ、御用聞きとの高笑いという程度の浮気から、実際に良人以外の男と寝る浮気までの間には、程度の相違、量的相違があるだけで、質的相違はないのだというのが私の考えです。これに質的相違があるかのごとく見えるのは、始末に困った社会や宗教や文化一般が、人工的にこしらえた衝立《ついたて》みたいなもののおかげにすぎません。だから「よろめき」が罪だとしても、どこからどこまでが罪で、どこまでが罪でないかという本当の目安はないのです。こういう目安を作ったのは宗教というものですが、いっそそれなら、女性という存在自体を罪深いものと規定した仏教のほうが、ずっと筋が通っています。

そういうと、私がいかにもアンチ・フェミニストみたいだが、そうではない。この「罪」とは、女性の「宿命」と言いかえてもいいので、精神と肉体をどうしても分けることのできない女性の特質そのものを、仮に「罪」と呼んだと考えればよい。そして一等厄介なことは、女性の最高の美徳も、最低の悪徳も、この同じ宿命、同じ罪、同じ根から出ていて、結局同じ形式をとるということです。崇高な母性愛も、良人に対する献身的な美しい愛も、……それから

「よろめき」も、御用聞きとの高笑いも、……みんな同じ宿命の形式から出ているというところに、女性の女性たる所以《ゆえん》があります。

妻がよろめいた。というとき、あの変り者の小説家の用語では、妻が他の男と肉体交渉を持ったことを意味します。もちろんこれを知ったら、良人は悩み、苦しみ、嫉妬《しっと》するでしょう。しかし女性がよく知らなければならないことは、嫉妬においても、女の嫉妬と男の嫉妬は完全にちがうということです。

女の嫉妬は、さっき述べたあの同じ根、あの深い宿命の形式から出ています。しかし男の嫉妬は、それとはちがって、御当人の意識している以上に、社会的性質のものなのであります。虚栄心、自尊心、独占欲、男性たることの対社会的プライド、男性としての能力に関する自負、……こういうものはみんな社会的性質を帯びていて、これがみんな根こそぎにされた悩みが、男の嫉妬を形づくります。男の嫉妬の本当のギリギリのところは、体面を傷つけられた怒りだと断言してもよろしい。そう説明すると、「お前はまだ人生経験が足りない」と言いかえす人があるだろうが、私もすぐ、「お前さんは自己分析が足りない」と言いかえしてやります。

しかし、私がこんなことを書いている一方では、あいもかわらず、通俗小説が、人妻のよろめきを書きつづけています。それらの小説の通説に従うと「体をゆるしてしまったが最後、女は弱い」のだそうであります。果してそうでしょうか？　それは女性が、体と一緒に、それと見合った何百グラムかの最大量の心も与えてしまうからではないでしょうか？　それからキス一つしない心の浮気でも、女性は何グラムかの心と一緒に、目に見えない何グラムかの肉体を与えているのではないでしょうか？

0《ゼロ》の恐怖

或るお役所で呑気《のんき》な若い事務官が、台湾バナナの輸入計画の数字を写しまちがえ、0を一つ少なく写してしまいました。尤もこんなまちがいはしょっちゅうあることで、私も役所の事務官時代、小説を書いて寝不足で登庁するものだから、6を9とまちがえたり、8を3とまちがえたり、「もう君の数字は信用ならん」とドヤシつけられました。それでもお役所というところは、春風駘蕩《たいとう》、何事もなく日々をすごしてゆく仙境であるのがふつうであります。ところがこの不幸な事務官の場合は、そうは行きませんでした。この書類はまちがった数字のまま、課長、局長、大臣と昇天してゆき、ついに閣議に出されました。ほかの厖大《ぼうだい》な統計と一緒に、電話帳みたいな厚い冊子になって提出されたわけです。

一方、別の省の大臣で、大のバナナ好きの男がおりました。この人の胃袋はふつうとちがって、何万本、何十万本のバナナを喰《た》べるのです。尤もバナナのままでは消化がわるいので、お金に換えて喰べるわけですが。……ここまで言えば、もうおわかりでしょう。

さて、その大臣は、自分の食欲上の重大問題ですから、あの大冊の統計のなかから、バナナの項目だけをまず一番に見ます。丁度野球部の選手が、厚い校友会雑誌の中から、野球の試合のところだけ一生けんめい読んで、誤植を探すのと同じことで、まちがいはすぐ目につきます。

「何たることだ。0《ゼロ》が一つ足らん。こんな杜撰《ずさん》な統計じゃ、他のことも思いやられる」

と彼はプンプン怒り出し、例の事務官の役所の大臣にかみつきました。

大臣は役所にかえると局長にかみつき、局長は課長を呼び出して、懇々と説諭を垂れ、さて、課長は課へかえって、例の呑気な若い事務官を怒鳴り倒しました。若い事務官は可哀想《かわいそう》に、壁際まで一米ほど吹っ飛んでしまいました。

――0が一つ足りなかったばかりに、こんな恐ろしい連鎖反応が起るのが、社会というものであります。中央紙と地方紙に連載小説を受け持っている小説家が、あるとき両方の女主人公の名前をとりちがえ、読者を茫然《ぼうぜん》とさせたなどという話もありますが、この小説家が怒鳴り倒されたという噂《うわさ》もききませんから、まず小説家というものは、今日も世外の人なのでありましょう。

さて、これから先は小説的空想ですが、もし連鎖反応が若い事務官のところへかえって来ないで、意外な方面へどんどん発展して行ったらどうかということであります。

閣議でバナナ大臣が、

「0《ゼロ》が一つ足らんじゃないか」

と怒鳴る。すると若い事務官の上役の大臣が、

「どうしてそんな末梢《まつしよう》的な数字を御存じか」

と逆襲に出る。

閣議の内容は秘密ということになっているが、秘密だから必ずどこからか洩《も》れて、バナナ問

答が新聞記者の話題になり、ついに反対党の利用するところとなって、バナナ大臣のバナナ汚職が問題になる。検察庁が動き出し、裁判にまで発展して、ついに内閣はバナナ汚職のために瓦解《がかい》することになる。これももとはといえば、一事務官が0を一つ落したからだが、こんなまちがいをしたのも彼が寝不足で、前の晩新宿あたりのバアの女の子と一泊したからである。

こんな大騒動の最中、バアの女の子はケロリとして、「オールドヴル」とやら「フルーツ盛り」とやら称する大皿に、古くなったバナナを輪切りにした奴《やつ》を運んで、カウンターとボックスを往復している。……

題して「バナナ」という短篇小説ですが、私なら、こんな流行おくれの「組織と人間」テーマの小説なんて書きません。

——閑話休題。

かくの如く人生は、たった一つの小さな歯車が外れたばかりに、とんでもない大事件が起ることがある。戦争も大事件も、必ずしも高尚な動機や思想的対立から起るのではなく、ほんのちょっとしたまちがいから、十分起りうるのです。そして大思想や大哲学は、概して大した事件もひきおこさずに、カビが生えたまま死んでしまいます。しかしあとになって、歴史の先生が歴史に装飾を施す必要上、地球上に起った事件を、思想や哲学の影響で説明するのです。

マリイ・アントワネットは、飢えた百姓どもがデモを起してさわいでいる声をきいて、家来にこうたずねました。

「あの人たちは何だってあんなにさわいでいるの？」

「かれらは喰べるべきパンがないからでございます」

と家来は答えました。するとマリイ・アントワネットは、美しい可愛《かわい》らしい頭をかしげて、

「どうして？　パンがなかったら、お菓子を喰べればいいじゃないの」

と言ったという有名な話がある。

このとき、マリイ・アントワネットは、全く無邪気に、何の意識もなく、0《ゼロ》を一つ落したのだと思う。その結果があのフランス大革命です。

運命はその重大な主題を、実につまらない小さなものにおしかぶせている場合があります。そしてわれわれは、あとになってみなければ、小さな落度が重大な結果につながっていたかどうかを知ることができません。そこに世間馴《な》れた人たちの、小心翼々たる人生観が生れます。しかし小心ヨクヨク世の中を渡っても、大胆不敵、横紙やぶりに世の中を渡っても、一向同じ結果しか生まないことが多いのが、世間の面白さで、小心者の小さなミスが重大事件を起すこともあり、大胆者の横紙破りが、何の害も与えないですんでしまうこともあります。われわれの毎日おかす小さな「まちがい」のなかに、何万分の一かの確率で、運命と直接つながっている奴がある。そういう奴とぶつかると、どえらいことになるが、宝クジみたいなもので、めったに当る心配はありません。

人間の意志のはたらかないところで起る小さなまちがいが、やがては人間とその一生を支配するというふしぎは、本当は罪や悪や不道徳よりも、本質的におそろしい問題なのであります。われわれが意識して犯す悪は、ただのまちがいに比べれば、底が知れていると言えるかもしれ

ません。

よく、「悪意があってやったことではない。ただのまちがいだから、ゆるしてやる」などと、人は女中が茶碗《ちゃわん》を落して割った場合などに言います。人はどうしても、「まちがい」を本当に罰することができません。せいぜいドヤシつけて、壁まで一米ぐらい吹っ飛ばすことができるだけです。しかしこういう考えの裏には、「まちがい」に対する、人間の恐怖と畏怖《いふ》が語られているのです。考えてもごらんなさい。もし私がまちがって、総理大臣をビルの屋上から突き飛ばしたら、どうなるでしょうか？

しかし幸いなことに、人間は本来あまりまちがいを犯さぬ動物と考えられているのです。これが人間同士の親しみ合いの唯一の根拠で、この信仰がなかったら、人間は人間にとって永遠に恐怖の的でありましょう。

道徳のない国

Y氏はイギリス人で或《あ》る大学に講師として数十年つとめ、在日外人中の古顔で、まことに謹厳な篤学の士です。

Y氏は六十七歳になりますが、まだなかなか元気です。しかし元気と言っても、脂ぎった実業家タイプでなく、しなびた学者タイプの元気さですから、大したことはありません。永らく病気で寝ている奥さんは、もう体が利かなくなっています。

Y氏は自宅のそばに、副業としてレストランを経営し、白粉気《おしろいけ》のない、素朴な元気な少女たち四、五人を、ウェイトレスとして住み込みで雇っています。この少女たちは料理の給仕のほかに、特別超過勤務手当をもらって或る仕事を受持っている。そこまで言うと、すぐあなたはヘンな想像をする。とんでもないことです。少女たちは、老先生がちょっと手を握ろうとしても、

「イヤラシイ。およしなさい」

とはねつける元気を持っているのです。

老先生のための仕事というのは、寝つきのわるいこの先生のために、毎晩夜中の三時ごろまで、一晩交代でこの少女たちが、寝室のお伽《とぎ》をつとめることなのです。お伽と言っても、もちろんヘンなことは少しもありません。日本語の達者なY氏のために、自分たちの田舎の話をしたり、おばあさんにきいた昔話をしたり、時にはY氏の求めに応じて、童謡を立てつづけに五つも歌わせられたりします。そのうちにY先生は、スヤスヤと寝息を立てはじめます。そうしたら白いエプロンをかけた少女は、足音をしのばせて、自分の寝室へかえればいいのです。明日の朝は十分寝坊ができるから心配は要らない。

――雨の晩など、店仕舞のすんだレストランのほうの灯はすっかり消えて、別館のY先生の寝室だけが灯をともしており、そこに少女の横顔の影が映って、あどけない童謡が、雨の音と共に、際限もなく流れてくる。それが午前二、三時という時間ですから、かえりのおそい酔っぱらいなどは、びっくりしてその窓を見上げて、女のキチガイの住んでいる家かと思うのも無

理はありません。

――この話は、外国人だから、いっそう淋《さび》しい話にきこえるのであります。

外国人はどうして淋しく見えるのでしょうか。

私は日本にいるあいだは、一人で外食するのが死ぬほどキライで、ついぞ一人で外で飯を喰《く》ったことがありませんが、外国に行くとそうも行かず、やむをえず一人でレストランに入る。するとまわりに夫婦づれや家族づれの、にぎやかな団欒《だんらん》がくりひろげられ、むこうはこっちを別に注目してもいないのに、自分の孤独が特別に感じられて、ナイフとフォークを両手に持ちながら、孤独の独舞を踊っているような気になります。

ですから、銀座あたりのレストランで、家族づれか、それとも愉快な友だちと、たのしく夕食をたべているときに、ふと、一人で大人しく行儀正しく夕食をとっている外国人の姿を見ると、私はかつての自分の姿を思い出して、満腔《まんこう》の同情にかられます。

日本に永く居ついている外人はずいぶん多い。日本に立派な業績を残した外人も沢山いる。私は今、Y老先生をはじめ、こういう外人の立派な面をとりあげて、云々《うんぬん》しようとは思わない。何しろこれは不道徳教育講座の講義なのであるから。

しかし妻子のあるのと、独身であるのとを問わず（官途や軍務で日本にいる人は別として）、日本にいる外人たちの顔には、何か或る種の空白と寂寥《せきりよう》がある。これは何故でしょうか？

私ははっきり言います。これは日本が彼らにとって無道徳地帯だからです。

キリスト教国のきびしい道徳からのがれて、日本へやって来て、安住の地を見出した外人はどんなに多いか知れません。零号《ゼロ》からはじめて二号、三号を置いても、お金さえあれば万事OK、他人の奥さんを失敬するのもOK、ゲイ・ボーイを抱くのもOK。もちろんこれらのことは、外国でだってさかんに行われています。しかしそれは罪を犯すことなのであって、神に反逆することであり、世間の爪《つま》はじき、地位の失墜を覚悟することなのであります。ところが日本ではどうでしょう。何でもOK、しかもキリストの手はここまでは届かないし、自分たちの生れ故郷の古い道徳のきずなも、ここでは何の力もありません。そこでやりたい放題をやり、罪の呵責《かしやく》を忘れ、やっと枕《まくら》を高くして眠れると思うあいだに、今度は、彼らの顔に、いいしれぬ寂寥と空白感が刻まれて来ます。西洋人は、何と可哀想《かわいそう》な人種ではありませんか。彼らは本当のところ「道徳なしには生きられない」のです。

ところで日本人はどうでしょうか。

日本人は、日本の社会の掟《おきて》というものこそあれ、在日外国人とほぼ同じ程度の行動の自由があり、道徳観というものに悩まされずに、いろんなワルイことができます。しかも西洋人ほど体力がありませんから、ワルイことと言ってもほどほどのことしかせず、まず体力が道徳の代りをしています。それに、いくらワルイことをたのしんでも、西洋人の顔のような空白感や寂寥は刻まれず、呑気《のんき》な、明るい、たのしい顔つきで暮して行けます。これは日本人には、はじめから、あのキリスト教の神様みたいな、厳格な、様子ぶった、ヤキモチやきの、意地悪千万の、オールド・ミス根性の神様がいないからで、そんな神様にとりつかれた経験がないからです。従って、片っ方でワルイことをしながら、片っ方で自分を罰してくれる神を恋しがるというような、複雑きわまるアブノーマルな心理がないからです。
皆さん。キリストのない国に生れた幸福は、実に偉大で、たとうべからざるものであります。この幸福な日本に生れていながら、神様を恋しがるなどというのは、少しパアではありませんか。

それはそうと、この間私は一寸《ちょっと》した調査のために、狐つきのばあさんに会いに行きました。私は製函《せいかん》工場の若主人ということにして、工場が不景気でつぶれかかっているためにお伺いを立てに来たというわけです。

稲荷《いなり》大明神の神前に、イタチの剝製《はくせい》だの、いろんな意味ありげなものを飾り立てた中で、ばあさんは御幣《ごへい》をふりあげて、しばらく体をふるわせていたかと思うと、平伏している私を、ハッタと睨《にら》みすえ、

「コレ、我はそなたの国の産土《うぶすな》の神なるぞ。ようもようも、そちはゼイタクの仕放題、喰いたいものの喰い放題、女あそびの仕放題、女郎買いのやりたい放題をやらかした上で、そのツラ下げて、神の前に出て来おったな」

と私はまず、コテンパンに叱《しか》られてしまいました。それから永々と御講釈があって、何でも魂を入れかえれば工場も立ち直るということで、背中をポンと叩《たた》かれて、御告げは完了しました。

文字どおり、私は狐につままれたような気がしてポカンとしていましたが、かえりがけにおばあさんは、

「ありがたい御供物じゃ」

と言って、真赤なリンゴを一つくれました。

私はありがたくこれをいただき、かえりのタクシーの中でも、しげしげとこの神様のくれたリンゴを眺めていました。外国では、蛇が人間を誘惑してリンゴを喰わせるのだが、日本では狐の神様がリンゴをくれた、などとくだらないことを考えていました。

しかしこのリンゴは、喰《た》べてみたところで、あのアダムのリンゴのような怖ろしい効能はなさそうでした。喰べておいしく、やがて排泄《はいせつ》して、明日は忘れてしまうようなリンゴでありました。

死後に悪口を言うべし

一八六三年九月二十七日のゴンクゥルの日記には、きのう死んだアルフレッド・ド・ヴィニイについて、その夜の晩餐会《ばんさんかい》で忌憚《きたん》なく喋《しゃべ》りまくる大批評家サント・ブゥヴの姿がえがかれています。

「さてサント・ブゥヴは彼の墓穴に逸話の花束を投じたが、それは次のようなものであった。サント・ブゥヴがぽつりぽつりと死人に関する話をするのを聞いていると、私は蟻が死体を喰い荒しているのを見ているような気がする。彼は十分間の裡《うち》に名誉の衣を一掃して、此《こ》の著名な紳士をすっかり骸骨《がいこつ》だけにしてしまった。

『……（中略）何はさておき、ヴィニイってのは、一個の天使だった。いつだって天使のような男だった！　彼の家では、一度だってビイフステエクにお目にかかったことはなかった。晩飯を喰べにゆくために、七時に彼のもとを辞そうとすると、《何ですって！　お出かけになるんですか》と彼は言ったものだ。彼は何一つ現実に即して理解しなかった。彼にとっては現実というものは存在しなかったのだ。……彼は威厳のある言葉を使った。アカデミーで演説して退出しようとする彼に、友人が君の演説は少し長かったというと、《でも、僕は疲れなかった！》と大きな声で言うのであった』」

……何と言っても、サント・ブゥヴは大批評家である。彼の悼辞《とうじ》はつまり、誰憚《はばか》るところのない悪口の羅列でありました。

日本でも、小林秀雄氏が、かつて、「生きている人間は、みんな人間の形をしていない。死んだ人間は、ちゃんと人間の形をしている」という意味のことを言ったことがありますが、これは至言で、死んでみてはじめてその人の一生の言動は、運命の形をとるわけですから、われわれは、死の地点から逆に過去のほうをすっかり展望して、はじめてその人を、落ちこぼれなく批評することができるわけだ。

ところが世間というものは、なかなかこのとおりに行かない。生きているうちには、さんざっぱら悪口を言い、死ぬと途端に、「あんな偉い人はいなかった」などと言う。甚だしいのは、生きていても、在任中はさんざん悪口を言われ、やめると途端にほめられるというのもある。吉田茂氏などはこの適例です。

――さて私が、こんなことを書き出したのも、あれほどヨボヨボの病人扱いをされた鳩山元首相が、死んだ途端に「かけがえのない偉材」ということになり、与党はおろか、反対党の委員長まで、口をそろえてほめそやすという有様を見てヘンな気がしたからである。これでもし鳩山さんが蘇生《そせい》して、ノコノコ歩き出して、又総理大臣になりたがりでもしたら、やっぱり世間は「かけがえのない偉材」とほめそやすだろうか？

こんなふしぎな現象は、先年アメリカでも起りました。憎まれ者のダレス長官が、ひとたび癌《がん》で再起不能となるや、たちまち不世出の大英雄になり、今までの反ダレス派も、「やっぱりダレスがいなくてはどうもならん」とぼやき出す始末。本当にそうなら、どうしてあんなに悪口を言っていたのかわかりません。

相手がピンシャンしているあいだは、嫉妬《しっと》まじりでさんざん悪口を言う。相手が辞職したり癌にかかったり死んだりすれば、もう安心で、すっかり大人しくなってしまった相手に、今さら悪罵《あくば》を放つのも気がひける。そこで、「ここらで一つほめてやりましょう」という気になる。ほめてやれば、こちらの寛大さを世間に示すことができ、自分を大きく見せることができ、しかも相手はもうくたばってしまったのだから、ほめて損する心配はない。……こんなところが、まず一般の心理であります。そして葬式の花環《はなわ》の大きさを競うように、人々はほめ言葉を競います。

それに死屍《しし》に鞭打《むちう》つような悪罵を放つのは、こちらの人物が小さくみえるのみならず、どんな正当な批判でも、みみっちく持ち越された個人的怨《うら》みみたいに誤解される心配がある。相手が元気なら、個人的憎悪や嫉妬や怨恨《えんこん》にもとづいた悪口も、立派に公憤にきこえるが、相手がくたばってしまうと、公憤でさえ私憤みたいにきこえる。そんなことで傷を受けてはつまらないから、ほめておくほうが無事というものである。

ところが一人がほめ出すと、集団的妄想みたいなものが起って、みんながほめ出し、そのうちに、故人は本当に「偉人中の偉人」「神のごとき英雄」に見えてくるのですから、人間の心理はふしぎなものです。

われわれが「やりきれない」と思う他人の欠点は、たいていは相手が生きているということから起る。やりきれない口臭の持主も、死んでしまえば一向気にならない。大体、生きている人間というものは、どこか我慢ならない点をもっています。死んでしまうと誰だって美化される。つまり我慢できるものになる。これは生存競争の冷厳な生物的法則であって、本当の批判家とは、こんな美化の作用にだまされない人種なのであります。

こんなことは、鳩山さんやダレス氏のような一国の宰相クラスの人間についてのみならず、われわれの身辺でもしょっちゅう起ります。

会社でみんなに嫌われていた上役が死んだとき、下僚のサラリーマンたちは、お腹の中では快哉《かいさい》を叫びつつ、悲しげな顔で、腕に喪章をつけて、お葬式の手つだいに出かけます。そしてかえりに同僚と呑屋《のみや》に立寄って、コッソリ故人の悪口を言います。

「あの因業オヤジもとうとう御陀仏《おだぶつ》だなア。いやア、われわれもずいぶん苦しめられたよ」

「あんなにいいところが一つもないヤツはなかったなア。ケチで、冷淡で、そのくせ小心で、強がりで、人使いが荒くて、女グセが悪くて、陰険で、イヤイヤ、……会社の空気もこれから明るくなるよ」

二人は低声《こごえ》で話し合いながら世界中の悪徳を数え立てて、それを故人に押しつけます。これはなかなかいい気持で、お酒はおいしくなる。

ところが十日たって、まだこのサラリーマンの片方が、友人をつかまえて、同じ話題をむしかえしたとしたらどうでしょう。

「よせよ。しつこいなア。もう好《い》い加減にしろよ。そんな話は不愉快だ」

と一蹴《いっしゅう》されるに決っています。

一ト月《ひとつき》たち、一年たって、なお故人に同じ感想を持ちつづけている男は、ついに同僚から敬遠されてしまう羽目になるでしょう。

われわれは死者のことをなるたけ早く忘れたいのです。憎まれ嫌われていた死者のことほど早く忘れたいのです。そのためにはほめるに限る。ですから死者に対する賞讃《しょうさん》には、何か冷酷な非人間的なものがあります。死者に対する悪口は、これに反して、いかにも人間的です。悪口は死者の思い出を、いつまでも生きている人間の間に温めておくからです。

ですから私は死んだら、私の敵が集まって呑んでいる席へ行って、みんなの会話をききたいと思う。

「全くいい気味だ。あのいけ図々《ずうずう》しいキザな奴《やつ》がいなくなって、空気までキレイになった」

「本当だよ。あんな阿呆《あほう》に、よく永いこと世間がだまされていたもんだ」

「あいつはバカの上に大ウソツキで、あいつと五分も話してるとヘドが出そうだった」

こんなことを言っている連中の頭を、幽霊の私はやさしく撫《な》でてやるでしょう。私はどうしても、ピンシャン生きているうちに私が言われていたのと同じ言葉を、死後もきいていたい。それこそは人間の言葉だからです。

映画界への憧《あこが》れ

映画界への憧れは都会よりも地方のほうが甚だしい。こういう人気をあおるのは、映画そのものもそうですが、「明星」「平凡」の如き雑誌の威力も大きい。そこでは美男美女が雲の如く集まり、いわゆるハリウッド・スマイルという痴呆的微笑をうかべ(これについて、ハリウッドの映画俳優の微笑の口もとにあらわれた白い整った人工的な歯並びは、便所のタイルを思わせると言った文豪がありますが)、青春の精気あふるるが如き姿態を見せ、又例の恋愛座談会というやつでは、理想の女性や男性について、ごく単純でありながら雲をつかむかの如き言辞を弄《ろう》し、年少読者を夢の国に遊ぶ心地にさせます。この恋愛座談会ですが、私はあるとき、ある雑誌で、映画の新人男優と新人女優との対談を読み、

「僕はまだ童貞ですよ」

「アラ私だってまだ、そんな大人の恋愛なんか知らないわ。異性に対する遠い憧れ、なんていうものなら、ほのかに知ってますけど」

と言っている件《くだ》りで、思わずプッと吹き出しました。私は、この二人がつい一ヵ月前まで、夫婦同様に同棲《どうせい》していて、そのあげく喧嘩《けんか》別れをしたことを知っていたからです。ウソもたまについていればたのしい。しかし職業上、年百年中ウソをついていなくてはならぬとなると、ましてそのウソが自分のための個性的なウソではなくて、多数のミーチャン、ハーチャンのための凡庸なウソに奉仕していなくてはならぬとすると、少し頭のある人間なら、やりきれなくなって来ます。よっぽどパアでない限り、ノイローゼにもなります。

地方から見た映画界は正に楽園で、宣伝文句どおりの「夢の工場」です。ウソも遠くからは美しく見える。ウソが本当らしくみえればみえるほど、美しく見えるというのが、ウソの法則であって、現実の世界では、本当のことというものは実は美しくないのが通例である。だから、いかにも本当らしくみえて、しかも美しい、というものがあったら、ウソだと決めてかかってよろしい。こんな簡単な原理がなかなか人にはのみこめず、現実の醜さに直《じか》にぶつからなければ、本当のところがわからない。映画界はこの一般的心理にのっとって、醜い裏側を隠し、華々しいウソをつきつづけるのです。

ノーマン・メイラーの「鹿の園」という小説は、ハリウッドの暴露ものですが、或《あ》る男優の醜聞を隠すために、社命結婚を命令される女優が、「実は私は今朝、他の男と結婚しました」とシャアシャアと宣言して、重役を卒倒させる件《くだ》りは、実に面白い。

ゴオ・ヴィダルの「都市と柱」でも、ハリウッド周辺のホテルに、スタア志望で稼ぎ口を求めるベル・ホップ（ベル・ボーイ）たちの生態が面白く描かれている。彼らは、ひたすらチャンスを求めて、テニス・コートやプールに出入りして、スタアやプロデューサーに接近する。それと対比して、大スタアの悲しい孤独な日常生活が詳細に描かれています。

小説のみならず、映画でも、映画界が映画界自らの冷酷さを暴露した、「サンセット大通り」などというのがある。

しかしこんな相次ぐ暴露が、一向映画界への憧れを癒《い》やしていないところに、この世界のえもいわれぬ面白さがあります。

週刊雑誌の内幕物の記事に俟《ま》つまでもなく、われわれは銀座へ行けば、そこかしこのバアや喫茶店で、たくさんのニュー・フェイスの残骸《ざんがい》にぶつかります。ニュー・フェイスのウェイトレスばかりを集めている喫茶店もあるし、ニュー・フェイス上りのマダムもいる。中にはひどい最低の職業に身を落しているニュー・フェイスもいます。

男でも、地方から上京して、ミスター・何々とかいうものになって、郷里の人たちから旗行列で送られて、何年たっても一向芽が出ず、画面の遠景をチラチラかげろうのように動いているばかりで、セリフ一つ言わせてもらえず、国へもかえるにかえれなくなって、身を持ち崩す連中は沢山います。

映画の人たちは、前の日の夕刻にならなければ、明日の仕事の予定がわからず、明日出てみても、夕方まで何もすることがないかもしれない。ただ待っているのが商売で、その間は本も読めず、仕事がすんだあとはクタクタで、酒や麻雀《マージャン》や女遊びのほかには何もする気がなくなる。これは外の社会とのつながりはすっかり絶え、スタジオの中だけの特殊な人種が形成される。これはスタアも大部屋も同じことで、スタアにはこの上に、ジャーナリズムやファンの拷問が加わる。大部屋の連中は、待って待って待ちつづけ、絶望のなかに青春をすりつぶさなければならぬ。そうでなければ、牢名主《ろうなぬし》みたいな存在になって、撮影所の中でだけ、はかない姑《しゅうと》小姑《こじゅうと》の権勢を振うのです。

……こんなことは今更私がいうまでもなく、世間周知の事実ですが、空襲中に自分にだけは爆弾は当らぬと考え、宝籤《たからくじ》を買っては自分にだけは当ると考える、人間のいい気な心理のおかげで、「人はともかく、自分だけはみごとスタアになって、人もうらやむ幸福な生涯を送れる」と考える青年男女は尽きない。悲惨な裏話は、却《かえ》って人々を鼓舞します。

――しかし近ごろ、私はこういう「冷酷なる」映画界にも、いいところがあると思うようになった。

それは「夢の工場」ではなくて、「夢の裁判所」なのです。青年男女の浮わついた夢を罰するのに、こんな効果的なところはない。親や兄弟の千万言のしんきくさい教訓よりも、青年男女に社会の冷酷な法則を、骨の髄まで味わわせる場所としては、映画界ほどよく出来たところはない。それは「夢に懲罰を与える大法廷」であって、青年は「スタアになりたい」などという浅墓な夢をもってはいけないということを、不断に教えている峻厳《しゅんげん》な裁判所です。しかし、情ないことに、多くの青年男女は、この法廷で、自分の夢を罰せられると、すっかりヤケッパチになってしまい、人生に夢なんかない、と思い込んでしまうのです。ところが人生には夢が大ありなのであって、ただ映画界にだけそれがないのです。

かつての軍隊も、「青年の夢を罰する」場所でありました。だから、フワフワした青年は、兵隊に行って来てから、しっかりして来た、などとよく言われた。今では、青年の夢を一般的に罰する機関はなくなって、映画界だけが、いわば志願兵による軍隊の代りをしています。

私は必ずしも再軍備推進論者ではないが、青春の夢というフワフワしたものが、どこかで一度はこっぴどく罰せられるべきだという考えには変りがありません。青春の夢を罰するものは、不景気の生活苦という形で社会一般にみなぎっているようですが、そうすると青年は、一方では、フワフワした宝籤的な夢や、千に一つの僥倖《ぎょうこう》を願いはじめます。本当の人生の夢は、一度こういうものがコテンコテンにつぶされないと、芽生えて来ないのです。そして他の一般社会では、偽善的に、青春の夢がおだて上げられているのに、ただ一ヵ所で、見るも無残に青春の夢の殺戮《さつりく》を事としている映画界は、一等正直な世界かもしれません。

ケチをモットーにすべし

何でも日本ケチ協会というのがあるそうで、その会員はナチスではなくて、ケチスと呼ばれるそうだが、会長と副会長だけで、一向会員ができないところを見ると、今なお江戸ッ子は宵越しの銭を使いたがらぬらしい。その江戸ッ子でも、ちがう土地の人のケチの話をきくのは好きで、「しぶちん」などという言葉が最近大いに流行《はや》っています。

大体ケチは金持の通有性のようで、戦前の学習院でも、ムヤミと金離れがよくて、人におごりたがるのは、貧乏華族の息子に決っていた。当時一円だか一円五十銭だかのクラス会の会費を、口を酸っぱくして催促してもなかなか払わず、何カ月かたってやっとしぶしぶ出したりするのは、大財閥の総本家の息子に決っていた。みんながこいつのことをユダヤと呼んでいたが、一向平気な顔をしていました。

　金持というものは、いくらケチをしても、人から「やむをえざるケチ」「貧ゆえのケチ」だと思われる心配がない。だから正々堂々とケチが出来ます。

　大した金持ではないが、私の昔の友人に銀座の商店主がいましたが、この人のケチは有名で、どこで喰《く》っても呑《の》んでも割りカンですが、一年にいっぺんぐらいおごってくれるときには、彼のいわゆる「豪華おでん」をおごってくれた。何のことはない、竹輪やガンモドキのあのおでんであります。

　類は友を呼ぶというのか、彼の友達もケチぞろいで、いっぱしの小金持の中年紳士の如きは、女の子を口説くには絶対に喫茶店でコーヒー一杯というのが鉄則で、食事時間に二時間もコーヒー一杯で口説かれつづけた女の子が、お腹はペコペコ、目まいがして卒倒しそうになったとき、やっと気がついた件《くだ》んの紳士、

「ああ、お腹が空《す》いたの？　こりゃア悪かった。ちょっと待っていたまえ」

　と女の子を喫茶店に待たして外へ出て行った。やがてニコニコしてかえってきた彼は、片手に小さい紙包を下げていて、

「これをお喰《た》べなさい」

と中から餡《あん》パンをとりだしてすすめました。余計な註釈《ちゆうしやく》をするようですが、喫茶店のサンドウイッチというものは高価でバカらしいのであります。

その又友だちの中年紳士、たった一人の甥《おい》の大学生が年始に出かけると、めずらしくゴキゲンがよく、いろいろと御下問に相成る。

「国からは、チャンチャン送ってくるかい？」

「ええ、送って来ます」

「いくらぐらい？」

「五千円です」

「そうか。そりゃあ大変だろうなア」

大学生は、この御下問で、これはめずらしく小遣がもらえるぞ、と予測をつけて、せいぜい哀れっぽくもちかけました。

「全く大変です。勉強にも差支えます」

「そうだろうなア。それで何かい、君は酒もタバコもあいかわらずやってるのか」

「ええ。何とかやってます」

「そうか、そりゃあ大変だろうなア。うーむ、そりゃ大変だ。それじゃあ、一つ、おじさんがいい知恵を授けよう。明日からタバコをやめてみないかね」

――ケチの話は、こんなふうに並べると、際限がないが、考えてみると、私の周囲にはどうもケチがよほど沢山いるらしい。必ずしも金持ばかりでなく、金がなくても、敢然とケチ道を守っている人達も少なくない。こういう人の信念の固さは立派なもので、ケチな人と附合って安心なのは、こういう人には、まず、やたらと友だちに「金を貸してくれ」などと持ちかけるダラシのないヤカラはいないことです。個人主義の城壁を堅固に守って、決して人を世話せず、人の世話にもならないという主義のフランス人が、世界的ケチであることは論理的必然である。永井荷風先生は日本における最高のフランス的ケチであり、ハイカラもここまで行かなければ本物ではありません。シャンソンをうたって、ベレエをかぶっていても、宵越しの銭を使わぬ貧乏性が抜けない限りは、本当のフランスかぶれとは言えない。

ケチには又脱俗の精神が必要であります。人に御馳走《ごちそう》になってすぐお返しを考えるようではいけない。ムダ御馳走をする奴《やつ》は、哀れむべき虚栄心の強いヤカラで、御馳走をすることがたのしみなのだから、こっちは威張って御馳走になり、決して恩に着たりしないことである。

一体お返しという日本的精神が、公務員の堕落を助長するのであって、金品をうけとったって、こちらは安サラリーでお返しはできないのだから、公務上のゴマカシをやって相手に利得を与えようなどという情ないことを考えず、公然とくれるものはもらって、何もしてやらなければいい。くれるほうは、やりたくてくれたのだから、こっちはもらっておくだけだ。「いただくものなら夏でも小袖《こそで》」という格言は昔からあります。

日本人は外国を旅行すると、むやみに多額のチップを払って、ホテルやレストランで物笑いになる。これは明らかに人種的劣等感のあらわれで、自分の鼻の低いのが気になるから、軽蔑《けいべつ》されやしまいかと心配のあまり、「鼻の高い西洋人と同じ待遇をしてくれ」という暗黙の意志表示で、バカげたチップを撒《ま》くらしい。いくらチップを撒いたって低い鼻は高くならない。それならいっそ、鼻の高い連中が二十五セントのチップを出すなら、こちらは鼻高に応じて、十五セントですますという精神をどうしてもてないのであるか。

かつて政治団体呼ばわりで日本ペンクラブを震撼《しんかん》させたケストラー先生は、京都において、見事に西洋人のケチ精神を発揮した。さるバアで、自分の呑んだ酒の値段を暗算していたところ、出された勘定書はその数倍に上り、すすめもしない酒をフンダンに呑んでいた女給の分まで払わされるのは怪《け》しからんとあって、所もあろうに警察にどなり込み、いろいろ談合の末ケストラー先生の主張する額だけを払うことで収まった。

こんな新聞記事を読んで、私はひそかに快哉《かいさい》を叫んだが、世界中どこへ行ったって、明細書のない、藁半紙《わらばんし》の切れはしに￥8,520などと尤《もっと》もらしく書いただけの勘定書をつきつけられて、一万円札を渡して、「おつりは要らないよ」などと言って鷹揚《おうよう》に出て来なければならないバアなどという不合理な場所はありません。

フランスの料理屋では、立派な紳士が、食後、「勘定！」(ラディシオン・シル・ヴー・プレ)と叫んで、それから、老眼鏡をかけて、何分間かに亘《わた》って、詳細綿密に勘定書の点検がはじまります。それでまちがいが発見された時の、喜び方、千万言を費やす抗弁と来たら、一つの見《み》物《もの》であります。

私も子供のころ倹約ということを家庭でも学校でもやかましく教えられ、「お前はバヴァリヤの鉛筆なんか使っているが、皇太子殿下は和製のワシ印だ」などと訓誡《くんかい》されたあげく、倹約という道徳くさい言葉がすっかりキライになってしまった。武士道徳における倹約とは、主君の大事という場合、主君が破産状態になった場合、家来が私財を投げ出して主君に捧《ささ》げなければならぬという、そのための倹約であって、究極的に人のためのケチなんて意味がない。倹約よりケチのほうが、はるかに近代的で、ユーモラスで、徹頭徹尾自分のためで、「人の世話にならぬ」という自主独立の精神のあらわれなのであります。

キャッチフレーズ娘

このごろキャッチフレーズ娘、キャッチフレーズ息子という族《やから》があるそうです。

あるときラジオで私と同席したきれいな娘さんが、正《まさ》しくその適例で、

「あなたはどんな音楽が好きですか」

とたずねると、

「そうですわね。都会的なムードというんでしょうか、近代的なムードというんでしょうか、憂愁とアンニュイに充《み》ちた、ジャズでもスローなスイートなもの、そういう音楽が私は好きなんですの」

と澱《よど》みなく答えました。

こんな例はいくらでもあるので、たとえば或《あ》る男の子に映画評をきくとする。

「あの映画はどうだった？　若い人に評判のいい映画だっていうけど」

「そうですね。戦争のなまなましい傷あとをえぐり出しながら、若い世代の苦悩をファンタジック（註—このファンタジックという言葉は、日本製のインチキ外国語で、英語でもフランス語でもありません）にえがき出した、K監督独特の芸術的雰囲気の濃い、何と言いますか、一口に言って、今年度上半期のベスト・ファイヴに入るもんだと思うんですけど」

などと答える。又、別の子に、

「Mの小説はどうだい」

ときくと、

「感心しませんね。十九世紀的唯美主義にこりかたまって、社会的視野を局限された、リアリズムに背反したところに真のリアリズムの血路を見出そうというのではなく、単なる装飾的なリアリズムのまがいもので、例の『キンカクシ』という小説なんかもそんなものです」

と答える。

「日本」

と呼べば、

「世界文化の吹きだまり」

と答え、

「カルピス」

と呼べば、

「初恋の味」

と答える。

フロオベエルの時代もこんなものだったらしく、彼は月並語辞典《つきなみごじてん》というやつを作りました。

しかしキャッチフレーズ娘、キャッチフレーズ息子といえども、年がら年じゅうこんなことを言っているわけではありません。公けの席へ出たり、馴《な》れないラジオだの雑誌の座談会などというものに出席したり、とにかく気取って意見をのべようとすると、悲しいかな、みんなキャッチフレーズになってしまうのです。

もちろんキャッチフレーズにも、ピンからキリまであります。高級なる文学的哲学的キャッチフレーズには、「組織と人間」などというやつもあり、誰かに小説の感想をきかれたら、

「あれも組織と人間の問題を扱って、現代の切実な状況を訴えたものなんだね」

などといえばよろしい。

世間というものは、一人一人にそんなに個性に富んだ意見などを要求しやしない。どこかで見たようなこと、どこかで読んだようなことを言っていれば、お茶が濁せるし、このごろのように週刊誌がふえて、話題過多症にかかっている折柄《おりから》、たとえ自分で考えて述べた意見や冗談でも、

「バカにするない。それと同じことが、先週の週刊ABCにちゃんと出てたぞ」

などと、とんだ濡衣《ぬれぎぬ》を着せられてしまいます。

しかしキャッチフレーズ娘や息子の言辞の特徴をなすものは、それが決って「どこかできいたような」意見だというばかりではなく、それがどうも日用語の会話体としてはおかしいとい

う点です。たとえば冒頭の、「都会的なムードというんでしょうか、近代的なムードといううんでしょうか、憂愁とアンニュイに充ちた」云々《うんぬん》というやつを、口に出して言ってみれば、落語の「バスガール」や「たらちね」の語調でゆくほかはありません。それを禿頭《とくとう》の落語家ならぬ妙齢の美人が大まじめでやるのだから、おかしくてたまらない。この女性の頭脳と声帯には、スポンサーによって、テープレコーダアが仕込まれているんじゃないかと疑いたくなります。

又キャッチ息子の、

「リアリズムに背反したところに真のリアリズムの血路を見出そうというのではなく」

などというのも、目の前の人間が喋《しゃべ》りだしたらふしぎな感じのするもので、いわゆる口語体とは言えません。

こういう風に、若い世代の気取り屋たちが、「どこかできいたような」意見をのべるときの文語体口調に注意していると、私にはどうもそれが、粗製濫造映画のセリフに似てきこえてくるのです。いいかげんな即製シナリオでは、テレビのコマーシャルと同じような、歯の浮くようなセリフがいっぱい出て来ます。いつかもある観光映画で、砂浜を歩く恋人同士の男のほうが、

「この砂浜が、悲恋に終った美しい恋人たちの涙と情熱の伝説で有名なところなんです」

などというセリフを、世にもブキッチョな棒読みで言っているのをきいて、私はむしろその俳優に同情しましたが、キャッチ娘やキャッチ息子の、気取った喋り方は、正にこれとそっくりなのです。

それは喋っているのではなくて、出来合いの言葉に喋らされているのであり、現代マスコミ文化という神さまの託宣《たくせん》が、その口を借りて滔々《とうとう》と流れ出す神がかりの霊媒のような存在なのです。

それは意見が自分の意見でないばかりではない。感情も他人の感情で代用されてしまうので、キャッチフレーズばかり並べながら、キャッチ娘とキャッチ息子が、どこかの喫茶店で恋を語ることも可能なら、そのままサカサくらげへ直行することも可能である。そうすれば、現代では、ドライヴ・クラブの車を借りるように、他人の感情を一寸《ちょっと》借りてきて、全然自分の感情も意見ももたずに恋愛することだってできるわけだ。こうなると、人形芝居の人形の恋みたいで、ちょっとした怪談です。

——しかし私は現代に絶望しているわけではない。

キャッチ息子、キャッチ娘は、単に表面的現象であるばかりでなく、彼ら自身にとっても、一時的な、人前だけの、気取りの表現にすぎないのだ。ただ気取り方をまちがえて、良い個性を隠してしまい、悪い平凡さを表へ出してしまっているのだ、と私は考えます。

遠慮のない仲間同士の間では、かれらはもっともっと才能がある筈《はず》なのです。もっともっと個性に充ち、いきいきとした会話をしている筈なのです。ただ困ったことには、彼らは、意見のほうが機智《きち》よりもずっと上等だと思っているので、私に言わせれば、なまじっかな「意見」なんかより、自然な「機智」のほうが、ずっと人生の知恵として高度なものなのであります。マスコミにおいて最も涸渇《こかつ》しているのは、こういう自然な機智であります。

又ここで私の知合いの魚河岸のあんちゃんに登場してもらいますが、彼は小男だが、威勢がよく、タフ・ガイを以《もつ》て自ら任じ、バート・ランカスターそっくりだと己惚《うぬぼ》れている。そこで友達が、

「そんな小男のランカスターがあるかよ」

とからかったら、彼は昂然《こうぜん》として、

「てやんでえ。バート・ランカスターが坐《すわ》ってるとこだい」

と言いました。私が自然な機智というのはこういう返事のことです。これこそキャッチフレーズと正反対のものなのであります。

批評と悪口について

今日は一寸目先を変えて、文学論みたいなことをやるとしましょう。尤《もつと》もいずれ不道徳には関係のあることとです。

中村光夫氏が「悪口」という面白い随想を書いています。

「ひとの悪口を云ふとき、大がいの者はその対象にたいして悪意を持つてゐます。しかし批評家は悪口を云つても、その対象に悪意を持つてゐないことが多い、といふより持つてはならないので、だからこそ彼の悪口は客観性をもち、世間に通用するのです」

と中村氏は言う。さらに氏は、

「これまで悪意をもつてひとの悪口を云つたことは一度もない。反対に何かの点で尊敬を感じられない人は喧嘩《けんか》の相手にしたことはないので、その選択はいままで誤つてゐなかつたといふ気さへします」

と言いつつ、この随想の後段で、又々ものすごい、そっけない悪口を、中村真一郎氏の小説に向って、並べている。おしまいまで読んで、前半の悪口論と、後半の悪口の見本との、現金な組合せに私は全く愉快になり、笑ってしまいました。中村光夫氏という人は私の最も尊敬する友人だが、又実にものすごい人ではある。

さてこの随想には、氏のいかにも論理的な強い古武士的性格があらわれていて、氏を知るほどの人で、この随想に書かれていることを疑う者はないでしょうが、私が人の作品を批判するときには、とてもこんな心境には立ち至れない。私はあくまで市井《しせい》の悪口屋らしく、時には感情をまじえて人の悪口を言い、又、人に悪口を書かれると、

「ああ、これは別に俺《おれ》の作品が本当に悪いからじゃなくて、あの批評家め、俺に何か含んでいるところがあるんだな」

などと、自己弁護をしつつ、いろいろと気を廻《まわ》します。

そこで思うのですが、氏が世間普通の悪口と批評家の悪口とを、はっきり別のものと見なして、そこに批評家の倫理を確立していることはよくわかるのですが、私の如き、批評される立場になったり、批評する立場になったりするヌエ的人間から見ると、そこがどうもスッキリと行かず、世間普通の悪口と批評家の悪口、どこがちがうのだ、とつい言いたくなる。世間にだ

って、「悪口は鰻飯《うなぎめし》より旨《うま》い」などと言うときのような、何ら悪意を含まぬスポーツ的悪口もあるのだから、批評家にだって、悪意を含んだ悪口は、あって然《しか》るべしだ、と思うのです。一例がサント・ブゥヴのようなヤキモチやきの批評家は、当代の大作家には誰にでもヤキモチをやき、「現代作家の肖像」第二巻で、彼はバルザックに対する非難を、いかにも素朴な賞讃《しょうさん》のように見せかけて書きましたが、人のいいバルザックは、はじめのうちは大いに喜んでいた。そのうち、何度も同じ讃辞がくりかえされるので、ついに言葉の裏の悪意に気づいたバルザックは、

「今に見ろ。俺はあいつの体にペンで穴をあけてやるから」

と叫んだそうです。こんなサント・ブゥヴの陰険なやり方に比べると、中村光夫氏のは正々堂々たる悪口で、卑劣なところが少しもありませんが、人間にはいろいろの種類があるので、同じ批評家の中にも、サント・ブゥヴ的人物もいれば、中村光夫的人物もいる。だから一概に、批評家の悪口には悪意がないとも言えないのです。

人間の好悪は、概してまず外見にとらわれるので、いかに作品本位で批評しようと思ったって、同じ東京に住んでいる以上、いやでも顔を合わせることが出て来る。いや、一度も会ったことのない人物だって、写真でおなじみというのが普通である。そうすれば、或る小説の著者が、チョビ髭《ひげ》を生やしているということは、いやでもわかってしまう。そして彼の小説を読んで、たとえば何でもない一行、

「彼は女のやわらかい、甘い、薔薇《ばら》のような乳房に、酩酊《めいてい》を感じて……」

などという一行を読んでも、その一行が文学的に良い悪いということを別にしても、「あのチョビ髭でこんなことを書くか」と思っただけで、もう胸クソが悪くなる、ということはありうるのです。

そしてさらに厳密に言うと、作家の風貌《ふうぼう》と作品とは、どこかで奇妙に結びついているもので、尋常一様の結びつき方はしないのが例ですが、一度結びついたら最後、どんなことをしても人の頭から離れない。

チョビ髭作家の例にしても、彼のチョビ髭と「薔薇の乳房」という表現とは、磁石みたいに忽《たちま》ちひっついてしまい、はじめは、

「あんなチョビ髭を生やしてやがるくせに、こんな甘い文章を書く」

と思ったのが、次には、

「あんなチョビ髭を生やしてやがるから、こんな甘い文章を書くんだ」

としか思えなくなってしまう。

人間というのは困ったもので、外見と性格とがうまく一致して一分《いちぶ》の隙《すき》もない奴《やつ》はむしろめずらしく、外見と中身との間には、多少ともソゴのあるのが普通です。悪口や批評はそこを狙《ねら》うので、芸術作品にはこのソゴが端的に、拡大されて現われて来るので、ますます狙いやすくなる。作品というものは、小説や絵や音楽ばかりでなく、人間そのものを作品にすることもできるのであって、世間にはそういう人間もいます。我儘《わがまま》勝手で、弱点だらけで、始末に負えなくても、とにかくその人の外見と性格が完全に一致していて、文句のつけようがなく、手のつ

けようがない。それで一生通ってしまう。こういう人の一生は、いわば芸術作品の傑作と同じことです。こんなのには、いくら悪口を言ってみてもつまらない。

悪口の的になるのは、(悪口屋自身が意識していなくても、)必ず何らかのソゴであります。外見と中身とのソゴ、思想と文体とのソゴ、社会と個我とのソゴ、作品の意図と結果とのソゴであります。そしてソゴというやつは必ず漫画の材料になりうるもので、悪口と笑いには密接な関係があります。もちろんその笑いには、弱い鼠が強い猫を笑うような笑いもあれば、強い猫が弱い鼠を笑うような笑いもありますが……。

ここにもし、ネクタイをわざわざ首のうしろに結んで、背広の背中に垂らして歩いている男がいたとします。人はみんな彼を見て笑います。

「あいつは何てキチガイだろ」

「イヤ、可哀想《かわいそう》に、田舎者でネクタイの結び方も知らないんだよ」

これが世間の第一の無邪気な悪口で、ほとんど悪意はなく笑いのほうが優先している。

「イヤ、知らないでやってるわけはないよ。ありゃあ、わざと反俗的な恰好《かっこう》をし、世間を嘲《ちょう》笑《しょう》してるつもりなんだ。肉を切らして、骨を切る、というヤッサ。それにしても何て浅薄な反俗精神かね」これが第二の悪口。意図をまず理解し、次に意図の実現の方法を笑って、そこを批評する。多少の悪意も含まれている。

「あいつの売り込み精神の俗っぽさには全くイヤになる。何てイヤな面《つら》だ。ヘドが出そうだ。あんな奴は早くくたばりゃいいんだ」

これが第三の悪口。こうなったら、悪意ばかりで、笑いは一《ひと》かけらもありません。

――かくて、あらゆるソゴに対して、人はまず笑いで対応し、次に批評で対応し、次に悪意で対応する。批評は笑いと悪意の両方にまたがり、したがってソゴの性質を十分に味わい理解する余裕がある。それは又、自分の笑いと悪意を分析することでもあって、「悪意から出た親切心」というものに充《み》ちています。

さて、もしこの逆さネクタイの男が精神病院の中を歩いていたら、……そこには何らのソゴもなく、従って笑いもなく悪口や批評の対象にもならないでしょう。

馬鹿は死ななきゃ……

馬鹿は死ななきゃ治らない、とよく言われます。馬鹿にも重症から軽症まであり、「大賢は大愚に似たり」というごとく、賢愚の相通ずるところに座を占めている立派なバカもあり、ドストエフスキーの小説じゃないが、神の如き白痴さえある。

しかしここで私のいうのは、そんな天才的なバカのことではない。

バカという病気の厄介なところは、人間の知能と関係があるようでありながら、一概にそうともいいきれぬ点であります。いくら大学の金時計組でも、生れついたバカはバカであって、これも死ななきゃ治らない。秀才バカというやつは、バカ病の中でも最も難症で、しかも世間にめずらしくありません。バカの一徳は可愛《かわい》らしさにあるのに、秀才バカには可愛らしさというものがありません。
次にいろいろなバカの症例を述べましょう。
㈠ 秀才バカ
概して進歩的言辞を弄《ろう》し、自分の出た大学をセンチメンタルに愛しており、語学が達者で、使わないでもいいところに横文字を使い、たいていメガネをかけており、暴力恐怖症を併発し、ときどきヒステリックに高飛車なことを言ったりしたりする一方、運動神経がゼロで、紅茶のスプーンは何度も落っことし、長上にへつらい、同僚に嫉妬《しっと》し、ユーモア・センスがなく、人の冗談を本気にとって怒るかと思えば、冗談のつもりで失礼なことを平気で言い、歯をよく磨かず、爪《つめ》をよく切らず、何故《なぜ》人にきらわれるのかどうしてもわからない。
㈡ 謙遜《けんそん》バカ
何でも謙遜さえしていれば最後の勝利を得られるという風に世間を甘く見て、ことごとに、「私のようなものが」とか「不肖私が」とか言い、謙遜の裏に鼻持ちならない己惚《うぬぼ》れをチラチラ見せ、それでいて嫉妬心が強く、怨《うら》みつらみをみんな内攻させ、嫉妬深いから人の長所がよく目につき、被害妄想からそれをみんな褒《ほ》めてしまい、あとで後悔して自分を責め、ますます謙遜して復讐《ふくしゅう》の刃《やいば》をとぎ、道路は必ず端のほうを通り、可笑《おか》しくもないのにニコニコ微笑をたたえ、自分の細君にはひどく威張る。
㈢ ヒューマニスト・バカ
自分を善意の撒水車《さんすいしゃ》のように考え、雨のあとでも道じゅうに撒《ま》いて歩き、人に非難されても決して反省せず、ヒューマニズムのために嘆いて泣き、死刑が怖くてたまらないので死刑に反対し、夜中に一人で便所へも行けず、「人間、人間」と念仏のようにとなえるのが、いつも人非人の幻影におびえ、無類の強がりで無類の臆病者《おくびょうもの》、いつでも十字架に昇る覚悟がある筈《はず》なのに自分の指先のかすり傷の血を見て卒倒する。

㈣　**自慢バカ**

人間誰しも己惚れがあるが、これは己惚れを発表せずにはいられぬバカで、「乃公出《だいこうい》でずんば」などと広言したり、自分の立志伝を三時間も喋《しゃべ》ったり、自分が相当な美人であることもわきまえず、「私みたいな美人は」などと大まじめに言って効果を台なしにしたり、五十になっても出身校の自慢を忘れなかったり、本職の自慢より無邪気だろうと勝手に考えて、朝から晩まで余技の自慢ばかりしていたり、……これにはいろんな種類がある。

㈤　**三枚目バカ**

大して可笑しな顔つきでもないのに、むやみに自分を三枚目にしたがり、女を口説く勇気がないので、わざわざ女の前でピエロを演じ、一種の媚態《びたい》から、絶えず自分を人の笑い物にしていなければ気がすまず、親からもらった自分の顔の悪口を自分で言いつづけ、しないでもよいヘマをやり、自転車からわざわざ落っこちて見せ、要らざる失敗の告白ばかりやり、しかも自分以外の人間をみんな大バカだと心底深く信じて疑わない。

㈥　**薬バカ**

毎朝ヴィタミン剤と肝臓保護剤とホルモン剤とを呑《の》みながら、朝刊の薬の広告をすみからすみまで読み、通勤の電車の中でも、新薬の広告に気をとられ、薬屋の前を通れば、腹の減った浮浪児が鰻屋《うなぎや》の前を素通りしかねるように、ショウウィンドウに鼻をくっつけずにはいられず、中食のあとで胃腸薬を嚥《の》み、午後三時には頭痛薬を嚥み、晩飯のあとではカルシウムを嚥み、そのうちに、腎臓《じんぞう》も悪くないのに腎臓の薬を試飲し、心臓薬やら、高血圧の薬までためし、頭にも胸にも腹にも手首にも流行の何とか帯の数々をロッカビリー娘のようにぶらさげ、……ついには「薬石効なく」お陀仏《だぶつ》する。

……………………。

こんな風にあげて行けば、バカの種類は限りがありません。

人間とバカとは、そもそも切っても切れぬ関係のあるもので、この病気は人間の歴史と共に古く、どんな賢者といえども、バカの病菌を体内に持っていない人はありません。だから人間みんなバカだと言ってしまえば、それっきりで、それはそれなりに正しいが、賢者とバカとのわかれ目は、病気上手と病気下手とにあるようで、ほんの微妙な抑制の神経を持つか持たないかで、バカ病は、うんと好転もするし、うんと悪化もする。文明の進化と共に、しかしバカ菌にはますます新種がふえるばかりです。一寸《ちよつと》思いついただけでも、

「テレビ・バカ」
「週刊雑誌バカ」
「南極犬バカ」

「あやかりバカ」

など、数えつくせない。

私が何種のバカであるか発表しても一向かまいませんが、そうすれば「三枚目バカ」になるのがオチだから、莫迦《ばか》らしいからやめましょう。本当のところ、私は自分のことを、相当の利口者だと思っているが、こう言っただけで、賢明な読者諸君は、私が何バカに属するかがすぐおわかりでしょう。しかも私はあんまり病気上手のほうではない。イヤ、私は決して「謙遜バカ」でこう言うのではありません。

利口であろうとすることも人生のワナなら、バカであろうとすることも人生のワナでありま す。そんな風に人間は「何かであろう」とすることなど、本当は出来るものではないらしい。利口であろうとすればバカのワナに落ち込み、バカであろうとすれば利口のワナに落ち込み、果てしもない堂々めぐりをこうしてくりかえすのが、多分人生なのでありましょう。

先年の皇太子の御結婚のパレードを見るために沿道第一列に並んでいる中年のオヤジさんに、テレビのアナウンサーが質問をしていた。

「あなたは何時からここにお並びですか」

「フム。朝の九時半からじゃ」

「ホホウ、そりゃあ重労働ですね。テレビでごらんになる方が楽でしょうに」

「わしはテレビはきらいじゃ」（しばらく沈黙）

「それで、奥さんは御一緒ですか」

「家で留守番させてある」

「ホウ、お宅でテレビでも」

「わしはテレビはきらいだと言ったろう」

「ハハア、なぜおきらいなんです」

「自分の目で見たほうがたしかだからな」

「(皮肉に)それじゃ御自分の目でこれからたしかに御覧になることを、お宅へかえってから奥さんに話しておきかせになるわけですね」

「……イヤ、別に話してきかせません」

——私はこのテレビを見ていて、このオヤジさんは賢者なるかな、と感じ入りました。

告白するなかれ

ニイチェが「ツァラトゥストラ」の中でこう言っている。

「一切合財自分のことをさらけ出す人は、他の怒りを買うものだ。さほどに裸体は慎しむべきものだ! そうだ、君らが神々であってはじめて、君らは君らの衣服を恥じてよかろう!」

これはなかなか味わうべき言葉である。われわれは神様じゃないのだから、自分の衣服を恥じる資格なんかないと、ニイチェは言っているのです。衣服とは、体面であり、体裁であり、時には虚偽であり偽善であり、社会が要求するもののすべてです。

告白癖のある友人ほどうるさいものはない。僕の耳を見ていると、だんだん欲情してくるっていうんだよ」

もてた話、失恋した話を長々ときかせる。

「彼女がねえ、僕の耳の恰好《かっこう》がとてもいいっていうんだよ。僕の耳を見ていると、だんだん欲情してくるっていうんだよ」

などと言うのをきいて、こちらは、

『尤《もっと》もだなあ。褒《ほ》めるところがないのに困り果てて、耳なんか持ち出したんだろう。それとも彼女というのは、耳鼻咽喉《いんこう》科医院の娘でもあろうか』

などと肚《はら》の中で考えているほかはない。

そうかと思うと、一週間もたつと、彼女の不実を訴えてきて、

「あの女はたしかにNと温泉へ行きやがった。証拠は揃《そろ》っているんだ。ああ、あいつを殺して、自殺してしまいたい」

などと言い出す。こちらがうっかり、

「しかしそんな子には見えないがなア」

など調子を合わせようものなら、忽《たちま》ち、

「そうだろう。君もそう思うだろう。僕もそう思うんだ。そりゃあ証拠なんて言ったって、われわれの仲を割こうとしている奴《やつ》が、捏造《ねつぞう》したものかもしれないんだから」

ということになる。

こういう男に限って、恋人のことばかりか自分の家族の自慢をやたらにする。

「きのう姉さんが里帰りでかえってきて、久しぶりにゆっくり話したけど、実にいい人だと改めて思ったよ。あんなに心のきれいな人ってないっていう感じだな」

こんな話はまことにつまらない。又、自分の母親が四十年前に評判の美人であったという話なども、あまりいただけない。

私は自分の伯父《おじ》さんの車の自慢を二十分もしていた男を知っている。ポンティヤックはいい車かもしれないが、伯父さんの車の自慢までしなくてもいいでしょう。

そうかと思うと酒に酔って、くだくだと自分の家庭の打明け話をはじめる。

「俺《おれ》は不幸の星の下に生れた子なんだよ。何を隠そう、俺は私生児なんだ。私生児！　私生児！　何て暗い、どす黒い、怖ろしい言葉だろう。映画なんか見ていても、突然私生児という言葉が出て来ると、俺は顔が真赤になって、席を立って、コソコソ映画館から逃げ出すんだ。

その上俺には、何か知れない、恐怖の未来が待ち構えているんだ。オヤジは俺を、芸者に生ませてから、満州に渡って、梅毒にかかって、かえってから、自分の正妻を梅毒にしてしまい、その後生れた子も先天性梅毒で、正妻はあとで精神病院で狂死したんだ。それはよく知られた話だけど、実は俺は、オヤジが満州ではじめて梅毒にかかったのかどうか、そこのところを疑っているんだ。俺のおふくろはふつうの病死だが、もしかしたら俺には、梅毒の血が伝わってるかもしれないんだ。その上おふくろの伯父には、先天的な分裂症患者がいるし……。

ああ！　俺はきっともうすぐ気が狂うだろう。助けてくれ、助けてくれ、って、毎夜、俺は枕《まくら》を抱きしめて、神に祈るんだよ」

これは立派な告白です。

しかしきかなくてもいい話で、こんな話をきくまで彼に持っていた好印象も台なしになる。彼にしてみれば、虚偽の好印象を持たれているより、真実の悪印象を持たれたほうがいい、というのだろうけれど、こちらにしてみれば、余計な告白のおかげで、こちらのもっていた好印象を毀《こわ》されたばかりか、今まで何も知らずに外見に欺《だま》されていたということを知らされて、自分の観察眼にかけていた自尊心を傷つけられる。それに人に好印象を抱くということは、人との附合におけるわれわれの権利ですから、この権利を故なくジューリンされたことになります。

やたらに人に弱味をさらけ出す人間のことを、私は躊躇《ちゅうちょ》なく「無礼者」と呼びます。それは社会的無礼であって、われわれは自分の弱さをいやがる気持から人の長所をみとめるのに、人も同じように弱いということを証明してくれるのは、無礼千万なのであります。

そればかりではありません。

どんなに醜悪であろうと、自分の真実の姿を告白して、それによって真実の姿をみとめてもらい、あわよくば真実の姿のままで愛してもらおうなどと考えるのは、甘い考えで、人生をなめてかかった考えです。

というのは、どんな人間でも、その真実の姿などというものは、不気味で、愛することの決してできないものだからです。これにはおそらく、ほとんど一つの例外もありません。どんな無邪気な美しい少女でも、その中にひそんでいる人間の真実の相を見たら、愛することなんかできなくなる。仏教の修業で、人間の屍体《したい》の腐れ落ちてゆく経過をじっと眺めさせて、無情の相をさとらせるというのは、この原理に則《のっと》っています。

ここにおそらく、人生と小説との大きなちがいがあります。ドストエフスキーの小説などを読むと、そこに仮借《かしやく》なく展開されている人間の真実の姿の怖ろしさに目を見はりながら、やはりその登場人物を愛さずにはいられなくなるのは、あくまで小説中の人物であり、つまり「読者自身」だからです。

しかし現実生活では、彼は彼、私は私であって、彼がどんなに巧みな告白をしても、私が彼になり切ることはできません。ですから、むやみやたらにそんな告白をする人間は、小説と人生とをごっちゃにしているのです。ニイチェの言葉を借りれば、自分を神様だと思っているのです。とすれば、彼は無礼者であるのみならず、傲慢《ごうまん》野郎と言わねばなりません。

ここに一つの真理があります。

人間が真実の相において愛することができるのは、自分自身だけなのであります。印度の経典「ウパニシャード」は、かくてひたすら、「自我《アートマン》のみを愛《いと》しみ、崇信せよ」と教えます。……

思わずわれわれは哲学に深入りしました。又元気を出して、人間の社会生活に帰って来なければならない。

ここでは人はみんな快活に、冗談を言いながら、あるいはハンマーをふりあげ、あるいはハンドルをにぎり、あるいはペンをとり、あるいはタイプを打ちつつ、働いています。

「あいつはいい奴だな」

「あの人本当に好感がもてるわ」

「何て魅力のある女だろう」

「すばらしい人物よ」

「立派な男だ」

「理想の女だよ」

などと言いながら、そこかしこで、友情が生れ、恋愛が発生する。それで十分ではありませんか。なぜその上に告白なんかするんです。幸福でありすぎるか、不幸でありすぎるときに、ともすると告白病がわれわれをとらえます。そのときこそ辛抱が肝腎《かんじん》です。身上相談というやつは、誰しも笑って読むのですから。

公約を履行するなかれ

皆さんは「都知事候補者選挙公報」という印刷物を見たことがありますか？

これは新聞紙大四面の印刷物で、極左から極右にいたる十人の候補者が、おのおの特色ある風貌《ふうぼう》の写真を並べ、おどろくほど個性的な政見を述べ、いわゆる公約を列挙しているのです。読み落された方もあるかと思うので、左に紹介しましょう。

全国行政監視団総裁と称する小長井一《いち》氏のやつは就中《なかんずく》傑作で、投票の便宜のため、自分の名前の上に、わざわざ、「一の字だけの一《いち》」とことわっています。

一氏によれば、売春防止法なんかは、「メンスの上った婆々《ばばあ》議員共のヤキモチ作文」であり、金のある奴には都合よく出かしてあるのである。

「せめて青年男女の性のなやみ家庭のなやみ否いな人間自然の性のなやみを苦しみを、むしろそのよろこびをこそ明快に賢明に、いろはにほへど、ちりぬるをの温かみと深みのある法律に、ねり直すべきである」

又曰《いわ》く、

「日本の物価指数は、床屋、魚屋、運ちゃん、呑屋、たんぽぽ、すみれ、アネモネにまかせておいて、地球を動かす国際経済指数を大都会そのものの交流からつかみとらねばならぬ」

そして東京を戦前の上海みたいな国際都市にして、世界の物価指数をこの手に握ってしまえば、各国の利権がそこに集まっているから、原水爆もうっかり落せないのである。

「人間の思想も赤も黒もあるもんか、みんな善人なのだ、生活が豊かになれば隣人悉《ことごと》く笑顔だ」

正に新興宗教の教祖の御託宣ですが、一氏の公約通りになれば、東京は上海になってしまい、米ソ英仏の租界でもできかねません。最後のところで、

「一ぽん一の、いちの字だけの一より
東京都民のみな〲様
みっちぃは電話で　いっちぃは選挙で」

とあるのには思わず吹き出した。

又一方には、「新らしい時代を作る、大衆資本主義の」と銘打った、東京都政調査会長、無所属、貴島桃隆氏がいる。

氏曰く、

「この日本の腐敗選挙、暗黒政治に対し、日本の実状に詳しいある外国の新聞記者は、左の如き歌を以《もつ》て批判しております。

豚化《とんか》選挙節（和田平助訳）
A、広い世界の片隅で、選挙したとて淋しい心、豚や誤事等《ゴジラ》が選ばれて、豚化選挙となり果てぬ、金主日本の哀れさよ、ハロー、イエス、O、K、豚化、豚化、ウィー、ウィー、ウィー。
B、朝は夜明けの羽田《はねだ》から、弗《ドル》が来るのも嬉しい便り、公明選挙は落選と、大和男《やまとお》の子《こ》があちこちと、エサをバラ撒《ま》くあわれさよ、ハロー、イエス、O、K、豚化、豚化、ウィー、ウィー、ウィー。
C、夜は飲みやのあちこちで、大和撫子《なでしこ》悲しき姿、豚やゴリラに抱かれて、一夜の妻と身をひさぐ、花が咲いても闇の花、ハロー、イエス、O、K、豚化、豚化、ウィー、ウィー、ウィー。
D、いつも選挙は金次第、利権取りまぜ、バラまく時は、如何《いか》なヨイヨイも立ち上る、ドブのネズミもはい廻り、白い豚でも黒くなる、ハロー、イエス、O、K、豚化、豚化、ウィー、ウィー、ウィー。ハラショ、ハークション」
年少の読者のために、註釈《ちゆうしやく》をつけますが、もちろんこの歌は貴島氏の創作らしく、訳者の和田平助というのは、すぎし昔の流行語で、「助平だわ」を逆にしたものであります。しかし私はこの歌にはちょっと感心した。「豚化、豚化、ウィー、ウィー、ウィー」などというのは、そこらの軟派流行歌には見られぬ警抜なリフレインであるし、第一、このふざけのめした歌全体に、いかにも日本の現実の暗さがにじみ出ています。これだけの歌は、作ろうと思っても、なかなかオイソレと作れるものではありません。

——さて十候補のかかげている公約を見ると、多少とも実現可能な具体的な公約をかかげているのは、多少とも当選圏内にある候補であって、当選の可能性が遠のくほど、公約も空想的夢幻的神秘的になって行きます。これは人間の心理としても当然なことでしょうが、政治と理想主義との、昔ながらの反比例の関係が、こんなところにもよく現われています。

しかしわれわれが一等ごまかされやすいのは、一見現実的、一見具体的、一見実現可能にみえるような公約です。「明日君に一千万円あげるよ」と言えば、誰も信じないが、「明日君に三千円あげる」と言えば、つい信じてしまうようなものである。結局もらわない点では、一千万円も三千円も同じことなのですが。

どうして小さな望みや約束だと、叶《かな》えられるような気がして、大きな望みや約束だと、とてもダメなような気がするのでしょうか。これはわれわれの人生の経験法則から来るものでしょうか。……公約というものは、この錯覚の上に巧みに乗っかって、人をだまします。だから何の選挙でも、一千万円の約束より三千円の約束のほうが安心だと思って投票すると、その三千円ももらえないことになって、バカを見るのである。

そこで私は提案するのだが、

「公約は一切履行せず」

とはじめから男らしくスッパリ宣言する候補は出ないものだろうか。これは餌《えさ》をつけずに魚を釣るやり方で、よほど自信がないとできません。しかし、こういうやり方が一般化すれば、「公約不履行」でブツブツ言われるおそれもないし、選挙されるほうも、するほうも気が楽なのである。いわばこれは白紙委任状を投票者から獲得するようなもので、これだけの人間的信頼を寄せられたら、それだけで政治家としては百点満点です。

どうせ都庁などというところは、八幡《やわた》の藪《やぶ》知らずで、どんな聖人が、どんな理想を抱いて知事の座についても、出来そうで出来ないことは山ほどあるにちがいない。

「化物を完全に退治する」

という公約をひっさげて、豪傑が大ダンビラを片手に、クモの巣だらけの化物屋敷に、夜っぴて目を皿のようにして待っていても、肝腎の化物が出て来なかったら、どうなるものでもない。化物は夜だけ出ると思っているのが、人間のあさましさです。

よく考えてみると、公約を履行しないのは政治家ばかりじゃない。社会へはじめて出る青年も、就職試験のときは、社会にむかって自分の人生の目的を述べ、一種の公約をかかげるわけだが、一年もたてば、自分のかかげた公約なんか忘れてしまう。

結婚式場における新郎新婦の宣誓も、神を前にした一種の公約だが、これも至ってお粗末なもので、政治家の公約と同じだ。

本当のことをいえば、この世界に、公約をそのまま実行でき、汚職の全くない社会などといえば、独裁主義の国しかないので、中南米の腐敗した国々のあいだで、ドミニカだけは汚職がない。汚職すれば銃殺されてしまうからです。

政治家が公約を履行しないで、グズラグズラよろしくやっているような国だからこそ、われわれがパチンコやストリップにうつつを抜かすことができるので、この実をドッカと踏まえた政治家なら、「公約を履行せず」という声明ぐらい、ぶっぱなす度胸がある筈《はず》なのだが……。

日本及び日本人をほめるべし

つい数年前までは、日本および日本人の悪口を列挙していれば、結構御飯の喰《た》べられることを知っていて、それを商売にしている人も沢山いました。ところが共産党が民族主義を鼓吹するようになってから、どうやらこの商売はあやしくなり、まして右翼の民族主義は昔からですから、下手に外国をほめたたえて、日本をクサしてばかりいると、右と左から国賊呼ばわりされかねない時代になって来ました。日本経済の目ざましい復興と共に、ますます日本人は、いい気なナルシシズムにとりつかれている傾向があります。アメリカの日本ブームとやらが、日本人の鼻を高くさせているきのうきょうは殊にそうです。

ブラジルに勝組負組という在留日本人の二派があったのは御承知でしょう。そのころ、ブラジルの日本人村に次々と演説を打ってまわって、大儲《おおもう》けをしてきた代議士がおりました。この代議士先生は、こんな演説をしてまわったのです。

「なるほど日本の軍隊は米国に負けた。しかしこれは見かけだけのことなんである。文化の戦いでは、日本は完全にアメリカに勝ったのである。

物質文明の悲惨な袋小路に追いつめられたアメリカが、今や求めているものは何であるか。曰《いわ》く、日本の華道である。曰く、日本の柔道である。水墨画であり、禅宗の教えである。『羅生門』はじめ日本の映画であり、文学である。いやそればかりか、日本の目笊《めざる》は彼らのパン入れになり、日本の塗箸《ぬりばし》は彼らのカンザシになっておる。

わが神国の文化は、一旦《いったん》敗れたがごとく見えながら、今やアメリカを征服し、否、世界を光被《こうひ》しつつあるんである」

こんな演説なら、ブラジルでなくっても、このごろの東京の真中で打ったって、結構受けそうです。

このデンで、日本に関するいろんな悪口を一々ひっくりかえしてやることにしましょう。

「日本の道路のわるいことは世界一である。そこへ行くと外国は……」

「一寸待《ちょっと》ってくれ。日本の道路がわるいのは、日本が平和を愛して来たからである。ヨーロッパの道路はローマ以来軍用道路として発達して来たのであって、近くはナチスの作ったすばらしい道路だって、侵略のために作られたのである。

それに外国では、ローマ以来コンクリートが建築に使われて、石造りの永久的な建物がギッシリ詰っているから、どうしても道路計画が優先する。あとで道をひろげようと思ったって、ひろげようがないから、先に思い切った都市計画を作ることになる。そこへ行くと日本は木造の家ばかりだから、道路は家と家との間のスキ間と考えられ、それをひろげたくなったら、まわりの家を取りこわすか、引張って移せばいい。だから都市計画も妥協的になるのはやむをえない。

大体古代の石ダタミの道路にしたって、イタリアでは大理石が日本の材木以上に安く、多量に産出されたからにすぎないのである。日本の悪道路は、歴史と生産物のちがいから生れたものので、何もあわてて外国に追随するには及ばない。

殊にアメリカからメキシコへ行った人は、あの坦々たるアスファルト道路から、メキシコのデコボコ道へ入って、えもいわれぬ旅の情趣を味わう筈である。アメリカの観光客には、デコボコ道が何よりの御馳走《ごちそう》であって、こんなにたのしいものはないのである。メリーゴーラウンドが、ただまっすぐに動いたら、どんなに味気ないか考えてみるがいい」

「日本の失業救済のいいかげんなこと、社会保障の不完全なことは、何とも恥かしい。福祉国家イギリスを見よ。北欧諸国を見よ」

「それじゃお尋ねするが、北欧諸国で老人の自殺が多いのは何が原因かね。社会保障が行き届きすぎて、老人は何もすることがなくなって、希望を失って自殺するのである。日本を見よ。日本の自殺者の大半は青年男女である。青年男女の自殺というのはママゴトのようなもので、一種のオッチョコチョイであり、人生に関する無智《むち》から来る。こんなに青年が軽率に死んで行き、老人はアクセクと希望に充《み》ちて働いている国こそ、この世の天国なのである。

生れてから死ぬまで激甚なる生存競争にさらされているということは、生物の世界の法則であって、この法則に逆らおうとすると、人間には生物としての力がなくなる。動物精気が消失してしまう。日本のエネルギーはすべてこれ、ディズニーの栗鼠《りす》の映画みたいに、老若男女ことごとく、苛烈《かれつ》なる生存競争の裡《うち》に、アクセクとかけずりまわって、乏しいサラリーで百二十パーセントも働き、家族相たすけて、人生に果敢に立ち向っているからである。外国の公園の冬の日だまりに、一日中ベンチを占領して、木彫の像みたいにぼんやりと黙って動かない老人たちは、何と悲惨であろうか」

「外国のように夫婦そろってどこへでも出かけてたのしむ姿は、夫が妻をいたわる姿は、何と美しいことでしょう。それなのに日本では……」

「外国では、あの慣習に困り切っている。その対策として、イギリスには、女人禁制のクラブが発達し、ブラジルには、女人禁制の島まであって、そこで男たちは女のお喋《しゃべ》りをのがれて、のびのびと釣をしている。どこへでも夫婦同伴だから、女房も亭主も、たびたび相手の一寸した精神的浮気まで目撃しなければならん。それが要らぬトラブルの原因になり、家へかえってからの不和反目の原因になる。夫婦は結局外面《そとづら》をよくするあまり、内面《うちづら》が悪くなる。というより、夫婦同士の間ですら、永遠の外面なのである。お互いに私立探偵をやとって、離婚訴訟の準備をしながら、ダーリングなどと言って、ほっぺたにキスしたりしている。尤《もっと》も女尊男卑といわれるアメリカだって、一概には言えないので、私の知ってるある夫婦の如きは、どんな長いドライヴにも、運転手は奥さんであって、亭主はうしろの座席にふんぞりかえって、ひっきりな

しに、

『又、お前は交通信号をまちがえた。どうしてそうバカなんだ。右と左の区別もつかんのか。英語が一体よめないのか』

とガミガミ言いつづけている頼もしい旦那《だんな》もあった。

スペインや日本のような古風ゆかしき国で、女房を家にとじこめて、亭主ばかり外出するのは、まことに当を得た美風である。これがお互いに倦怠期《けんたいき》防止策になるし、家へかえれば亭主も一層やさしくなる。人前では女房を叱《しか》るが、二人きりの時はいたわる。偽善というものが少しもない。大体、男女というものは、色事以外は、別種類の動物であって、興味の持ち方から何からちがうし、トコトンまでわかり合うというわけには行かないのであるから、どこへも男女同伴夫婦同伴などというのは、人間心理をわきまえぬ野蛮人の風習である」

……………。

かくの如く、日本がいいという点を並べ立てれば、日本がわるいという点と、丁度同点になるに決っています。日本は日本であって、何ということはありません。

ゲーテはドイツ人の悪口を言いつづけながら、国民的文豪になりました。ただゲーテは、ちゃんと、「ドイツ人は悪い」とか「ドイツは悪い」とか、名ざしで堂々と非難しました。よく日本の悪口を言うときのように、「どこかの国では」などと、女性的アテコスリの言辞なんか弄《ろう》しませんでした。ゲーテは全く偉かった。そこへ行くと日本人は。……（？）

人の失敗を笑うべし

　私の学校では、お行儀をやかましく言いました。フランス語の先生がみんなから会費をとって、フランス料理を喰《た》べにつれてゆき、いろいろと洋食作法を伝授してくれました。

　戦争前のことで、先輩の威厳ある大貴族たちと会食する機会もありました。私は少年の身で、このおそろしく様子ぶった老人たちの前で、食事をしなければならない。緊張のあまり手がすべり、お皿の上のカツレツが、そのままそっくりお皿の外へ飛び出してしまったときには、死にたくなった。しかし私は又いそいで、カツレツをお皿に取り戻し、そしらぬ顔をしていました。老貴族たちは、ニコリともしないで、目の前で現に起ったことを全然見ぬフリをしていました。

——ずっとあとになって、又私は、銀座四丁目の交叉点《こうさてん》を渡り切り、和光《わこう》の前の、路《みち》ばたの銀いろのクサリをスマートに飛び越そうとして、無念や、足がクサリに引っかかり、スッテンコロリと転倒したことがあります。そのとき、忽《たちま》ち身を起して、そしらぬ顔をして歩きだした私の、復原力の速さは見ものであって、およその間《かん》、百分の一秒ほどであったでしょう。

——右のどちらの場合にも、私は人が私の失敗を笑う声をききませんでした。そんなものは一向にききたくなかったからです。

　しかしつらつらおもんみるに、人が私の失敗を笑う声をゆっくりきいておかなかった、ということは、人生に対して怠け者のすることです。私がもっと勤勉に人生勉強をする気なら、そんなときに自分の体面になんか構っているべきではありません。私の失敗を笑う人間の顔こそ、もっとも人間らしい、愛すべき笑い顔なのであるから。

どんな功利主義者も、策謀家も、自分に何の利害関係もない他人の失敗を笑う瞬間には、ひどく無邪気になり、純真になります。誰でも人の好《よ》さが丸出しになり、目は子供っぽい光りに充たされます。銀座四丁目の交叉点で、気取り屋の男が、スッテンコロリンと転倒するという風景は、誰でもが只《ただ》で見物できるお祭りです。実際、他人の失敗というものは、人生の大きな慰め、愉快なお祭りであります。なぜ私は、人々にとってのその折角のお祭りを、わずか百分の一秒間で終らせるような意地悪をしたのでしょう。愉快なお祭りは、少しでも永くつづくべきなのだ。

あんまりよく磨かれた硝子窓《ガラス》に、硝子がないものと思って、頭をぶっつける男を見ることは、何という愉《たの》しさでしょう。

ヒゲソリ・クリームを塗るつもりで、一生けんめい、ほっぺたにライオン歯磨を塗っている男を見ることは、何と愉快でしょう。

ニセモノのオッパイがずれて来て、ラクダのように背中にタンコブの出来てしまった婦人を見ることは何という喜びでしょう。

芝居に夢中になって、膝《ひざ》の上のノリマキ弁当を、みんな床にころがしてしまうお婆さんを見ることは、何とステキでしょう。

自動販売機にチャンと故障と書いてあるのに気づかず、いくつも十円玉をギセイにして、頭から湯気を立てているおじさんを見ることは、何て嬉《うれ》しいんでしょう。

……こういうことがなかったら、人生はどんなに退屈か、よく考えてみる必要があります。それなら、ふとした失敗で、人の退屈を救うということほど、人生に対する大きな寄与はないのであって、しかもそれによって、われわれは沢山の人間の、純真な、無邪気な、美しい笑顔を見ることができるのであります。

他人の失敗を笑おうではないか。昔の歌舞伎《かぶき》は、こういう嘲笑《ちょうしょう》の大らかさをよく知っていて、

「イデ、笑おう。笑おう。

タハハハハハ」

などと声をそろえて笑います。

皿の外へ飛び出した少年のカツレツを、笑うことのできなかった老貴族たちは、不幸な人たちでした。彼らは生れつきのしつけと、エチケット的教養で、人間自然の心を抑えつけてしまったのです。

冬、凍った路上で見事にころぶ人だとか、風のひどい日に、自分の帽子をけんめいに追いかけてゆく人だとか、そういう気の毒な人たちを笑う気持が、われわれの心を世界に結びつけます。世界を結ぶ環《わ》は、人類愛なんぞではなくって、むしろ無邪気な嘲《あざけ》りの哄笑《こうしょう》だと私は思います。

ソ連だの中共だのという国は、妙に可愛《かわい》げがない。それは彼らのお題目が、みんな人類全体のつながりを強調するやり方で、それについて自分のほうは何も支払わないからです。これら

の国が、もっと人の目の見えるところで、滑稽《こっけい》な失敗を演じたら、どんなに愛されるかしれないのに、ソ連も中共も、未《いま》だかつて失敗したことのないような顔をしています。毛沢東氏が、忽然《こつぜん》ニューヨークにあらわれて、地下鉄の中で、ズボンのお尻《しり》に大きな穴があいているのも知らずにいたら、どんなに世界平和に寄与することでありましょう。私はこの種の指導者たちの、「寛大な」微笑という表情がきらいです。

友情はすべて嘲り合いから生れる。

「あいつが女にふられたって？　あいつ、何てバカだろう！　何てバカだろう！　何て間抜けだろう」

と涙を流さんばかりに笑ってくれるのが、真の友であります。

戦時中の日本の女性で、アメリカの俘虜《ふりょ》を見て、

「お可哀想《かわいそう》に！」

と言ったので、問題を起した事件があったが、私はこういう、嘲笑を欠いたセンチメンタルな同情と、好戦主義とは、紙一重だと思います。嘲ることができないので、人は戦うのです。嘲られていちいち決闘していた西洋中世の武士たちは、やっぱり、野蛮人の一種であったと思われる。

ギリシアの喜劇、アリストファネスの「雲」では、ソクラテスがめちゃくちゃに戯画化されているが、ソクラテス自身も多分観衆の間にまじって、自分の漫画が舞台の上に動いているのを、ゲラゲラ笑いながら見ていたらしい。ソクラテスは、自分の失敗を笑われるという快楽を

知っていたらしいのです。これは正《まさ》しく賢人の快楽で、このごろのインテリのように、無学と思われることを死ぬほど恥かしがる、みみっちい自尊心なんか持っていませんでした。

事業に失敗して、一億円の借金をこしらえてしまった人を、笑うことができるでしょうか。

しかり、笑うことができるのである。

この世の中では、他人から見て、可笑《おか》しくないほど深刻なことは、あんまりないと考えてよろしい。人の自殺だって、大笑いのタネになる。荷風先生の三千万円かかえての野垂《のた》れ死《じに》だって、十分、他人にはユーモラスである。

そこまで考えたら、人に笑われるなどということは全く大したことじゃありません。だから我々は大いに他人の失敗を笑うべきなのであります。

フー・ノウズ

英語で、一番好きな言葉は何かときかれたら、私は、それはフー・ノウズだと答えましょう。すなわち、Who knows? であります。

何でもない言葉だが、こいつはちょっと訳しにくい。直訳すれば、

「誰が知ろう」

ということになるが、それでは何の面白味もない。この言葉の裏にはどうやら、

「天知る。地知る。我知る」

というニュアンスがあるのです。その上での「フー・ノウズ」なのであります。

たとえば子供が、両親のスキを見計らって、踏台に乗って、茶ダンスの上のお菓子の箱の蓋《ふた》をあけ、一つ失敬する。あとはそしらぬ顔をして、内心呟《つぶや》くには、

「フー・ノウズ」

これが正にこの言葉の味わいで、たった今台所からお魚を一枚失敬した猫が、縁側の日向《ひなた》へ来て、何喰《く》わぬ顔で、お化粧をしていたりする。この何喰わぬ顔というやつが、

「フー・ノウズ」

なのであります。

亭主が会社の宴会といつわって、タイピストと温泉マークへしけ込み、適当な時刻に悠然と奥方のもとへ御帰館になり、

「全く男の附合の煩わしさには閉口だよ」

などとのたまう。これがすなわち、

「フー・ノウズ」

であります。

どこかの場末のバアで、女の子の好きそうな職業を詐称《さしよう》して、

「僕は映画の仕事に一寸《ちよつと》関係しているんだけど、君の顔はなかなかイケますワ。君さえよかったら、プロデューサーに紹介してもいいぜ」

などと甘餌《かんじ》で釣《つ》って、女の子をモノにする。これも、

「フー・ノウズ」

であります。

御主人の留守に、割烹着《かっぽうぎ》姿で、ネギか何かのはみだした買物籠《かご》をぶらさげたまま、若い男と待合せて、そのまま旅館で御休憩と相成る。又あわただしく家へかえってきて、そしらぬ顔で夕食の仕度に精を出す。などというのも、

「フー・ノウズ」

であります。

こうしてみると、現代世相は悉く《ことごと》「フー・ノウズ」に含まれてしまうようで、現代の都会生活は、正に「フー・ノウズ時代」ともいえるでしょう。皇太子の結婚披露宴で、オチョコを持って帰った代議士などは適例である。自動車強盗、運転手殺し、などというのも、自動車犯罪は一等足がつきにくいのだそうですから、これも「フー・ノウズ精神」の犯罪といえましょう。

そこまで行かなくても、汁粉屋で山椒《さんしょ》入れの蓋物をチョロまかしたり、ホテルで灰皿を失敬したりするのも、フー・ノウズの部類です。しかし、銀座の料理屋で、しらない間にお客に襖《ふすま》を一枚持ってゆかれたなどという奇談にいたっては、天才的フー・ノウズの部類であります。

私はフー・ノウズというこの言葉を、ニューヨークで暮しているうちに、だんだん好きになったのであるが、アメリカ人が、あのいたずらっぽい表情で、舌をチラと出して、片目をつぶって、

「フー・ノウズ」

というときの絶妙の味は、日本人には出せません。

何故私がこんなにまで、この言葉が好きになったかと考えると、それにも理由があるので、私は外国にいるあいだ、心の底から、この言葉の味のよさを知ったのです。御承知のとおり日本では、作家の写真がばらまかれすぎて、小説家の御面相なんか大したことはないのに、むやみに顔が売れている。おかげでわれわれは、フー・ノウズの快感を味わうことができず、われわれの一挙手一投足は誰からもみられている。正に everyone knows であります。こんなことでは商売にさしつかえるのであって、映画俳優ならともかく、われわれ小説家には、取材活動という大事な仕事があるのに、どこへ行っても見破られて警戒されるのでは、小説家の自由もへったくれもない。あの荷風先生がはじめから先生と見破られていたら、名作「濹東綺譚《ぼくとうきたん》」も成立たなかったことになります。

それだけに私には、フー・ノウズの有難味が、外国へ行ってはじめてわかった。そしてひろく顔を売らないですむ職業の人（それがおそらく職業人の九十九パーセントですが）が、この日本でも、誰はばからず「フー・ノウズ生活」を展開していると思うと、羨望《せんぼう》に堪えなかったのであります。

しかし思うに、フー・ノウズは都会生活のダイゴ味でこそあれ、この英語には、やはりどこかに、日本的でないものがある。この言葉と対《つい》をなして、多分「神は知っている」という意識が、彼らにはあるにちがいない。神は知っているが、人間同士の間では知られない。そこにフー・ノウズの本当の味があるような気がする。キリスト教、すくなくともアメリカの清教徒精神からいえば、「自分が知っている」ということは、すなわち、「神が知っている」ことだからであります。

ところがわがありがたい無宗教の神国日本では、神様も御存じないことがいっぱいあるらしい。切られ与三のセリフじゃないが、

「お釈迦《しゃか》さァでも気がつくめえ」

である。人間が知っていることと、神様が知っていることとは、どうやら別々らしい。だから日本におけるフー・ノウズこそ、もっとも純粋なる、絶対的フー・ノウズであって、本当に誰も知らないのである。時には、やっている御当人でさえ、知らない場合もある。こうなるともうキチガイと紙一重で、夢遊病的な症状であります。

大都会は人間の群をだんだん無記名の記号のようなものにして行きます。A太郎とB夫は、名前がちがっているだけで、実はA夫とB太郎であっても別に差支えない。どこの馬の骨かわからない、という意識をお互いが持っていて、要するに、汁粉屋の山椒入れをチョロまかしても、

「どこの誰だかわからない」

――ところで、君は君自身が、どこの誰だかわかっているか、問い詰めて行ったら、それもだんだんアイマイになって来る。汁粉屋の山椒入れを持って来たって、わかるもんか。イヤ、あとでばれたって、どこの誰が持って行ったか、わかるもんか。なるほど、それはそうだ……。だが、君自身も多分、君自身が何であるか御存じない。これこそはフー・ノウズの行きつく果

てであって、正にフー・ノウズ遊びの隠れんぼのようなもの、……これが現代日本の姿なのである。

「汝自《なんじ》らを知れ」

というギリシアの古言には、かえすがえすも深い意味がある。オレ自らを知ることもむつかしいのだから、誰もオレのやったことなど知るわけもない、というところまで行けば、もうこれは完全なヤケッパチだ。フー・ノウズもそこまで行ってはおしまいで、それから先には強盗や殺人があるだけです。

私はフー・ノウズというやつは、「汝自らを知る」ために使われるべきだと思う。つまり汁粉屋の山椒入れをチョロまかしてフー・ノウズと呟くときに、君だけを君の証人にしてしまったのである。これは考えてみれば怖ろしいことで、助けを呼んだって、誰も助けに来てくれない。そのとき、はじめて自分というものが少しわかって来るのであります。汚職をしておいてフー・ノウズと言ってる人は、それを好機に、せめて自分自身をよく知るべきなのであります。

小説家を尊敬するなかれ

このごろでは小説家という人種は、ばかにエライものになりました。それはきっと収入が多いので、うちのお父さんよりエライと思われるのでしょう。野球選手も映画俳優も流行歌手も同様に現代の英雄ですが、こういう英雄は、尊敬されているというより、愛され親しまれている、というほうが当っている。そこへ行くと、小説家は、愛され親しまれ、且《か》つ尊敬されている。これはまあ全く大したものであります。

何だって小説家は尊敬されるか、とつきつめてみると、理由は甚だアイマイです。

そこで私は小説家を尊敬するという病的心理を一つ一つ解明して行きたいと思います。

㈠　A子曰《いわ》く、

「だって小説家は野球選手や映画俳優とちがって、外国語もできるし、学問もあるんですもの。学者として尊敬できますわ」

答。

「へえ、そんなもんですかね。しかし学者と小説家は、共産党と社会党のようなもので、似たもの同士の大ちがいなんですよ。そりゃあ明治時代には、えらい学者で、えらい小説家というのもいました。が、学者としてえらかったから小説家としてもえらかったということはいえず、その逆も又真なりで、彼らはただ、えらい学者であり、えらい小説家であったのです。それはつまり、えらい外交官であり、えらい詩人であったというのと、大してちがいはありません。

大体、大学の文科を出ていれば、よほどの怠け者でない限り、一つ二つの外国語がよめるのが当り前だが、それだけで学者ヅラをされてはたまりません。小説家が学術上の発見をしたり、博士論文がパスしたり、などというのは昔の話で、今の小説家にそんな暇はありません。せいぜい情痴小説を書くかたわら、新着の洋書の紹介をしたりして、知識人ぶるだけのことです」

㈡　B子曰く、

「でも少なくとも小説家は知識人として尊敬できますわ」

答。

「あんたは何の根拠があってそんなことを言うんです。知識と小説と何の関係があります。小説家にとっては知識は小説の材料の一部にすぎないし、寿司《すし》屋がタネの講釈をするようなもので、そんな講釈をきいても何の足しにもなりません。せいぜいお寿司の通《つう》になれるだけのことでしょう。

江戸時代の歌舞伎《かぶき》作者などは、芝居を書くのに必要な知識だけを耳学問で十分仕入れていたし、新劇演出家の故青山杉作氏などは、いつも自分の演出知識を乞食袋《こじきぶくろ》と呼んでいて、その中には、「十五世紀の決闘の作法」だとか、「ギリシア正教の十字の切り方」だとか、とても余人のうかがいえぬ知識が一杯つまっていました。こういうのを知識人というなら、女の着物の柄一つ知らない今の小説家など、知識人とは言えません。

又、世界の新思想をいちはやく咀嚼《そしやく》して、民に先立って憂え、文明の未来を予見するというような人を知識人というなら、もう世界に新思想なんか一《ひ》トカケラもなく、高島象山先生以外に予言の能力のある人なんか一人もいない。今の世の中で、小説家ごときオッチョコチョイが、どうして知識人たりうるか、考えただけでもわかりましょう。

それに明治時代とちがって、今や新知識は一部特権的インテリのものではなく、むしろ民衆全体のものなのです」

㈢　C子曰く、

「でも小説家は少なくとも人格者として尊敬できるんじゃないでしょうか」

答。

「とんでもないまちがいです。

大体今の小説家が人格者に見えるのは、ジャーナリズムの過度の発達のおかげで、やたらに顔が売れてしまって、コッソリ悪いことができなくなってしまったからにすぎません。その点では映画俳優のほうが、『やむをえざる人格者』という点で、小説家より上かもしれません。ただ映画俳優は、スクリーンの上でかずかずの悪徳を働くので、なかなか人格者扱いをされないが、小説家は、小説の中でどんな悪事を働こうが、抜け目なくアリバイ設定して、素顔はすっかり偽善的な人格者ぶることもできます。ここが小説家のズルイところでもあるが、世間でそれほど悪党に見てくれないという点で、小説家の哀れなところでもある。昔の自然主義時代の作家は、もっと世間から、豺狼《さいろう》視される光栄に浴していたようである。

あるとき里見弴《とん》先生が、テレヴィジョンの探偵クイズにゲストで出席されて、その話の伏せられた犯人は実は画家であったという結末に憤慨され、『芸術家は断じて犯罪を犯すものではない。こんな筋はまちがいだ』と言われたそうですが、ランボオとヴェルレエヌは傷害事件を惹《ひ》き起し、ヴェルレエヌの入獄中、ランボオはヴェルレエヌの所持品をみんな売り飛ばしてしまいました。セネカもバイロンも官金を私消し、泥棒の天才として、ヴィヨンとジュネは有名であります。

私はむしろ、トオマス・マンの『トニオ・クレエゲル』という小説の中の、次のような一節を信用します。『詩人になるためには何か監獄みたいなものの事情に通じている必要がある。……犯罪なんかに無関係な、無きずの手堅い銀行家でしかも小説を書くような男――そういう人間は絶対にいないのです』

(四)　D子曰く、

「でも、小説家はみんな人生経験が豊富でしょう。だから未経験な私たちに人生の指標を与える人、**人生相談の先生**として、尊敬できる筈《はず》ですわ」

答。

「あんたもバカだね。何だって他人に、自分の人生の指標なんか与えてもらいたいんです。インチキに引っかかっちゃいけませんよ、本当に。人生相談に投書するくらいなら、山ガラにたのんで、オミクジを引いてもらったほうがずっとましというものです。人生には濃いうすい、多い少ない、ということはありません。誰にも一ぺんコッキリの人生しかないのです。三千人と恋愛をした人が、一人と恋愛をした人に比べて、より多くについて知っているとはいえないのが、人生の面白味ですが、同時に、小説家のほうが読者より人生をよく知っていて、人に道標を与えることができる、などというのも完全な迷信です。小説家自身が人生にアップアップしているのであって、それから木片につかまって、一息ついている姿が、すなわち彼の小説を書いている姿です。小説家が人に与えることのできる人生相談の正直な解答は、ただ一つ、『あなたも小説をお書きなさい』ということだけです。ところで小説には才能が必要で、誰でも小説を書けるというものじゃありません。ですから、こんな解答は全然無価値です。

もっともらしい人生案内の解答を与えている先生を見たら、眉《まゆ》にツバをつけなければいけませんよ」

㈤　E子曰く、

「私、小説家を才能の持主として尊敬するわ」

答。

「それはあなたの勝手です。ギャアギャア啼《な》きわめくけばけばしい羽色のオームを尊敬するのは、全くあなたの趣味の問題で、私の知ったことじゃありませんからね」

オー・イエス

私が一九五七年にアメリカの或《あ》る大学へ行ったときのことです。或るアメリカ人の教授の家へ招かれて、晩ごはんを御馳走《ごちそう》になった。日本人の客は、地方の大学の総長だという御老人と、私と、二人きりでした。

この御老人はもちろん相当な大学者らしいが、英会話だけはお得意でない。しかし英会話の上手下手が人間の値打にかかわるものではないということは、私がつねづね力説しているところであります。

この総長は、アンゴラ猫的な立派な風采《ふうさい》だが、色は黒く、大学の総長室のフカフカした椅子《いす》に坐《すわ》り馴《な》れている老猫という感じの人物でした。しかし総長は、ほとんど英語を話さない。英語を喋《しゃべ》らない埋合せに、日本内地ではめったに示さない愛嬌《あいきょう》を、こぼれるばかりに示していました。アメリカ人の教授連は、この先生をなかなか敬重して扱う。自分の孫をつれて来て、握手をさせて、

「この孫も、大学の総長に握手していただくとは、何たる光栄でしょう。一生この光栄を忘れないでしょう」

などと、そこはアメリカ人の巧《うま》い社交辞令をふんだんに使います。

プロフェッサー連中はいろいろと総長に話しかける。すると総長がニコニコして答える返事は決っています。

「オー・イエス」

というのです。オー・イエス、ニコニコ。オー・イエス、ニコニコ。……私は傍《はた》で見ていても、サーヴィス精神の旺盛な先生だと感心しました。

さて、どんなパーティーでもあるように、話の途切れる時が来ます。これを或る国では「天使が通った」というそうですが、今正に天使が通ったのです。しかもそこには日本語のわかる人物は、老総長の他には私しかいません。

総長は私があんまり若造なので、相客としてのプライドを傷つけられたのか、紹介されてのち全く無関心を装っていましたが、とうとう日本語を喋りたい欲求に勝てなくなり、私のほうへ向き直ってこう言いました。

「あーん、君は何かね、何を書いとるのかね」
私は少々あっけにとられた。明治時代の小説に出てくるお巡りさんはよくこんな口調で話します。初対面の人からこういう風に話しかけられることは、めったにあるものではない。しかし質問の意味をはかりかねて、
「は？」
とききかえしたのと、別のアメリカ人が何か早口で、総長に話しかけたのと一緒でした。
「オー・イエス、オー・イエス」
老先生はそちらへ向き直ると、世にも謙譲な態度で、満面に笑みをたたえて、そう答えた。
それからの会話は、次の如き、総長の一人二役、双面《ふたおもて》を見せるショウになりました。
総長「いや、どういう種類の書き物をしておるんか。論文は書くのかね」
私「ええと、論文のほうは……」
アメリカ人「ペラペラペラ」
総長「オー・イエス、ニコニコ。オー・イエス、ニコニコ」
私「論文は書きません」
総長「ふうん、するといわゆる評論のようなものかね」
アメリカ人「ペラペラペラ」
総長「オー・イエス、ニコニコ〱」
私「あの、小説を書いてるんですが」

総長「小説を？　ふうん、そうかね。（アメリカ人に）オー・イエス、ニコニコ、オー・イエス」

…………。

その時以来、私はこのオー・イエスが深い印象となって、忘れられない。この間久しぶりに、なつかしいオー・イエスをきく機会に接した。というのは、私の旧友が七年ぶりにアメリカ留学からかえってきて、今は日本語より英語のほうが、読み書きも会話もずっと楽だという。かえってきて早々、おじさんと電話で話して、「コンヨク」と言われて、それが「混浴」のことだとはどうしても思いつかず、あんまり何度もききかえして、怒鳴られてしまったそうです。これもムリがない話で、何しろ七年間も「混浴」のない国にいたのですから。彼は実に愛すべき人物で、いささかもキザなところのない人物だが、会話のうけこたえに、やはりちょいちょい、

「オー・イエス」

が入る。このオー・イエスはさっきの老先生と丁度反対の立場のオー・イエスだから、又それはそれで、なかなか味わい深いものでありました。

某映画女優が、ほんの数ヵ月外国へ行って来て、空港で新聞記者の質問にこたえて、

「フム、フム」

とアメリカ風な返事をし、評判を落した事件もあるし、又、私の友人で外国商社につとめている男は、ヒジをぶつけたり、なぐられたりすると、

「アウチ！」

というのです。

外国語というものは、こんなに使いたいものであろうか。ドイツ語系の学者でも、座談会などで、「ディルタイ風に言えば、レーベンススツルクトゥール・ツザンメンヘンゲのカテゴリー化をヴィルクリッヒにアウフヘーベンして」

などという言辞を弄《ろう》する人がいる。これはほんとのチンプンカンプンというものです。

——さて前の総長の話に戻りますが、日本人には威張り、外国人にはヘイコラするというのが、明治初年の通訳から、戦後占領時代の一部日本人にいたる伝統的な精神態度でありました。これがいっぺん裏返しになると、外国人を野獣視し、米鬼撃滅のごとき、ヒステリックな症状を呈し、日本を世界の中心、絶対不敗の神の国と考える妄想に発展します。

外国人と自然な態度で附合うということが、日本人にはもっともむつかしいものらしい。これが都市の古いインテリほどむつかしいので、農村や漁村では、かえって気楽に、めずらしがって外国人を迎え入れます。

日本人の卑屈さや空威張《からいばり》については、すでにイヤになるほど語り尽されました。ところで本当に困るのは、実は前の大学総長のような、古い立派な日本のインテリに、これが多いことです。いや、外国にコンプレックスを持っているようなこういう古い世代に、むしろ立派な学者や、古色蒼然《こしょくそうぜん》たる人格者や、大道徳家が多いことなのです。英語の会話の能力が、その人の値打と関係のないように、オー・イエス的精神態度、外人には卑屈、日本人には傲慢《ごうまん》というような精神態度も、人間の値打と関係のないことなのです。パンパン嬢は、この総長よりずっとうまい英会話ができるでしょうが、パンパン娘のほうが総長以上の立派な人物とは必ずしも言えません。

私は肩書にとらわれて、人の値打の高下をつけようというのではないのです。ただ、どうも、日本人が見かけばかり国際的になって、外人と平気で友だち附合をし、時には英語で喧嘩《けんか》もし、外人に対して卑屈にならず、日本人に対して傲慢にもならず、……という風に、近ごろの若い人ほどそうなってゆきますが、それで立派な日本人ができつつあるかというと、そうもいえないのです。卑屈な日本人のほうがずっと勉強家で、ずっと立派な業績を残したとあっては、私は「オー・イエス」でも何でもいいじゃないか、という気になります。勉強して、立派な業績を残せば、外人がどう思ったって、相客の若造がどう思ったって、そんなことはとるに足らぬことではないでしょうか。

桃色の定義

私はこの題をよっぽど「ワイセツの定義」としようかと思いましたが、それではあんまり品が落ちるし、読者が余計な好奇心を起すといけないので、こういう穏当な題に変えたのであります。しかし桃色と言っては、実に概念があいまいになってしまう。私がここで言いたいのは、「ワイセツとは何ぞや?」ということで、実は私は、今回の講座を、一般読者よりも取締当局に読んでほしいと思っている。

ワイセツについて、私が今まで読んだものの中で、もっとも明快正確な定義を下しているのは、ジャン・P・サルトル先生である。私はこれ以上みごとなワイセツの定義を知りません。

サルトルはその大著「存在と無」の中で、ワイセツについて語っている部分は、彼の全哲学体系とかかわりがあるので、砕いて説明するのがむずかしいが、サルトルはまず、「品のよさ」と「品のないもの」の二つを分け、ワイセツを後者に分類する。

なぜなら、「品のよさ」においては、人間の身体は、一つ一つの行動が、目的にむかって適合しつつ、しかも他人から見た場合、予測の不可能な心を内に秘めて、未来へ向って進むと共に、未来の光りによってすでに照らされている。

「品のよさを構成しているものは、自由と、必然性との、このような動く影像である」

「品のよさにおいては、身体は自由をあらわす用具である」

たとえば女子運動選手の足や腕のあらわな姿、バレリーナの裸の背、そういうものはワイセツではありません。そこでは身体が自由をあらわしており、男はそれに犯しがたいものを感じます。

ワイセツと自由との反対の関係は、サルトルが力説している点であって、サルトルは、もっともワイセツな肉体の代表を、サディストが縄で縛って眺めている相手の肉体、つまり自由を奪われた肉体に見ています。

「品のないもの」は、品のよさの要素の一つがその実現をさまたげられるときに、あらわれる。

たとえば運動が機械的になったり、ヘマをやったりする。バレリーナが振付を忘れて、同じところで何度も体を左右に動かしてごまかしたり、あるいはつまずいて、舞台に転倒したりする。するとそのバレリーナの身体は、もはや自由ではなく、「われわれの目の前に自己の事実性をさらけ出す」つまり行為を捨て去った一つの事実としての肉体が突然露呈されるのである。そこに「ワイセツ」があらわれる。舞台に転倒したバレリーナのむきだしになったお尻《しり》に、突然ワイセツがあらわれるのです。

歩いている人がお尻を無意識に左右にふると、両足はなるほど行為しているけれど、お尻は一コの事物のように両脚によってはこばれているから、このお尻は、歩行に従事している身体から、「余計なもの」として孤立し、従ってワイセツになる、というのがサルトルの説明です。サルトルの説明で特に興味があるのは、ワイセツとは、たとえばこのようにして、一コのお尻が、性的欲望をおこしていない何びとかに対して、その人の欲望をそそることなしに、あらわになるとき、それが特にワイセツであると言っていることです。

この点が世間の道徳家のワイセツの考えとちがうところであって、サルトルは、ワイセツなものを、一つの本当の熱烈な性的感動を起させない、或《あ》る衰弱したもの、無気力なもの、と見ているのです。

と同時に、ワイセツの本当の意味は、目の前で人がころんでお尻が丸出しになったのを見るときのような、意外な、瞬間的な、ありうべからざるものをありうべからざるところに見たような場合にひそんでいるのであって、そういう意外な効果をねらって作られたものを、ワイセッ物とかワイセツ文書とかいうのである。ワイ本が、多くは、その性行為の描写を、しんとした林の中とか、人目につきやすい昼間の二階とか、そういう意外な場所に置いていることに注意して下さい。

この意味からすると、チャタレイ夫人のように、何の意外さもなく、あるべき個所にあるべき描写を堂々と開陳する小説は、どう考えてもワイセツではありません。それはバレリーナのお尻ではなくて、正に踊っているバレリーナの描写なのでありますから。

サルトルの言っていることはこういうことです。

今あなたが、全然性欲的でない心境で、二階から夏の夕空なんか眺めている。それから目をふと、隣家の庭に移す。庭のまんなかに何だか、白いセトモノの花瓶が据えてある。

「オヤ、へんなところに大きな花瓶がある。李朝の壺《つぼ》かな」

と思って、目を凝らすと、それが、行水している女のお尻が、植込みの下から、見えているのである。ハハア、お尻だな。と思う。まだ子供のお尻か女のお尻かわからないし、その瞬間にはまだ白いセトモノ的印象が残っている。はっきり女のお尻だとわかる。女の行水だとわかる！　しかも庭先で、恥かしげもなく、おそらくここから見られていることは全く知らずに行水している女の姿だとわかる。まさかそんなところでヌードが見られるとは思わなかった！　彼は大いにおどろき、ショックを感ずる。それがワイセツなのであります。

次に彼が、そういう状況にあるときのお尻ばかりを追及するようになったら、彼はワイセツなものばかりを追及するようになった、と言っていい。なぜなら彼は、人間の身体の自由な行動にぶつかって、性欲を燃焼させようというのではなく、ただ、事実性としてのお尻だけを追及しているからであります。

もっと常識的に言えば、相手の人格をみとめた上での性欲はワイセツではなく、人格から分離した事物としての肉体だけに対する性欲がワイセツだということである。ですからワイセツは観念的であり、非ワイセツは行動的である。

しかし困ったことに、人間が、全くワイセツを離れて純粋性欲だけによって動かされるという理想的なケースは、現代文明の下では、まず求められません。現代文明のみならず、古代でも、文明の栄えるところ、必ずワイセツが伴って来ました。

そこで何とかこの混乱を収拾するために、キリスト教が、「愛」のおしえで、ワイセツと本当の愛とをきびしく区別しようとしましたが、悲しいかな、そうしてワイセツから切り離された愛からは、性欲も消えてしまいます。ワイセツとは、かくて、「愛しえぬ性欲」「欲望しない性欲」という、文明病の別名になったのであります。

性的ノイローゼ

このごろは映画も雑誌も色きちがい時代と言われています。真夏に向うにつれて、ますます露出過度になり、映画や雑誌だけ見ていると、一億国民が性的妄想で変調を来したのではないかと思われるくらいです。それほど性的な妄想でいっぱいになっていない人は、自分のほうがヘンなのじゃないかと頭をひねらざるをえない。

そういうとき、いつも私の思い出す一例があるが、ふだん体力も旺盛《おうせい》なら性欲も人並以上の男が、軍隊に行っている一年間、一ト日《ひ》かけらの性欲も起きなかったと告白したことです。初年兵で一日コキ使われ、床に入ると、眠るのだけが最上のたのしみで、一年間まるきり性欲を忘れて暮したそうだ。もっともこの男は、血液型なら0型のほうで、あんまり頭を使わないノンビリ型であったことはたしかです。

これと対蹠《たいしょ》的な一例が、アメリカからかえった或《あ》る社会学者の話で、或る座談会のあとの雑談の折に、この人は、「アメリカの都会生活がいかに人間の末梢《まつしょう》的な感覚ばっかり刺激して衰弱させてしまうか」という説を述べだし、「そういう風になった人間は、おしまいにネオン・サインにも性欲を感じるようになる」、と主張するのでした。

きいているわれわれは、何だかキツネにつままれたような気がしてきたが、一人がガラリと窓をあけ、むこうのビルの屋上にどぎつい色で明滅しているネオン・サインを指さすと、

「君はどうなんだい？　君は今あれを見て性欲を感じるかい？」

とアケスケにたずねました。

気の弱そうな社会学者は、強い近眼鏡の中から、そのネオンのほうをチラと眺めましたが、そのまま口の中で何かムニャムニャ言って、黙ってしまいました。

――この二つの例は、現代人の性欲の両極端を示しています。

よく美人と二人きりで無人島に漂着した男の話が、漫画に扱われていますが、この島で、誰

憚《はばか》るところなく、二人が性欲一本に邁進《まいしん》するかというと、どうも疑問です。現代人の性欲には、ただの肉体的刺激ばかりでなく、観念的刺激が必要ですが、この無人島にはそれがないからです。しかしこの無人島に毎週はるばる東京から週刊誌が届いていたら、事情は大いに異なるでありましょう。

前講で述べたように、「観念が最もワイセツである」という見地からすると、無人島は新しい観念を生み出してはくれません。たとえ絶世の美人と一緒に暮していようとも！

前述の二つの例は、全然観念的刺激をうけるヒマのない生活や環境と、観念的刺激だけにたよるほかはなくなった生活や環境との、好対照を示しています。

森鷗外先生の有名なる「キタ・セクスアリス」を読むと、その性欲生活の淡々たることにおどろかされます。その中には、いろんな人物が出没するが、女にもてるあまりに身を持ち崩すのは大てい美男であって、「キタ・セクスアリス」の主人公金井君は美男ではなく、かつ性欲も淡泊のほうだから、何ということもなく、淡々たる性欲史を展開します。すべては淡い水彩画のようなもので、もちろんこれを書いた鷗外には、「大体健全で知的な日本人の性欲史などというものはこんなものだ。自然主義の小説なんかは、油っこい外国人の猿まねをした単なる誇張だ」という自負があったのでしょう。

しかしこれを読むと、鷗外が、ワイセツということをひどく嫌った人だということがわかる。ワイセツとは、性欲が観念的刺激をうけて、不自然にふくれ上ったり、こりかたまったりした状態である。鷗外はそういうものを本当の性欲とはみとめず、自然主義小説が代表しているよ

うな観念的性欲のウソッパチを見抜いていたにちがいない。つまり、今でもそこらの桃色記事によく出ている、

「狂った本能にかられて」とか、

「男の赤裸な獣欲のすがた」とか、

「人間獣のすさまじい愛欲」とか、
いうやつが、ただのフィクションだということ、いやむしろ、人間の衰弱だということを見抜いていたにちがいない。

神経が疲労しているとき病的に性欲が昂進《こうしん》するのは、われわれが、経験上よく知っていることである。これを「強烈な原始的性欲」とか、「本能の嵐《あらし》」とかに見まちがえる人がいたら、よっぽどどうかしているのである。これはむしろ本能から一等遠い状態です。

寝不足のサラリーマンが、上役に怒られてヤケッパチな心境でパチンコ屋に寄って、そんな時に限って玉一つ出ず、イライラしながら家へ帰ろうとするとき、駅の売店に、ピンク色のヌード写真を表紙にした雑誌を見て、ムラムラとする。イライラがムラムラに化学変化する。……これが一体「男性の太陽のごとき強烈な原始的性欲」と何の関係があるか？　それは大脳の一角をかすめるはかない麻薬的幻想にすぎません。そこで彼が三十円出してその雑誌を買えば、このひろい世界のどこかで、誰かがいくばくの利益をあげるのである。

現代人は観念的刺激をパッシヴにうけるばかりでなく、自分から積極的にそれを作り出さずにはいられない。観念的刺激の泉が涸《か》れると性欲も涸渇《こかつ》してしまうから、あるいは涸渇してし

まう恐怖にかられるから、ムリヤリその泉を涸らすまいとする。その悪循環が現代の色キチガイ的風潮を作っているので、ここまで来れば一種のノイローゼです。

それでは健康な本能、健康な性欲とはどういうものか?

これはどうも私には、ヌード写真や性的バクロ記事や「貞操をうばわれた処女の告白」やエロ剣豪小説や映画の二十分間ベッド・シーンや、……そういうものに挑発されて出て来るものとはちがうような気がする。

たとえば、夏の一日、強烈な木洩《こも》れ日《び》のそこかしこに落ちた森の中で、一人の若い木コリが、およそ性欲なんかすっかり忘れて、全身を汗にして、労働に従事しているとする。さて一休《ひと》み。木の切株に腰かけて、汗をぬぐう。そのとき、森の下かげを涼しい風が吹き抜けてきて、彼の胸や背中の汗をいっぺんに蒸発させる。たとえようもなくいい気持だ。そのとき、日光にかがやいている枝葉の金いろの縁に目をやって、深く息を吸い込むと、今まで何も考えていなかったのに、突然体の奥底から、鬱勃《うつぼつ》たるものが湧《わ》いてくる。別に相手の女を思い描くところまでは行かず、目の前にヌードの女を見たわけでもない。その若者には別に恋人がなくってもよい。……ただ、あんまり鮮明すぎる対象の幻覚なしに、いきなり、この明るい光りがかがやく世界を、緑の森全体を、抱擁したいような気持が起る。——こんなのは一コのお伽噺《とぎばなし》かもしれない、が私はこういうのこそ本当の性欲、本当の本能だと考えるので、あとはみんなニセモノと言っても過言ではないのです。

ヒロポン患者のヤクザが、女のヒモになり、その上上野駅でつかまえた家出娘をつぎつぎと味をためしてから、売り飛ばす、……というような、よくある話は、私には「衰弱した哀れな性欲の物語」としか思えませんが、まだ衰弱していない健康な性欲の持主の青少年が、そんなものを、「逞《たく》しい赤裸な獣欲」と考えることから誤解が起る。

私だって、「逞しい赤裸な獣欲」なら、わるくない。自分も持ってみたい、と思います。しかしもう私はニセモノには引っかからない。現代の性ノイローゼの根本は、「衰弱」を、「衰弱と反対のもの」ととりちがえる、かずかずの誤解、みせかけ、虚栄心にあるのです。

サーヴィス精神

人間ぎらいで知られた故永井荷風氏も、一旦《いったん》会ってしまった人の前では、それなりにニコニコして、相手をそらさぬ応対をしたと言われ、これを世間では「都会人の弱気」と呼びます。文豪と呼ばれる某大家なども、会ってみるとこちらが恐縮するほど鄭重《ていちょう》で、ある会合で、わざわざ私の外套《がいとう》を椅子《いす》の上からとって渡してくれたこともありました。世間で傲岸不遜《ごうがんふそん》でとおっている人でも、会ってみるとびっくりするほど当りの柔らかい例は、統計をとってみると、たしかに都会人に多い。吉田茂氏なども、お国は四国かもしれないが、こういう都会人の一人なのでしょう。

もちろん都会人のこういう「弱気」、当りの柔らかさ、サーヴィス精神などというものは、子供のときからの社会的訓練のあらわれで、エゴイズムによる自己防衛の本能のあらわれです。

あるいは又、そこはかとない恐怖心のあらわれです。人間恐怖が、あらゆる人間ぎらいの底にはひそんでいます。

これに反して、自分の善意や他人の善意を簡単に信じているような、心の素朴な、いわば心の美しい人は、地方出の人に見られます。ところが、こういう人のほうに、却《かえ》って、無愛想きわまる無礼千万な人物、初対面の人にも威圧的な口をきいたり、木で鼻をくったようなアイサツをしたりする人物が多いのはなぜでしょう。

子供のころから少年時代にかけて、美しい自然に親しみすぎた人は、どうも根本的に人間恐怖を知らないようにみえる。大人になって人間世界の怖ろしさをつぶさに知っても、まだ人間の善意を信じているのはこういう人たちで、「人間の善意を信じること」と「無愛想」とは、楯《たて》の両面なのであります。

木にのぼって柿をとったり、清らかな川で泳いだり、山の尾根づたいに戦争ごっこをして遊んだり、……地方の子供たちは、そういう生活のあいだに、おのずからガキ大将や子分の役割をうけ持って、社会生活や生存競争を学びこそしますが、都会の子のように、早くから大人の顔色を読むようなことはおぼえません。

都会の子にとっては、大人の顔色を読むことが、お菓子を沢山喰《た》べたいという欲望を満足させるために必要なばかりではなく、戦争ごっこやキャッチボールやプールでの水泳のためにさえ、たえず大人の許可を必要とします。何故《なぜ》なら子供の遊びの空間は、大人の持っている空間を貸してもらうことに他ならないからです。そこは野原や、海や、丘とちがって、本来大人のいるべき場所なのです。

こういうことを学ぶにつれて、子供は大人に対する外交技術をマスターしますが、それは一種の弱者の媚態《びたい》に他ならないから、少年時代になるとそれがものすごい自己嫌悪の原因となり、むやみやたらと大人や社会に対して反抗する。しかしこんな反抗も、媚態や甘えの裏返しにすぎません。

都会では、子供のうちから、人はこういうことを学びます。

「人を傷つけちゃいけないぞ。そうしたら、きっとお返しが来る。人を傷つければ、こちらも傷つかないわけにゆかなくなる。

人を尊敬したり、信用したり、相手の善意を信じたりすれば、きっと裏切られて、ひどい目にあうぞ。親だって大人なんだから、父性愛だの母性愛だのって美名にだまされたら大変だ。眉《まゆ》にツバをつけてきかなくちゃならん。兄弟はもっとも信用ならんし、兄貴や姉貴はまるでケダモノだ。おじさん、おばさんなどというヤカラは、これ又、油断もスキもならん存在だ。学校の先生は両親のスパイだし、両親は学校の先生のスパイだ。僕に、甘言を以《もっ》て近づいてくる大人は、みんな腹に一物あるヤツばっかりだし、その上へんに自尊心が強いと来てる。十歳にして大人を尊敬せず、信用せず、善意を信じないとなれば、友好的に行くにかぎる。十歳にして大外交官とならねばならん。表面だけは、いかにも相手を尊敬し、信用し、善意を信じるふりをするべきだし、その場限り主義を、絶対に忘れるべからず。そしてつまらぬことで相手を傷つけず、なるたけ相手のハートをマッサージして、いい気持にさせて帰してやるべきだ。

だんだん僕も大人になったら、大人に対する八方美人的外交はやめにしよう。それは損なだけで、こちらを安っぽく見せるだけだ。特権を与えてもらったという錯覚を、相手に抱かせねばならん。そのためには、丈夫な柵《さく》を僕のまわりに張りめぐらし、合法的に柵の中へ入って来た人間にだけ、笑顔を見せてやる。それもとろけるような笑顔を見せてやるのだ。

こんな態度は、なるたけ不公平に、気まぐれに、不合理にやらねばならん。そうすれば、そんな僕の笑顔が相手のためではなく、僕の性格の証明ということになって、ますます値打が出る。

それから、笑顔を見せてやる相手は、えらい奴《やつ》ばかりではいけない。えらい奴と同時に大バカにも、笑顔を見せてやらなければいけない。バカは信じやすいし、感激性があるし、僕に笑顔を見せられたことを人に吹聴するし、その結果、僕が笑顔を見せたえらい奴も、自分の特権意識を捨てざるをえなくなるだろう。オレがえらいから、あいつが笑顔で応対したのだ、とは思えなくなるだろう。これが一番大切だ。

そこで僕は、貴族的な評判と民主的な評判とを、どっちも自分のものにすることができる。この二種類の評判は、どっちが欠けてもいけないものだ。

バカはなかなか利用価値のあるものだ。バカにはときどき我慢ならなくなるが、バカに我慢するということも、学ばなければいけない」

十歳の外交官は、こういう政治哲学を、都会でしらずしらず身につけます。それが何十年かたつと、永井荷風氏や吉田茂氏になるのであります。これは全く「都会人の弱気」というものであろうか？

　然り、或《あ》る意味では、やはり弱気です。彼らは、こんな政治哲学の結果ニッコリするのではなく、人前へ出ると、ほとんど無意識に、不可抗力によって、われしらずニッコリしてしまうのだからであります。そしていつのまにか、きびしい政治哲学を忘れて、人を笑わせ、自分も笑い、結構たのしく遊んでしまう。われに返ると、自分の過剰なサーヴィス精神がつくづくイヤになり、人類全体に対して無愛想になりたいと思うが、人の顔を見てしまったらおしまいだから、仕方なく一人ひきこもって門扉を閉ざすのであります。

　イヤなものをイヤといい、バカにむかっては躊躇《ちゅうちょ》なくバカ呼ばわりをし、退屈すれば大アクビをし、腹が立てば怒鳴り、返事をしたくないときは返事をせず、自分がおかしかったら勝手に笑い、相手のつまらぬ冗談などは笑わず、人の思惑を考えずに威張りたいだけ威張り、人にきらわれてもかまわず自慢したいだけ自慢し、相手の関心など斟酌《しんしゃく》なく自分の好きな話題だけえらび、……そういうことのミゴトに出来る人を大人物といいます。こういう大人物は、こんな態度を決して人間から学んだのではない。コヤシの臭いのする美しき田園から学んだのであります。

　ところで人は、大体、類を以て集まります。人間恐怖症のサーヴィス精神の持主は、サーヴィス精神の持主と仲好《なかよ》くなり、大人物はたいてい大人物と仲好くなる。そして大人物同士の付合というものは、小心な都会人には想像もつかないが、どんなに相手を傷つけても、お互いに痛くも痒《かゆ》くも感じないらしい。ですから、大人物になりたかったら、若者よ、皮膚をきたえておけ、と私は言います。選挙に出るほどの人物は、やはり大人物に限られているのですから。

自由と恐怖

誰でも一つはコワイものがあるらしいが、これを近ごろはヨワイという。こんなことを白状するのはバカの骨頂ですが、何を隠そう、私はカニに弱い。私はカニという漢字ぐらいは知っているが、わざわざ片仮名で書いたのは、カニという漢字を見ただけで、その形を如実に思い出して、卒倒しそうになるからです。

大体、誰でも一人一人ちがうものにヨワイのは、その人の臍の緒《へそお》を埋めた土の上を、最初に通った動物が、一生怖くなるからであるという俗信がありますが、地方はともかく、東京ではヘソの緒を土に埋める習慣はない。たいていタンスのひき出しにしまってある。タンスの上を最初に通った動物といえば、まず鼠に決っているが、それで鼠にヨワイ人の多いわけがわかる。しかしカニとはどういうことであるか。私は別に海岸で生れたわけではないのです。

それでも私はカニの肉は大好物で、むしったカニや缶詰のカニなら喜んでたべる。だが、缶詰に貼《は》ってあるレッテルのカニの絵を見たら、もういけない。あのいかにも食欲をそそるかの如く描かれている、青い海の上に真赤なタラバガニが、足をひろげている姿……、あれを見たら、顔面蒼白《そうはく》になることはわかりきっているので、いそいでレッテルをはがして、破いて捨てて、カンヅメの中身だけ喰べるのである。

　さらにおかしいのは、カニとよく似ている海老《えび》は大好物で、鬼ガラ焼きでも何でも喰《た》べるが、生作《いきづく》りだけは気味がわるいと言った程度だ。

　——世の中の人のヨワイものはさまざまで、三船敏郎氏は石燈籠《いしどうろう》にヨワイそうだし、誰それは茗荷《みょうが》がこわい、ふとんの水玉模様がこわい、等という変ったのまである。こわい、こわい、と言っても信用できないのは、例の「饅頭《まんじゅう》がこわい」という笑話までできているくらいです。どうして人間には、こんなつまらぬものがこわいという特性があるのだろう。いや、人間ばかりではなく、吸血鬼だって、ニンニクと日光と十字架にヨワイし、日本の鬼も柊《ひいらぎ》の葉にヨワイのです。

　絶対の強者というやつは面白くないという考えが誰にもある。鬼をもひしぐ英雄が、カタツムリが怖いなどというところに、人はえもいわれぬ人生の妙味を感ずる。たいていの人はカタツムリなんか怖くないから、その一点で、英雄に対して優越感を抱くことができるのである。英雄のほうでは、こんなつまらぬことで、世間に借りを返すことができるのです。

　ヒットラーという存在がどことなく陰惨なのは、ヒットラーは怖いものがなかったらしいからだ。ヒットラーがもしナメクジに弱かったりしたら、ナチスはもっと繁栄をつづけることができたかもしれません。

　いつも最大級のもの、たとえば水爆とか、原爆とか、戦争とか、そういうものばかり怖がっている人は、自分の恐怖を容易に正当化できます。水爆だの、戦争だの、というものは、恐怖そのものであって、誰でもその恐怖を否定できないから、彼の恐怖は尤《もっと》も至極なことになる。

でも、ナメクジやカニや鶏料理《とり》が何故怖いのか、説明しようと思ってもできるものではない。そこでナメクジ恐怖症の人は、人にも自分にも理解できない恐怖におびえているわけであって、自分の恐怖を正当化できない。そういう人に、

「君は水爆とナメクジとどっちが怖い？」

ときけば、まず躊躇《ちゅうちょ》なく、

「ナメクジのほうが怖い」

というだろうが、これでは水爆実験禁止論者からは頭ごなしに叱《しか》られ、世間からは笑われるのがオチでありましょう。しかし彼の答は正直なのであります。

　今のところまだ落ちるか落ちないかわからぬ水爆よりも、目の前のナメクジのほうが怖い！実はこれがわれわれの住む世界の本質的な姿なのです。この法則からは英雄も凡人ものがれることができない。世界中の恐怖が論理的に説明のつく正当なものだけならば、世界中の人の恐怖心は一致して、水爆も原爆も戦争も、立ちどころにこの世から一掃されることでしょう。しかし歴史がそんな風に進んだことは一度もありません。人間にとって一等怖いのは「死」の筈であります。でもあらゆる人が死の恐怖において一致したということはない。アパートの一室で死にかけた病人が死の恐怖にすべてを忘れているとき、隣りの部屋では、健康な青年が油虫を怖がって暮しているのです。

そう考えてゆくと、「正当でない恐怖」こそ、人間の一等健康な姿かもしれないのです。自分の父親が死んだというときに、お化け映画を見にゆく奴《やつ》もいないでしょうから、死の恐怖に

直面していない奴ばかりで、お化け映画の客席は占められているといえましょう。

カタツムリやカニなど、とるに足らないものへの恐怖は、他人のマネではなくて、全く自分だけの個性的な恐怖でありますから、むしろそこには自由の意識が秘められている。死や水爆や戦争に対する恐怖は、受動的な恐怖であって、こちらの自由を圧殺して来るおそろしい力に対する恐怖ですが、それに比べると、カニやクモや鼠や油虫に対するわれわれの恐怖は、むしろ積極的なものだ。われわれはそれらを、進んで怖がるのです。

つらつら自己分析をしてみるのに、カニにヨワイ、カニがこわい、という私の心理は、自分の自由の意識に対する代償を支払っている心理のように考えられる。人間は自由でありたいのと同時に、その自由が百パーセント完璧《かんぺき》のものであることを怖れる気持がある。自由でありたいが、又自由をほんの一部分だけ掣肘《せいちゅう》されたいと思う。相手が水爆や戦争では、全自由を侵犯されてしまうが、相手が鶏料理やナメクジなら、ほんの一小部分を犯されるだけにすぎない。そこでわれわれはカニやナメクジなど、自分のヨワイものコワイもの、しかも他愛のないものを、積極的に選んでいるのであります。してみると、これはなかなかバカにならぬことで、人間、生きるためには、くだらんものを怖がっているほうがよろしい。人の心の抱く恐怖の分量などは各人大体同じだから、くだらぬものを怖がっていれば、恐怖の全分量がそれで一杯になってしまい、死や水爆や戦争に対する恐怖を免かれる。そういう圧倒的な、のしかかって来る恐怖から自由でいられる。そのおかげで、現在における自分の自由を確保できるのです。

むかし周《しゅう》の御世に杞《き》の国の人は、いつ天が落ちてくるかと心配で心配で、仕事も手につかなかったので、それが「杞人の憂」「杞憂《きゆう》」という言葉のもとになったが、この国の人は、恐怖のために自分をみんな売り渡してしまったのである。なるたけ正当化できる恐怖を探して、自分たちの上にひろがっている天に着目した。こいつが落ちて来たら、それこそ大変だ。みんな等しなみに死んでしまう。それを思ったら、怖がらない人はバカで、恐怖は完全に正当化され、すべての人が「他人の恐怖」を笑うことができなくなる。そこで仕事も手につかなくなって、国を滅ぼしてしまったのです。

人間には、こんな風に、恐怖をほしがるふしぎな心理もあります。政治がそういう一般向きの恐怖を与えてくれることもあって、それを「恐怖政治」と呼びますが、そのとき国民の自由はみんな政治家に召し上げられてしまうのであります。

人に尻尾《しっぽ》をつかませるべし

のらりくらり、決して人に尻尾をつかませないという人物がある。

「きのうはおたのしみでしたろう」

「おたのしみとは何のことです」

「だってバアでしきりにもてている貴下を置いて、私は先に帰ってしまいましたからね」

「ハハア、おたのしみとは女あそびのことですか。そういうものなら、この年になるまで、私は一向知りません」

こんなのはカマトトと言って、女のカマトトなら可愛《かわい》らしいが、男のカマトトはえてして人に嫌われるもとになる。

決して人に尻尾をつかませないためには、わかりきったことだが、自分の本心を言わないのが一番です。自分の本心を言わないためには、やたらに人をほめるのが一番です。なぜなら、われわれは本心から人をほめていることなど、めったにないのですから。

大体、人に尻尾をつかませない点では、女のほうがはるかに男よりすぐれている。しかもこれが長所というよりは、女の短所であることはあとで述べますが、女が人に洩《も》らしては不利だと思う情事について、口が固いことと言ったらお話にならない。

「Aさんとはいつ結婚するの」

「あら、それ何のこと？　Aさんと私が結婚ですって？　冗談じゃないわ。Aさんとは、今まで二度か三度、それも何だかザワザワと大ぜいの人中で、ろくにお話もしないで、ただお目にかかったことがあるだけだわ」

「へえ、だって世間じゃ大へんな噂《うわさ》ですよ。それに火のないところに煙は立たぬというし」

「火のないところに煙が立つのが当節なのよ。あら、でもこんなにムキになって否定すると、かえって怪しまれるのがオチだわね。何ならAさんと私は何かある、ということにして下すっても結構よ」

「全く煙幕の張り方がお上手ですね。しかし本当にAさんと何でもないなら、少しぐらい、Aさんの悪口が出てもいい筈《はず》ですがね」

「でも惚《ほ》れてもいない相手の悪口なんて言ってみたところで、どう仕様もない。無関心なら、悪口の出様もないでしょう。それならいっそ、あなたの悪口を言ってあげましょうか。全く若いくせに、歯クソをためて、汚ならしい、いけすかない男だわ。それで女にもてようと思ったってムリですよ」

いつのまにか鉾先《ほこさき》がこちらへ向いてしまう。しかしこれなんか鉄火肌《てっかはだ》で、気分のいいほうで、ひたすら人をほめることばかりで、自分の尻尾をかくす陰性な方法もある。

「自在党の光川さんですか？　イヤァ、あれほど豪快な、味のある人物はいませんなア。飛山さんですか？　これは実に理智《りち》的な、どちらかというと芸術家的な直感力のある、政界にめずらしい逸材ですなア」

「松林映画の山中さんですか？　あの方にはいつも敬服しています。あの芸熱心と、後輩を可愛がる人間的に円熟されたところが、おのずから芸に出るのですね」

こういうことを言っていれば、決して人の悪口を言わぬ人物という評判が立って、自分のアラは見のがしてもらえる。

しかし一生こういう態度で用心深く送る人物には、私はなりたくありません。

人に尻尾をつかませぬ人間には、このように陰陽二種があり、陰性のほうは有徳の善人に見え、陽性のほうはとらえどころのない東洋的豪傑のように見えますが、私はこの二種類の本質はほとんど同じもので、どちらもひどく気が弱いのだと思っている。女が人に尻尾をつかませないのが巧《うま》いのも、弱者の自己防衛の本能が研《と》ぎすまされた結果というべく、又、愛される立場にある者の弱さからともいえます。愛する者は手ぶらで愛せるが、愛される者は、永久に愛されたいと思うかぎり、永久に多少の神秘を保存しなければならない。すなわち、尻尾を保存しなければならないのです。人はわかりきったものを愛することはできません。

……しかし私が本講で力説したいのは、「人に尻尾をつかませるべし」ということです。人に尻尾をつかませまい、つかませまい、という一念で生きている人は、真の友、真の協力者、真の伴侶《はんりょ》をつかむことができません。実際この世の中には、妙な不文律がありまして、「秘密を打明ける」ということ、「秘密を交換する」ということが、社会人同士の最大の信頼の証拠になっているからです。秘密すなわち尻尾というものは、このきびしい冷酷な社会から、温かい友を釣り上げるための最上の餌《えさ》であります。お金などでは決して釣り上げられない友情の魚が、こんな秘密の打明けによってやすやすと釣り上げられる。すなわち尻尾とは、友情や信頼を買う最上の通貨なのである。

よくそこらの酒場で、サラリーマンのポン友同士が、呑《の》んでいるときの話題をきいてごらんなさい。愚痴の交換、個人的私的家庭的秘密の交換、これこそ陰気だが純粋で美しい友愛の酒席の、最上の話題であります。そして相手の肩を叩《たた》いて、

「よく打明けてくれたなア。俺《おれ》だからいいが、他の奴《やつ》には決してこんなことを言うなよ。言えば貴様が損するだけだ。しかし、いいか。俺だけは絶対に信頼しろ。俺にだけは何でも打明けるんだぞ」

こんなセリフには、何という友情の誇らしさ、人の秘密を委管されているという誇らしさが

あることでしょう。一文にもならないのに、こんなに人を喜ばせるものはない。泣き上戸なら、そのあとで、すぐ手をとりあって、涙をサン然と流すところでしょう。

人間の尻尾というものは、フワフワしていて、猫の尻尾よりもっと柔らかで、ミンクのような手ざわりがあり、アンゴラ兎のようにほのぼのとしていて、これをつかんだ人を恍惚《こうこつ》とさせます。つまりその人に、まちがいなく、好奇心の満足と、感傷と、誇りとを抱かせるのです。これこそ人間社会で、ワイロよりももっと美味な御馳走《ごちそう》です。

ですから人間は、狐に負けずに、最低九本は尻尾をもっているべきなのである。そしてA君には一本目、B氏には二本目、C夫人には三本目というふうに、よく相手を見て相手のおセンチ性の程度に応じて、濡《ぬ》れた尻尾や、ドライな尻尾をつかませるべきなのである。

A君は、君が少年時代に盗癖があったという告白をきき、いまだにその罪悪感のためによく夢でうなされるという話をきかされ、すっかりヒューマニスティックに同情してしまい、君をもっとも人間らしい人間として、尊敬さえするにいたる。A君は文学青年であるから、君がこの一本目をつかませたのは賢明である。

B氏は、君が継母のためにいかに苦労したかという話をきき、すっかり君の現在の立直り方に感心して、君を自分の秘書にしてしまう。君が、B氏もまた継母にいじめられた少年時代をもっているということを知っていて、二本目をつかませたのは賢明である。

C夫人は、君が、ある有夫の婦人と心中未遂をしたことがあるという涙ながらの告白をきき、君が今なおその婦人を愛しているときいて、

「まア、最高だわ」

と感激してしまう。そしてその秘密は絶対に誰にも喋《しゃべ》らないと固く約束しておきながら、女友達の五、六人につぎつぎと喋ってしまうので、君は多くの女性の性的好奇心のアイドルになります。三本目を色好みのC夫人につかませたのは賢明であった。

しかし、九本目は誰にもつかませてはいけませんよ。八本目までの尻尾がみんな真赤な嘘《うそ》だという大秘密を知っているのは、九本目の尻尾だけなのですから。

刃物三昧《はものざんまい》について

刑事学の統計によると、兇悪犯罪件数のグラフは、夏になると急カーヴで上昇します。大体私などは夏が好きなたちで、よく外国の都市が猛暑に見舞われ、暑さのための自殺者が数人出たなどというニュースを読んでも、およそ同情する気になれないのみか、そういう人たちの心事を疑います。同様に、夏だからというので、やたらに頭がカーッとして、人を刺したり殺したりするという人種のことも、私にはわかるようでわからない。つまりオツムが弱いからそんなことになるのだろうと思うばかりです。

しかし私とて、血や殺人に思いをはせるのは、夏のほうが多い。スペインの闘牛のシーズンは夏に限られていて、ヨーロッパのアフリカと言われるスペインの強い夏の日光が、闘牛場をクッキリと黒白に分けているのでなくては、そしてそのギラギラした砂の上に牛や闘牛士の鮮血がほとばしるのでなくては、一向感じが出ないというのが理由でありましょう。冬の闘牛なんて、考えてみれば間の抜けたものです。

いつか石原慎太郎氏が、サウジ・アラビアで石投げの刑を見たと言って昂奮《こうふん》していましたが、顔だけ出して土に埋められた男のその頭を狙《ねら》って、みんなが石をぶつけて殺すという情景には、どうしてもアラビアの日光が必要です。

私がメキシコのユカタン地方を訪れたのも、亜熱帯のギラギラする猛暑でしたが、人間犠牲で有名なそのピラミッドの階段を、血がザーッと流れ落ちた昔を想像するだけで、何か爽快《そうかい》な感じに体を貫かれました。

どれもこれも、夏と血、涼しい刃物と熱血との幻です。こんなものに比べると、探偵小説や推理小説の知能犯的殺人なんか、まるで貧血して蒼《あお》ざめて、しなびて見えます。

「景気がいい」という気分の絶頂は、多分血を見ることらしい。闘牛もそうだし、日本のお祭りでも、お祭り気分の頂点には、喧嘩《けんか》がはじまって、血を見なくてはおさまらぬことになる。

それは多分、人類の始源的な欲望で、現代では、ごくオツムの弱い人だけが、まっ正直に、こういう原始本能を、夏の暑さのおかげで、発揮してしまうのです。

夏の暑さは人間を裸にするばかりか、人間が着ている理性の着物まで脱がせて、人類の深い埋もれた欲望を露呈させるものらしい。そこで刃物三昧《はものざんまい》がはじまるわけだが、この三昧という言葉はいかにも当を得ていて、それは梵語《ぼんご》の Samādhi から来ており、「心を一事に集中して他念のないこと」という意味だそうである。心を刃物に集中して他念のない人が、夏には沢山出て来るわけです。

……さて、毎日の三面記事を見ていて、殺人や傷害の記事が沢山のっているのは、風鈴の音や金魚売りの呼び声同様、いかにも夏らしい気分のものにはちがいないが、夏だから、暑いから、というだけで衝動が押えられないというのは、私にはどうもよくわからない。

そういう人たちが、秋や冬や春には、隣り近所の義理を考えたり、引越しそばを配ったり、こまやかな人情で行動したりしているのだと思うと、ますますわからない。それなら、隣り近所への義理や人情で刃物三昧に及ぶのかしら、とも思うが、そうでもないらしい。この世の中には、私のような冷血動物とちがって、一寸《ちよつと》の温度で沸騰点に達する血液を持った人が、意外に多いらしいのです。

こういう人たちを気の毒だと私が思うのは、何もやたらに人を傷つけて、刑務所へ入らなければならぬとか、本物のネリカン・ブルースを唄《うた》わねばならぬとかのためではない。こういう人たちは生来大まじめで、自分の内にある原始本能を享楽することができないのです。

私は文明人の最大のたのしみは、自分の内の原始本能を享楽することだと信じています。ところが「彼ら」は、それを享楽する余裕がなく、ただちに刃物三昧に及んで、元も子もなくしてしまうのです。そのために高い価を払わなくてはならない。

日本人は、江戸末期までは、心ゆくまで原始本能をたのしむ高級な文明人であった。血のりをふんだんに使ったお芝居や、不具の見世物や、……それらさまざまの文明の産物を、バカなお役人の頭で、一概に野蛮の一語で片附けてしまった。この文明開化の浅墓な考えは今にいたるまで及んで、日本人から、原始本能を享楽する機会をみんな奪ってしまった。たとえばボクシングやプロレスなどは、文明人が原始本能を享楽するために作った見事な文明の産物であるが、これが舶来ものだったからこそ、ここまでのして来たのであって、もしボクシングが日本古来のスポーツだったとしたら、忽ち《たちま》「野蛮」のレッテルを貼《は》られて、明治政府によって追放されてしまっていたでしょう。

日本人が今、日本古来の道徳感だと信じているものは、その中の精髄を除いたら、のこりの大部分は、東京都衛生局の作り出した観念にすぎません。つまりそこらじゅうを掃除して、「外国人に恥かしくないように」きれいにして、汚ないものはみんな塀の裏側に積み上げるか川へ投げ込むかして、そしらぬ顔で口を拭《ぬぐ》っているという態度であります。

オリンピックが東京でひらかれるというので、あわててハニー・バケツの始末を考える……そういうことを、明治以来、今にいたるもなお、日本人はくりかえしているのであります。

そんなわけで、しょっちゅう衛生局的問題に追いまくられている日本人は、江戸時代の文明が持っていた、「原始本能の享楽」などというゼイタクな要請に、ついぞ耳を貸すひまがありませんでした。原始的欲望を何もかも断念するのが文明人の資格だという、まちがった考えにとりつかれ、しかも役人ばかりか、主婦連やPTAがこれに輪をかける。そして日本の文化はますます野性的な魅力を失うにつれて、巷《ちまた》には、兇悪犯罪が増大してゆくのであります。

夏が来ると、こういうまちがった文明の虚飾が、はげしい日光のせいで、しばらくはぎとられる。すると一部の人たちは、忽ち原始本能のとりこになって、三面記事を賑《にぎ》わすことになるのです。

こんなことなら、むかしのサムライのように、丸ノ内へ出勤する全サラリーマンが、刃物三昧の気分を享楽することができるように、夏のあいだだけ帯刀御免で出勤したらいいかもしれない。

満員電車の中で、村正《むらまさ》や正宗《まさむね》が、背広の腰に、ガチャガチャと触れ合う。それだけで、人々はえもいわれぬ夏らしい気分を味わうでしょう。

こう大ぜいの人間が日本刀を持ち歩いては、チンピラの小刀《ナイフ》なんか、一向威力を発揮しない。刃物がちっとも珍しくなくなり、夏の風物詩にすぎなくなる。

「きょうも交渉が決裂したら、あいつを袈裟《けさ》斬りにバッサリやりましょう」

と労組委員長が刀を撫《な》でると、一方では、社長が、

「きょうの団交の次第によっては、あいつを斬って捨てる」

と虎徹《こてつ》を撫でる。

みんな利巧ですから、もちろん本当の刃物三昧には及ばない。しかし日本人が本当に文明人であるという証明が得たいなら、もう一度みんなに日本刀を佩《お》びさせるに如《し》くはない、と私は思う。その結果、刑事学の夏の統計が一変して、兇悪犯罪のグラフのカーヴはずっと下降するかもしれない。犯人も命が惜しいのです。

お化けの季節

六月の歌舞伎《かぶき》座の楽屋の廊下で、さる女形《おやま》をつかまえて、

「いよいよ君のシーズンが来たな」

と言いましたら、

「何ですか、先生、梅雨《つゆ》のことですか」

と、そのしじゅうメソメソしている純情型の女形は怨《うら》めしそうな目つきで答えました。

「イヤ、お化けのシーズンだよ」

と言ったら、大男の女形は烈火の如く怒って、そのものすごい腕力で私の背中を叩《たた》きました。二、三日は背骨が痛かったくらいです。


孔子は「怪力乱神を語らず」ととりすましていましたが、これはあたかも現代の科学者が、心霊現象にノー・タッチを標榜《ひょうぼう》しているのと似ています。全然否定することはできないことを知っていながら、下手にこの領域へ踏み込んで、世間の信用を落すのがこわいのです。このことは、心霊現象ではないが、「空飛ぶ円盤」問題についても言えます。「空飛ぶ円盤」についての科学者の態度は、私にはズルイとしか思えません。ところで私は、石原慎太郎氏や黛敏郎氏と共に、「空飛ぶ円盤研究会」の会員であって、去年の夏などは、大ぜいの会員と共に、日活ホテルの屋上で、いつまでたってもあらわれぬ円盤にひたすら憧《あこが》れつつ、何時間も双眼鏡を目にあてていたほどのマニヤであります。

空飛ぶ円盤を怪力乱神の一種に数えては、まじめな会員諸氏に怒られそうですから、最近きいた怪力乱神の話を一つしましょう。これは多分修験道の行者たちの会合であって、それにはからずも出席したA君から、私の直接にきいた話です。

A君は柔道三段の明朗な快男児で、ノイローゼ的なところなどみじんもない明快な人物ですから、この話は信用していい筈《はず》です。

ある日渋谷《しぶや》駅頭でA君は、パッタリ昔なじみの学友に会って名刺をとりかわしました。学友も一流の貿易会社につとめており、夕方なら酒でも呑《の》むところだが、まだ昼すぎなので、「お茶でものもう」とA君が誘うと、学友はしばらく考えていて、

「今いそいで、大事な会合へ行くところだが、君なら信頼できるから、だまって僕について来ないか」

と言うのです。何の会合だときいても、何も答えない。そこで妙に好奇心にかられたA君は、学友にくっついて、タクシーに乗りました。

世田谷《せたがや》への道をぐるぐる廻《まわ》って、とある一軒の何の変哲もない家の前でタクシーを止め、学友と共にA君が家の中へ入ってゆくと、ひろい座敷に五、六人の男たちがいました。それぞれ名刺を交換したところ、どれも一流会社の若手社員や、鉄工所の主人、などという常識的な人物ばかり、A君は少なからずガッカリしました。

みんな「どこそこで誰に会った」とか、「どこでいつ君に会ったな」とか、個人的な話ばかりしている。A君はぼんやりその会話に聴耳を立てているうちに、少しヘンだと思った。それ

はどうやら、現実に会った話ではないらしいのです。だって、大阪にいる人と東京にいる人が、二分後に名古屋で会っているなどというのは、どうも考えられないことである。

一人がこんなことを言いだした。

「今度インドから来る女、何と言ったかな」

「サラマワクダリだろう」

「うんそうだ、サラマワクダリだ、あの女、なかなか美人だが、年はいくつぐらいだろう」

「そうさな、今年二百六十二か、二百六十三歳とおぼえているが」

とたんにA君はへんな気分になりました。東京のまんなかで、背広を着た会社員たちが、真昼間こんな会話をするのは、どうもおかしい。

「Y先生はまだ見えないな」

「Y先生はいつもおくれる」

などとみんな一ト《ひ》しきり、Y先生の噂《うわさ》をしていたが、そのうち一人が腹が空《す》いたと訴えたので、早速ザルソバがとられ、一人一人の前にソバと汁が配られました。A君も腹が空いていたので、ソバに手をつけようとすると、今まで目の前にあった汁の徳利がない。オヤと思ったら、ひろいテーブルの向うで、一人が頓狂《とんきょう》な叫びをあげた。

「やァ、又やった。又汁がみんな俺《おれ》のところへ集まりやがった」

見ると汁の徳利はみんなその男の前へ集まっているのです。又、それが配り直されて、A君もヘンな気持でソバを喰《く》い了《お》えたが、みんなソバを喰いながら、高野山のN和尚の話をしている。

「N和尚の気合はすごいよ。飛んでる鴉《からす》でも雀でも一声で落すからなア」

「何しろ戦争中には、B29を二機気合で落したというくらいの人だから」

A君はそろそろからかってみたくなり、こう質問をした。

「ひとつ僕の前でその気合を見せてくれませんか」

「お安い御用だが」と鉄工所の主人が「しかしこのごろ久しくやらないから、どうかな。まあ茶托《ちゃたく》ぐらいなら、何とかなるだろう」

鉄工所の主人は、茶碗をわきにどけ、茶托を前にして、じっと正座して、手に印を結び、何か呪文《じゅもん》を称《とな》えはじめました。A君は目を皿のようにしてこれを見つめている。鉄工所の主人の体が、だんだんふるえてきて、顔は真赤になって来ました。

そのとたんに、茶托は、A君の目の前で、スーッと飛び上り、部屋の外れの障子のところまで飛んで、高い桟に音を立ててぶつかって、バタリと畳に落ちた。A君は総身に水を浴びたようなショックを味わいました。実際、修験道の気合の術では、桐の火鉢を何間《けん》飛ばしたとか、指一本で土蔵を動かしたとかいう話がいろいろあるが、A君に何らそういう予備知識がなかったので、いっそうビックリしたらしい。

A君はおどろきをごまかして、

「どうしてこんな霊力を、銀座のまんなかで披露なさらないんです。そうしたら、忽《たちま》ち有名になるでしょうに」

と言ったところ、人々は口々に反対して、

「われわれの行《ぎょう》は、個人の研鑽《けんさん》にだけ価値があるので、決して見世物じゃない」

というのでした。すっかりA君も話に巻き込まれ、それから一時間ほど喋《しゃべ》ったころ、玄関に案内を乞《こ》う声がして、Y先生が入って来ました。

顔面蒼白《そうはく》、眼光ケイケイ、総髪の、ちょっと芥川竜之介を思わせる風貌《ふうぼう》の先生だったそうです。

入って来た先生に、学友がA君を紹介すると、先生はA君をじっと見据えながら、こう言うのでした。

「ウム、なかなかいい青年だ。しかし君、折角の行を見せてもらって、『なぜ銀座のまんなかで披露なさらないんです』などと言うのは、不謹慎のそしりを免かれないな」

A君は、先生自身がそこに居なかった一時間前の会話をちゃんと知っている先生の霊力に、ぞっとしたそうであります。――以上は夏の夜話と聞き流して下さっても結構です。

しかし怪力乱神は、どうもどこかに実在するらしい、というのが私のカンである。仕事をしているときでも、ふと自分が怪力乱神の虜《とりこ》になっていると感じることがある。しかしこの世に知性で割り切れぬことがあるのは、少しも知性の恥ではない。知性を、電気洗濯機や冷蔵庫並みの、生活の便利のための道具と考えているのは、本当の知性の人ではなく、知性の人とは、知性自体の怪力乱神的な働きに、本当の恐怖を感じている人のことをいうのですから。

肉体のはかなさ

あるときボディ・ビルのコンテストの審査をするために、私は大磯のロング・ビーチまで出かけました。本当は私も今年のミスター日本の候補に立ちたいところだが、それは叶《かな》わぬ高望みで、審査員席でウロチョロしている程度の肉体にすぎない。

灼熱《しゃくねつ》の太陽の下、飛込台の上には、日に灼《や》けた筋骨隆々たる肉体の青年たちが、体を油に光らせて、次々と現われる。夏は男の季節だということを如実に感じさせる爽快《そうかい》な眺めである。

私がしきりに採点していると、アナウンサーがデンスケを持ってやってきて、いろいろ意見を聞いた末、

「先生はああいう体を羨《うらや》ましくありませんか？」

とはなはだ失礼な質問をした。

そこで私は、

「ちっとも羨ましくない。肉体には個性が大切で、不肖私もちゃんと個性を持っているつもりだ」

と思いきり無愛想に答えてやりましたが、これは負け惜しみでも何でもなく、つい近ごろになって私のひらいた悟りである。昔は逞《たくま》しい人間がむやみに羨ましかったし、今目前に並んでいるビルダー諸君も、はじめからこういう肉体では決してなく、同じような羨望《せんぼう》からボディ・ビルをはじめて、それに成功したのです。私の場合は成功したとはいえないが、私なりに自信

がついた。私は百パーセント、自分の筋肉の可能性を試してみたからである。

私には羨望から出発して自分なりの自信に到達するボディ・ビルダーの心事がよくわかっているつもりであるが、世間には、こういう心事がちっともわからぬ人が大ぜいいる。

夏だというのに、ポロシャツの袖《そで》から、竹の「孫の手」みたいな腕をぶらさげて平気で歩いている。そうかと思うと、三十そこそこで布袋《ほてい》腹を自慢にして、ビールを浴びるほど呑んでは、つき出た腹をピタピタ叩《たた》いて、しきりに豪傑ぶっている。一方では、情ない肉体を背広に包んで、顔ばかりを売物にして二枚目ぶり、女は顔で引きつければいいと信じ込んでいる。男は肉体といえば、男根さえ隆々としていればよく、ほかの部分は問題ではない、という考えは、殊に日本人の男の間で支配的な考えであります。これに拍車をかけるのが、女性たちの、男の肉体に対する無定見であって、宴会などで、芸者が「まア、立派な御体格ね」などとほめるのは、百貫デブで脂肪の沈着した不健康な体に決っている。

一方私は、何が何でも、すべての人が、一流ボディ・ビルダー並みの体格をもつべきだとか、体育家のいう運動機能と柔軟性百パーセントの肉体をもつべきだとか、主張するつもりはない。自由自在にとんぼがえりの出来る肉体が、すべての男に必要なわけではない。しかし、精神的教養というものが、すべての男に必要である程度に、肉体的教養は必要であって、健康な、キリリと締った肉体を持つことは、社会的礼儀だと考えている。世間は、精神的無教養をきわめた若者たちの暴力ばかりを心配しているが、支配層のインテリの肉体的無教養もずいぶんひどいものであります。

いうまでもなく肉体ははかないもので、第一、今の世の中では、体だけでは一文にもならない。金になるのは何らかの形の知能です。おまけに知能のほうは、年をとるにつれて累積《るいせき》されてゆくが、体のほうは、三十代から衰退の一路を辿《たど》りはじめる。そうかといって、金にもならないモチもいい知能だけを後生大事にしている男は、私には何だか卑しくみえる。一回きりの人生なのですから、はかないものをもう少し大事にして、磨き立てたっていいではないか。筋肉はよく目に見え、その隆々たる形はいかにも力強いが、それが人間の存在の中で一等はかないものを象徴しているというところに、私は人間の美しさを見ます。肉体に比べると、人間の精神的産物や事業や技術は、はるかに長保《ながも》ちがする。しかし短い一生を、長保ちのするものだけに使う、というのは何だか卑しい感じがする。肉体を軽蔑《けいべつ》することは、現世を軽蔑することである。私はキリスト教の坊主というものが、そのために、卑しく醜くみえて仕方がない。肉体を完全に包んだゾロリとしたあの黒い法衣は、男の着るものではなく、精神的宦官《かんがん》の着るものです。キリストは痩《や》せこけてはいても、まだ裸なだけマシというものだ。

ギリシア人は実に偉かった。ギリシアの喜劇詩人エピカルモスは、その「人生四つの願い」という詩において、その一つは、美しい肉体を享《う》けることであると歌っています。ギリシア人は美を求める情熱の行きつくところ、必然的に、自己そのものが美の体現者であることを欲した。そのために神にかけて肉体を訓練した。ギリシアのギュムナスティケーは、今の体育理念とはちがって、美を成就するための一種の宗教的行法であったといわれています。

スパルタの青年は十日目毎に監督者《エフオロイ》の前で裸になって見せねばならなかった。もし少しでも肥満の兆《きざし》があれば、監督者は一層厳格な摂生を命じました。どんな些細《ささい》な贅肉《ぜいにく》をつけてもいけないというのがピュタゴラスの戒律の一つであった。身体の欠陥はすべて細心に避けられた。アルキビアデスが若いころ、器量をそこなうのをおそれて笛を習おうとしなかったというので、アテネの青年はみなこれに倣《なら》ったそうである。

——こんな考えは、今では奇妙なこととしてしりぞけられています。精神分析学というインチキ学問が出て来てから、インテリはみんなこれに染まって、古代民族が表現した率直で自然な人間性を、ヤクザな分析用語で説明した気になっています。だから、お腹の突き出た中年紳士の一団の中で、あとの人たちはむしろ太鼓腹を誇っているのに、一人だけその醜さを恥じて、熱心に縄飛びや腹筋運動をはじめようとすると、「みっともない」とか「年甲斐《としがい》もなく」と言って嘲笑《あざわら》います。芸術家や学者の世界では、哀れな肉体がたいてい王座に坐《すわ》っているので、お弟子たちはその真似をして、みんな半病人のような黄いろいしなびた顔で、原書にしがみついていいます。フランス語の単語を五千知っているのと、胸囲が一米十センチあるのと、どっちが立派なことかというと、甲乙がつけにくいというのが私の考えだが、世間はもちろん単語五千のほうへ軍配をあげます。

世間の女房というものもそうだ。

「うちの主人も今度課長になりまして」

とか、

「宅も自動車を買ったものですから」

とか、くだらない自慢ばかりしている。

「主人の胸囲は一米十センチございますのよ」

とか、

「主人の上膊《じょうはく》は三十八センチですのよ」

とか自慢しているのをきいたことがない。こういうことは、女性の大きなまちがいで、男性は女性の好むところに従って行動しようとするものですから、胸囲を十センチふやす手間を惜しんで、課長になったり、自動車を買ったりすることばかりに熱中する。その結果女性は、一人の完全な男性を失うのです。

男の肉体ははかないものである。一文にもならないし、社会的に無価値で、誰にもかえりみられず、孤独で、……せいぜいボディ・ビルのコンテストへ出て、人に面白がられるぐらいのことしかできない。現代社会では、筋肉というものは哀れな、道化たものにすぎない。だからこそ、私は筋肉に精を出しているのであります。

人を待たせるべし

パスカル・ペレスは、いつも相手の選手をじらせにじらせて、相手のコンディションを崩しておいて、試合に持ち込むという策を弄《ろう》する。世界選手権試合でも、相手の米倉選手は、じらしにじらされて、全く気の毒でした。

しかし人間対人間では、いつも勝つのは、情熱を持たない側の人間です。あるいは、より少なく情熱を持つ側の人間です。これは人間関係のまことに冷酷な法則で、人生は「熱と意気」とで渡れるものではない。情熱一本槍《いっぽんやり》の人生観を持った男に、いかに敗北者が多いことか！「新潮」の日記で、宇野千代さんが面白いことを書いていた。たとえば男に捨てられても悪あがきをして深追いするような女は、恋愛についてだけ自分はそうなのだ、と思い込んでいるが、実はさにあらず、それはその人の根本的な性格のあらわれであって、事業をやっても、その事業がだめになりかかっても、彼女は正に恋愛におけると同じ態度で、悪あがきをして深追いするであろう、と言うのです。

デパートの入口とか、駅の前などで、よく待ち人がたくさん立っている。ヒマな読者があったら、その群の中にまじって、その一人一人が何分待たされているか、時間をはかってみるがよろしい。まず二十分以上待たされている女があって、なお彼女がそこを去りがたくしているなら、彼女は来るべき男とすでに肉体関係があると思ってもいい。これは勿論《もちろん》はなはだ概括的な見方ですが、もし男が二十分以上待たされていたら、その男は来るべき彼女と、まだ肉体関係がないのだ、と思っていいと考えます。十中八九、肉体関係を持つまでは女のほうが強く、持ってからは男のほうが強い、という法則が、つまりその勝敗が、こんな待時間によくあらわれていると思っていい。もっとも中には、貸したカメラを返してくれる約束になっていて、じりじり待っている人もいるだろうが、これだって、明らかな勝敗であって、返すほうにその気がなく、返されるほうが熱心なら、気のないほうが勝というものであります。待ち人は必ず敗北者だ。ですから私は待ち人になるのは大きらいだが、人生そうは行かぬこともある。

情熱というものは皮肉なもので、いつも情熱の持主が損をするように損をするようにと仕向けて来る。たとえば或《あ》る女に惚《ほ》れている男があって、あんまり惚れすぎて、彼女のほうでは少しうるさくなって来ていることが感じられる。男もバカではないから、何とかこの頽勢《たいせい》を挽回《ばんかい》したい。要は、次のランデブーのとき、彼女を二、三十分待たせてやればいい。実にカンタン至極のことだ。彼女にしてみれば、今まであんなにしつっこかった男が、急に二十分以上も待たせて現われないので、肩スカシを喰《く》わされたような気になり、今までゲエと言いそうなほど満腹状態だったのが、急に空《す》きッ腹《ぱら》になって、不安を感じてくる。

「もしかしたら、私はやっぱりあの人が好きなのかしら」などと思いはじめる。

そこへ男が現われれば、勝利は確実、頽勢は一挙に挽回されるであろう。ところがこうした場合の男は、決して、絶対に、金輪際、女を二十分待たせることができないのである。そして彼女のうるさそうな顔にぶつかるならまだしも、自分のほうが逆に三十分も待たされて、ますます頭に上ってしまうのがオチである。

もし君が独身者であって、或る夕方、ふところにはたんまりボーナスがあり、全身はもてあますほどの精気に充満し、十分にお洒落《しゃれ》もして最上の洋服を着、

「さア、今夜はステキな女の子を引っかけてやるぞ」

と自信満々、街へ出てゆくとします。そんな晩には、決して女の子は引っかかりません。なぜなら君のほうが「求めている」からです。

逆に、君が、懐中一文なしで、二日酔いから胃の具合がわるく、食欲も性欲もない、恋愛なんて考えたくもない状態で、ただブラリと街へ散歩に出たとします。そんなときは、えてして、すばらしい女の子が引っかかる。理由はカンタン、君のほうに気がないからであります。人生万事かくの如し、セールスマンの秘訣《ひけつ》は決して売りたがらぬことだと言われている。人が押売りからものを買いたがらぬのは、人間の本能で、敗北者に対して、敗北者の売る物に対して、魅力を感じないからであります。

欲しいものには恵まれず、要らないものには恵まれる、というのが人生の鉄則だが、それなら逆手で行こうとしても、人間には心が一つしかないので、自分の欲しいものを欲しがらぬ、ということはむずかしい。だから結局欲しがることになり、欲しがられたものは逃げてしまいます。

しかも人生にはいろんな分野があるので、恋愛の連戦連勝の強者も、事業では失敗を重ねたり、恋愛における敗北者が、そのおかげで発奮して、事業の成功者になったりする。この世で一等世俗的成功のおぼつかないのは、ジュリアン・ソレル型の男、美貌《びぼう》でしかも野心家というタイプでしょう。美貌だから恋愛には成功するが、男の社会ではヤキモチをやかれて除《の》け者《もの》にされる。除け者にされるから余計野心を燃やす。燃やせば燃やすほど、成功は逃げてしまうのです。

人生では、しかし、困ったことに、勝利者が必ず幻滅を味わうようにできている。なぜなら、人間は自分の所有するものには価値を置かず、持たないものばかり欲しがるから、恋愛の成功者は、それに幻滅して、「ああ俺《おれ》が女という女に振られても、大臣になっていたらなア」などと思う。大実業家は大実業家で、「ああ俺は、こんな十億の財産や土地がなくっても、そこらのハンサムな若者で、女という女にもてていたら、そのほうがどんなに幸福だろう」と空想する。

そこで私は、人生各方面における絶対の成功者、絶対の勝利者というタイプの男を考えてみる。彼は世にも受動的な男なのです。

女がやってくる。彼には全然気がない。そこで女はじりじりして来て、彼に惚れる。彼も仕方がないから、「まあ腹も空いてないが、おやつ代りにつまんでやれ」という程度の心境で、女を受け入れる。女はますます惚れる。彼はますます気がない。これで彼は恋愛に大成功を収め、絶対の勝利者になるが、彼の味わったものは、何だかボンヤリした、一向刺戟《しげき》のない空気だけで、恋愛の美酒は、敗北した女にすっかり呑《の》まれている。つまり勝利者は、その本当の味を知らずじまいである。

何も欲しがらないから、何でも手に入る。自動車も、家も、財産も、地位も、何もほしくないから、どんどん自分のものになる。金をほしがらないから、金が入り、ますますほしがらないから、ますます金がふえる。しかし欲しくもないものを皆抱え込んでいたって、ちっとも面白くない。その上、社会事業などをやって散財しようという欲がないから、金の減りようがない。

人生の面白さは、こうなると、絶対の勝利者こそ、絶対の敗北者に見えて来ることです。彼は完全にカラッポな心境で、ただ機械的に勝ってしまう。ちっとも儲《もう》ける気がなくてカジノへ行き、賭《か》けても賭けても皆当り、忽《たちま》ち巨万の富ができてしまったら、もうそれは勝利とも成功ともいえません。

人を待たせる立場の人は、勝利者であり成功者だが、必ずしも幸福な人間とはいえない。駅の前の待ち人たちは、欠乏による幸福という人間の姿を、一等よくあらわしているといえましょう。

人のふり見てわがふり直すな

「人のふり見てわがふり直せ」という古い格言は、説明するまでもありませんが、人のおかしな癖や悪い癖を見て、自分の身を反省し、自分のそれに似たおかしな癖や悪い癖を直せ、という尤《もっと》もな訓《おし》えであります。

話は変るが、二、三日前の晩、人があたふた入って来て、汗を拭《ぬぐ》いながら言うには、

「そこで大へんなものを見て来た」

誰だって、こう言われれば幽霊にでも出会ったと思うでしょう。

夜十時ごろの街上で、彼が出っ会《く》わしたのは妙齢の女性であって、スリップだかネグリジェだか知らないが、透明の薄い布を着て、パンティ以外の部分は全部透いて見える姿で、天下の公道を歩いていたというのです。さすがに人に見られて恥かしかったのであろうか、道端に身

をすくめて、こそこそと逃げ去ったそうである。これにはオドロキだが、多分近くの家へ風呂《ふろ》でも貰《もら》いに行ったかえりだろう、という尤もな推測がつきました。

そういえば、私も去年の夏、夜十一時ごろ、新宿でふしぎなものを見たことがある。

新宿第一劇場あたりの裏通りだと思ったが、一方が陸橋の高まりになっていて、一寸《ちょっと》暗いけれど、人通りの絶える時刻ではない。そこから二人の、これも妙齢の女性が、仲良く二人とも下駄《げた》をはいて、カラコロ歩いてくる。そういうと牡丹燈籠《ぼたんどうろう》みたいだが、彼女たちの着ているものは、太腿《ふともも》のスレスレの線まであらわれたベビイ・ドールねまきでした。これも天下の公道ではめったに見られない奇観である。そのころ大はやりのベビイ・ドールねまきを買ったので、どうせ買った以上、着て歩いて人に見せたいという無邪気な心理だったのでしょう。

——さて又「人のふり見てわがふり直せ」に戻るが、この格言のできた時代は、よほど安定した世の中であって、今はこんな格言のずっと先まで突っ走ってしまっているから、こんな格言は通用しない。パンティ以外みんな透きとおっている衣裳《いしょう》で夜道を歩いたり、ベビイ・ドールねまきで出歩いたりする姿は、いわば夜道でいきなり宇宙人に出っ会わしたようなもので、人間の知恵の遠く及ぶところではない。「人のふり見てわがふり直」そうにも、はじめから、そういう同類意識を超越している。

現代とは正にそういう時代なのです。

そこでこの格言を逆用して、「人のふり見てわがふり直すな」と訂正すると、これは正にモダンな格言になる。

「あの人があれだけの恰好《かっこう》をするんだから、私だってこれぐらい平気だわ」

というのがこのモダン格言の精神です。ここには、むしろ既成の秩序に安んぜず、新しい秩序を自らの手で作ろうという積極的な意志があらわれている。そのときカガミとなるのは、いつも最も極端なタイプ、最も非常識なタイプの人たちです。ここに現代で、突拍子もない人物の成功する理由があります。

「あいつ、皇太子の馬車に石を投げたか。えらいもんだな。そんなら、国電の窓に石を投げたことのある俺なんか、まだまだだな」

「あの人、裏切った男の顔に硫酸をぶっかけたんですって。それじゃ、裏切った男の結婚式へ行って、ウェディング・ケーキにケチャップをぶっかけて来た私なんか、まあまあってところね」

すべて典型的犯罪、極端な形の犯罪が、お手本にもなり、標準にもなって、自分の少々の非行を正当化してしまう、というのが現代の風潮です。ところであらゆる人が、犯罪者の才能や勇気に恵まれているわけではありませんから、人は悪者ぶることで、せいぜい自ら慰めています。

私はどうもこういう風潮も一概にわるくないのではないかと思う。ルネッサンスのころのイタリーはこうだったのです。大犯罪も人間のエネルギーの産物だから、大いに尊敬された。王侯は毒殺を常とし、天才は同時に悪漢であった。「善にむかっての秩序」と同様に、「悪にむかっての秩序」というものもあるので、コチコチ頭の道学者が考えるように、悪が直ちに社会不安と、社会的無秩序を招くとはかぎりません。悪がむしろ、社会秩序をととのえることだってあるのです。

「あいつがあのくらいのことをするんだから俺だって」

というのは、ともかく積極的意欲である。

「あいつがあれくらいのことをするなら、俺は何もすまい」

というのより、少なくともマシである。

一例が、少年犯罪の醸成に映画やテレビが大いに力を貸している、と言ってPTAのおばさんや文部省がさわいでいる。しかし少年が、悪や殺人に興味を持つのは、どう抑えても抑えようのない人間の本性であって、その中の何パーセントかが成功した犯罪者になり、あとの大多数が、失敗した犯罪者、あきらめた犯罪者、すなわち常識的な大人になるという経路を、世の大人たちはみんな忘れているか、あるいは口を拭っているのです。悪のないドラマ、否定面のないドラマというものはこの世の中にはない。お伽噺《とぎばなし》にだって必ず悪玉は出てくるので、グリムのお伽噺なんか残忍をきわめたものがある。

その意味で、映画やテレビから、子供のために悪を放逐しようとしたって、子供は「清純な家庭劇」だけで満足する筈《はず》もないし、どうせこっそり、ギャング物を見に行くにきまっている。教育的見地から考えて、われわれの子供のころより、今の子供が恵まれている。と思われるのは、少年時代から、「悪」に鍛えられているということだと思う。

映画やテレビで、しょっちゅう悪者に親しませておけば、社会へ出てから、大人の社会の悪におどろくことが少なくなり、「悪」に対して免疫性になる。そして月光仮面の正義感みたいなものがいかに無力であるか、を早く知ることが出来る。そのためにも、私はむしろPTAの志すところと反対に、悪者が必ず勝つような映画やテレビをもっと沢山子供に見せるべきだと思うのです。そして子供たちに、悪に対する身の処し方を自分で研究させるべきだ。

子供の考えというのは怖ろしいもので、コクトオが書いているフランスの中学校の寄宿舎の話で、友だちの我儘《わがまま》を訴えた生徒たちに、

「あなた方は自分たちの問題を自分たちで処理する習慣をつけなければいけません」

と言ったところが、あくる朝、その我儘な生徒が、縛り首にされている死体が発見されたというのです。これは大人の抽象的人生訓に従うことが、子供をしてそのまま正当に罪を犯させた面白い例です。

子供に向って大人がそのとき、

「けしからんね。その子をみんなで縛り首にしてみなさい」

と言ったらどうでしょうか？　おそらく子供たちは、そこで自分の「悪」の能力の限界を発見して、その自覚から、子供なりの理性に目ざめて、そんなことはできないだろうと私は思います。子供は、自分が責任を免かれて、みんな大人の道徳観にたよっていられると思ったが最後、突如として、人殺しさえやりかねない。これは実は、子供も青年も同じことなのです。

催眠術ばやり

「第二の記憶」というふしぎな本は、アメリカの平凡な実業家が、ふとしたことから催眠術に親しみ、友人の細君にたびたびこれをかけて、徐々に記憶を遡《さかのぼ》らせてゆくうち、ついに彼女を前世の記憶へ辿《たど》りつかせ、十九世紀初頭にアイルランドの小さな町に住んでいた女であったことを、発見するという記録です。

どうも信憑性《しんぴょうせい》の十分でない記録で、いただけないが、もしこれが本当とすると、催眠術という科学的方法を用いて、超自然、超科学の世界を究明し、仏教の輪廻《りんね》説を実証するということになるわけです。

人が他人の意志を自由に左右するということは、面白いことにはちがいない。政治も芸術も、究極に目ざすところは同じで、人の心を左右することの面白さである。しかしこんなスポーツにもルールはあるので、相手の理性をはっきり目ざめさせておいた上で、相手の心を左右するというところに、政治や芸術の公明正大さもあり、スリルもあり、苦心もあるわけだ。どこかの小説にあるように、女に眠り薬を呑《の》ませておいて、やってしまうなどというのは、ルール違反であって、こんなのはスポーツの風上にも置けない。催眠術と、モーツァルトの音楽や、印象主義絵画や、議会政治や、……こういうものは、「人の心を左右する快楽」という点で、同一線上にある筈だが、ことさら催眠術が胡散《うさん》くさく見られるのは、ルール違反の疑いが濃厚だからです。

しかし私が思うのに、人間の理性なんて、誰がそんなものが在ると決めたのか？　これは多分カント先生が決めたのでしょう。古典的理性という考えが先にあって、その上で、ルールも出来、従ってルール違反も出て来たのでしょう。もし人間には理性なんてはっきりしたものはないと考えれば、トタンに催眠術も胡散くさくなってくる。なぜかといえば、二十世紀に入ってから、どうやら理性の信仰は疑わしくなってきた。理性のある筈の人間が、たとえばどうしてナチスの巧みな宣伝用神話にたぶらかされ、ユダヤ人の大量虐殺みたいなことをはじめたかというと、誰もうまい返事ができない。

理性がちゃんと在って、眠り薬も何も呑まされていないのに、そんな状態になるのだとしたら、理性というものもはなはだたよりないことになってきた。ちゃんと目がさめていてもコロリとだまされるのでは、何のために目がさめているのかわからない。目がさめていながら、勝手に自分の意志が左右されてしまうくらいなら、むしろ催眠術をかけられて、左右されたほうが気が利いている。それならあとで自分の責任を問われる心配もないのです。こうなると、もはや一概に、ルール違反とも言いきれません。

催眠術の流行は、多分、深いところで、こういう現代の風潮に乗っかっている。

そしてかけるほうもかけられるほうも、何となく、自分の責任をのがれたいという願望を抱いている。これも現代にピッタリだ。責任などという重荷を捨てて、人の意のままに動きたいという奴隷化への欲望は、現代人の心のどこかに深くひそんでいます。一方では政治や芸術などの七面倒くさい技術や手続を辿《たど》らずに、ただ人の目の前へ手をやって、

「一、二、三、四……」

と数えるだけで相手を眠らせ、相手を意のままにしようという考えは、忙しい、面倒くさがり屋の現代人にピッタリです。

きけば、このごろはテレビに「見えない広告」を入れるという技術ができたらしい。人の目に見えぬ程度の速度で、何度も何度も、

「三島石鹸《せっけん》をぜひ！」

「三島印チョコレートほどおいしいものはありません！」

というような文字を流すと、一生けんめい野球のナイターを見ている人の頭の片隅に、しらずしらずの間に、「三島石鹸」や「三島印チョコレート」が刻み込まれ、さて明《あく》る日荒物屋や菓子屋の前をとおったときに、思わず足が立止って、

「あのう、三島石鹸ほしいんですけど」

と言ってしまうのだそうであります。

これなんかは、はっきり目をさましたまま、無意識の世界を支配されてしまうわけで、気味のわるいことおびただしいが、ひとたび理性の信仰が崩れたら、一体、意識を支配されるのと、無意識を支配されるのとの間に、どんなちがいがあるかは、あいまいなことになってしまう。

よく電波病患者というのがあって、夜ねていても、テレビの電波やラジオの電波が、体を貫通して、気持がわるくて眠れないと訴えてくる患者がいるそうだが、本当のところ、われわれはみんな、目に見えない電波に影響されて暮している。その上、宇宙線などというものまで、

たえず注ぎかけてくるのを防ぎようがない。雨が降れば、その中には、見えない放射能がいっぱい詰っている。牛乳を呑んでいたって、放射能が入っているかもしれない。そのほか見えないバイキンやら、何やら、……もしこういうものがみんな目に見えて、みんなわれわれの意識に感じられたら、現代では、世界中の人が発狂してしまうでしょう。

そういうことを考えると、現代は、

「催眠術の時代」

だともいえそうです。

マス・コミの威力などといわれるのも、催眠術をかけられたい大衆がいればこそ成立つのであって、マス・コミが、「ミッチィ」「ミッチィ」と叫びつづける一方では、「ミッチィ」という、今までは何の親しみもなかった名に、たちまちウキウキした気分を味わう大衆がいるのです。その上、マス・コミの巧《うま》いところは、決して命令的ではなく、やさしい、おだやかな、甘い、催眠術師独特の声音で、

「要らなければ、スイッチをお切りなさい。ほしくなければ、この雑誌や新聞を買わなくてもいいんですよ。われわれはただ、そちらから手をのばして、テレビやラジオのスイッチを入れ、新聞や雑誌を買って下さる方にだけ、話しかけているのですから」

とやんわり、つつしみ深く持ちかけることを忘れません。

これらを考え合わせると、もう独裁政治だの恐怖政治だのというのは、完全に古くなったと考えざるをえない。むやみに高圧的に命令的に人間を押えつけるには、大へんな力が要るし手

間が要る。軍隊も秘密警察も大へんな人数が必要になる。……それより、やんわりともちかけて、何ら抵抗を感じさせずに、「洗脳」してしまうほうが早道だし、洗脳の技術はますます進歩するでしょう。その代りスポーツのルールなんていうものは、はるかな昔語りになってしまうでしょう。ところで私は、ヘンクツな人間で、催眠術をかけられたくもなし、かけたくもない人間です。それが知らない間にかけられているのは気色が悪いし、人間なら誰しも何らかの形の催眠術をかけられている当節であれば、何とか人間的特色を稀薄《きはく》にしておく必要があります。

そこですぐ思いつくのはネコであって、ネコに学ぶのが一番だと思う。ネコほど我儘勝手で、決して人の意のままにならない動物はなく、冷淡薄情もない。ネコはおそらくもっとも催眠術をかけにくい動物でしょう。そこで私もネコにならって、出来るかぎり冷淡薄情、無関心、自主独立、……しかもお魚にありつくためだけに、可愛《かわい》らしい声でニャアニャア啼《な》いていることにしたいと思います。

言葉の毒について

よくお芝居には、他人のザン言やかげ口が大事な劇的契機に使われています。オセロもイヤゴオのザン言を信じて愛妻デスデモナを殺すことになるが、こんなヤキモチの直接の動機としては、妻のハンカチが不義の証拠として劇中に使われている。しかしこれも物的証拠としては全然薄弱なもので、もしイヤゴオの言葉の毒が、毒入り香水のようにこのハンカチをどっぷり浸していなかったら、オセロといえどもそんなにやすやすと妻の不義を信じなかったでしょう。本当に力があったのは、やはり言葉の毒そのものだったのである。

そのむかし言霊《ことだま》信仰というものがあったように、言葉にはスゴイ力が秘められています。言葉の力は奇々怪々なもので、たとえば新聞に、初号活字で、

「池田内閣大改造を断行」

などという見出しが出たところで、一般国民には、別に何の迫力も感じられない。口の中でそれを呟《つぶや》いてみて、

「イケダナイカクダイカイゾウヲダンコウ」

と言ってごらんなさい。こんな文句はおまじないにもならない。空疎で、フワリとしていて、すぐ耳のはたから消えてしまう。その代り同じ日本語であっても、あなたの友人の誰かが、

「オイ、気をつけろよ、課長は今度の人員整理じゃ、君に目をつけてるらしいぞ」

と低い声で耳もとでささやくとする。このほうが数百倍ショッキングで、ドキリと来る。かりにも新聞記事は事実の報道を建前にしていて、これだけの見出しが出るには、十分の根拠があるに決っている。それに反して友人の言葉には、何の証拠があるわけでもなく、ただのイヤガラセにすぎないかもしれない。しかもこのほうが数百倍効果的であるところをみると、言葉と事実、あるいは言葉と現実というものには、それほど密接な関係がないと思ってよろしい。

言葉がテキメンに怪物的な力をふるうのは、われわれ自身の内奥にふれて来る場合で、しかもそれが第三者の口から出た場合です。

「Aさんがね、あなたのことを、イヤラシイ奴《やつ》だって言ってましたよ」

こう言われただけで、もう、何の証拠もないのに、われわれはAを憎みはじめます。

「君はB子をバカに純情だと思ってるらしいが、あの女は君のほかに、男が二人もいるっていうぜ」

もしあなたがB子に惚《ほ》れているなら、こういう言葉の毒のキキ目はすごいのです。

「××工業の株はもうダメだっていうなア」

こんな一寸《ちよつと》小耳にはさんだ噂《うわさ》も、いつのまにか大きな力を持ちます。流言蜚語《ひご》が、どんなラジオのニュースよりも早い伝播力《でんぱりよく》と強い影響力をもつのは、それらが「言葉」そのものだからです。つまり流言蜚語というものは、事実の側に立つよりも、われわれの心の中の希望や不安の側に立っていることが多く、そういう希望や不安にうまく訴えるように出来ているからです。これが言葉というもののもつ、幽霊的な力の代表的あらわれであります。

「これが事実ですよ」

と自分で宣伝している言葉には、あまり力がない。これはあたかも、

「本当の話なんだよ」

と前置きして語られるお話と同じことで、はじめから人の感興をそぐのです。ここに言葉というものの、妙にユーレイじみた、しかも生き物じみた力がある。

「これはほんの噂ですがね、C社長はそろそろ退陣するそうだ」

というほうが、

「たしかな筋から出た話だが、C社長はそろそろ退陣するそうだ」

というよりも、当事者にはギクリと来ます。

考えてみれば、言葉をたよりに暮している人間社会というものは、こういうユーレイ的生き物的な言葉のバッコするに委《まか》せて、その中でいろんな誤解を重ね、幻想を抱きながら、辛うじて生きてゆく集団だともいえる。私は小説家ですから、こういう言葉の毒物的作用をよく承知している。

「これはただのお話ですよ。ウソの作り話ですよ」

というのが、小説なるもののいわば看板ですが、それでも、イヤ、それなるがゆえに、読者に十分言葉の毒をしみこませることができる。小説をよむたのしみというのは、自分個人の身の上に実害のないということをよく承知しつつ、その約束の上で、思う存分たっぷり言葉の毒を身体じゅうにしみこませてもらうたのしみだともいえます。

よく直情径行の男というやつがいて、人にむかって失礼きわまることを言います。

「君の鼻もずいぶん見事にアグラをかいとるな。君のおやじさんに会ったとき、なるほどこれこれと思って感心したが、おやじさんのアグラのほうが、まだ少しは行儀がいいぜ」

「君は女房から毎日百円ずつもらって家を出るそうじゃないか。正に流行の百円亭主だなア。男として恥かしいと思わんのか」

「君ン家《ち》の汚ないのにも呆《あき》れたなア。まるで貧民窟《ひんみんくつ》で、あれじゃお世辞の言いようもありゃしない。よくあんなところで暮していられるなア。南京虫なんかいないかい」

「君ンところの子供は、そろいもそろって、カボチャ面《づら》だなア。いくら男だって、あれじゃ君、年頃になったら悩んで、おやじを恨むぜ」

こういうことをポンポン言う男が、案外毒のない男だなどと言って愛されるのは、面と向って言われた言葉に対しては、われわれはすぐ身構えて、自尊心の鎧《よろい》を着て、エヘラエヘラ笑って聞き流すこともできるからです。つまり面と向って言う悪口に毒素が少ないのは、そこでは悪口の対象も、ある主体を持つことを許されているからです。

ところが、第三者からきいた蔭口《かげぐち》はどうでしょう。

「あいつが君のことを、すごいアグラをかいた鼻の持主だって吹聴《ふいちょう》していたぜ」

という告げ口をきくとき、われわれは、自分の主体を完全に失って、完全に無防禦《むぼうぎょ》で、他人の笑い物になっているもう一人の自分の姿を、そこにまざまざと思いえがきます。

「私のいないところで笑いものになっている私」には、私の手はもうとどかない。それは哀れな孤独な、見捨てられた私です。そんな私を思いえがくことが私をカッとさせるのです。

さて、そういう「私」というものはどんな「私」でしょうか？　全然主体を剝奪《はくだつ》されて、社会の只中《ただなか》に、石ころのように、他人に蹴《け》飛ばされるままにころがっている「私」、それはどんな「私」でしょうか？

実はそれこそ最も私の見たくない私、掛値のない私の真の姿ではないでしょうか？

そうしてみると、はじめのところで、言葉は事実や現実とは大して密接な関係がない、と言ったのは訂正の必要があるようです。告げ口に使われる言葉、毒をたっぷり含んだ言葉、その代り何ら証拠もなく根拠もない言葉、……そういう言葉こそ、われわれの見たくないわれわれの実相を、残酷に示してくれるのだともいえます。イヤゴォの告げ口におけるデスデモナの不貞は、何ら事実ではなく、存在しないものでした。しかしイヤゴォの告げ口に使われた毒のある言葉は、デスデモナをではなく、高潔なオセロの人間的な弱い内面と実態を、正確にえぐり出して示していたのだといえるのです。

子持ちを隠すべし

或《あ》る映画俳優が、ずっと前から法律的にも結婚していて、幼稚園に行っている男の児《こ》までありながら、二枚目スターとしての人気を心配する映画会社の社命で、久しく結婚を公表することができず、子供にも表立って「お父さん」と呼ばせることができず、「お兄さん」と呼ばせていた、という話があった。

ずいぶん時代離れのした話だが、そのうち子供が、

「どうしてお父さんをお父さんと呼んじゃいけないの」

などと、幼稚園の友達の手前を気にするようになり、ついにある夏の一日、海岸でファンにかこまれている最中の父親に、

「お父さん!」

と呼びかけてしまった。これがキッカケでその俳優も、子供の将来には代えられないと決心して、会社のオエラ方を説得し、とうとう表立った結婚式をあげて、天下晴れて、

「お父さん」

「坊や」

と呼び合えるようになったという。実に涙ぐましい話である。

しかし私はこの話をきいて、銀座や新宿のバアで、子供が三人もありながら、

「オレかい?　独身だよ」

と平然と独身を装うている連中は、どんな顔をするだろうかと思った。

私の友人でも、家には女学生の娘がいるくせに、まるきり独身青年という顔をして、のうのうと暮している男がおり、行きつけのバアなんかで、

「あいつは女房持ちの子持ちだよ」

などと素破抜《すっぱぬ》いたって、誰も信じないほど巧《うま》くやっている男がいる。

――こんな男の独身演技と、前に述べた映画俳優の独身演技とは、全く話が別です。

映画俳優のほうの独身演技は、全社会を相手にしている演技で、朝から晩まで不断の緊張を以《もっ》て、一刻の油断もなく守りつづけねばならない演技、そうしなければ忽《たちま》ち破綻《はたん》を来す演技なのです。それは社会と彼との戦いですが、彼の味方とては妻と子供しかない。そして、罪のない子供にまで、その不自然な演技を強いなければならない。こんなことでは一刻も早く、

「オレは独身じゃないんだ。ちゃんと女房もいれば子供もいるんだ」

と世間へ向って宣言して、身軽になりたいと思うのが人情でしょう。ところが世間における「酒場の独身者」のほうはちがいます。酒場の独身者は自分の家庭に何ら犠牲を払わせる必要がありません。それはまことに気楽な一人二役であって、家では亭主関白のたのしみを味わい、酒場では独身者の利益を享受する、という正に人生の「いいとこどり」であります。まちがって結婚サギでも働かなければ、彼は何年でもこんな一人二役を、何ら精神的負担なく、つづけて行くことができます。

いくら禿頭《とくとう》でも、独身の男というものは、女性にとって、或る可能性の権化にみえるらしい。男にとっていかに独身のほうがトクであるかは、言うを俟《ま》ちません。かく言う私でも、結婚したとたんに、女性の読者からの手紙が激減してしまいました。これは大いに私を意気沮喪《そそう》させる現象でありました。

しかし、女房も子供もいるのに、ムリヤリ独身を装っている男というものは、何だかあさましくて、いやらしい。理想的なのは、ヌーッとして、スーッとしていて、女房子供なんてあろうがなかろうが知ったことか、と言った風格を持していて、女の方からも又、わざわざ、

「あなた子供いるの?」

なんて愚問を発する余地なからしめる、そういう男になることです。この風格がなかなかむずかしい。巧《たく》んで出せるものではありませんから。

お節介なジャーナリズムのおかげで、われわれ小説家は、一旦《いったん》結婚して子供ができたら、そ

れを世間に隠し了《おお》せることはできませんが、やはり身に持したいと思うのは、男性の孤独感です。

私は同じ同性として、男性の孤独感を喪失した男を見ると、忿懣《ふんまん》を禁じえない。この孤独感こそ男のディグニティーの根源であって、これを失くしたら男ではないと言ってもいい。子供が十人あろうが、女房が三人あろうが、いや、それならばますます、男は身辺に孤独感を漂わしていなければならん。ごく通俗的に言うと、あの西部劇の「シェーン」の如き孤独感、と言えば、わかってもらえるでしょう。

男はどこかに、孤独な岩みたいなところを持っていなくてはならない。井上靖さんの小説の主人公が、女にもてはやされるのもその点だが、あんな物語的なヒロイックな形でなくても、もっと滑稽《こっけい》な形でも、男の孤独感というものは、十分存在しうる。

このごろは、ベタベタ自分の子供の自慢をする若い男がふえて来たが、こういうのはどうも不潔でやりきれない。アメリカ人の風習の影響だろうが、誰にでも、やたらむしょうに自分の子供の写真を見せたがる。こういう男を見ると、私は、こいつは何だって男性の威厳を自ら失って、人間生活に首までドップリひたってやがるのか、と思って腹立たしくなる。「自分の子供が可愛《かわい》い」などという感情はワイセツな感情であって、人に示すべきものではないらしい。いやワイセツ感なら、少なくとも人の共感をコッソリ得られるが、「子持ちの感情」などは厳密に個人的なもので、人の共感に訴える筈《はず》のものではないのです。

男性の孤独感というものは、近代では職業的孤独感と言ったらいいかもしれない。昔、それは妻子を洞穴に残して、狩に出かける男の、山野の只中で漂わす孤独感であったが、現代の狩は各個の職業だからです。

新聞記者、会社員、力士、拳闘家《けんとうか》、落語家、……、こういうさまざまな職業の男も、職業に熱中しているときは、「装われた独身者」ではなくて、「本質的な独身者」に還っている。高座の上の落語家でも、リングで血を流す拳闘家でもそうだ。こんなのに比べたら、「酒場の独身者」などは、ぐっと最低であって、そんなのにだまされる女は、女のほうが悪いのである。

女も女だ。功利的打算的にしか男を見ないから、法律上の独身者にばかり目をつけて、却《かえ》ってだまされて、虻蜂《あぶはち》とらずになってしまう。彼女たちは、男の中の、右のような本質的な独身性をどうしてもみとめたがらない。実に困ったことである。その男が他人なら、法律上の独身ということばかり重んじるし、その男が自分の良人《おっと》になれば、もう本質的な独身性というやつを、何とか自分の手で拭《ぬぐ》い去ってしまおうと努力する。そして、

「私のことを愛していないの？」

などとオドカスのです。

結婚してもしなくても、子供がいてもいなくても、男は男であり、いや、結婚して子供がいればこそ、彼はさらに「孤独な男」だというところに、女性はもっと開眼してほしい、と私は声を大にして力説したい。

しかし、こんな大きなことを言うが、私はこの間人に誘われて、夫婦づれで酒場へゆき、かえりがけに、言わないでもいいのに、

「さア、赤ん坊が待っているから帰らなくちゃ」

などと、並みいる美しい女性の前で言ってしまった。これなんかは、男性の尊厳を台無しにする劣等な照れかくしというべきです。

何かにつけてゴテるべし

人生何事も「御無理御尤《ごもっと》も」では、損するばかりで一つも得がない。

「あの方の仰《おっしゃ》言ることだから仕方がない」

「まア、こんな取扱いをうけるのも仕方がない。俺《おれ》相応のところだろう」

「どうせ私なんぞ、何を言ったって、相手にされるわけはないんだから」

こんなことを考えている人は、人生で永久に損をするタイプの人間で、損をした上に、「お人よし」と笑われるのがオチである。

故喜多村緑郎丈は、「ゴテ緑」の仇名《あだな》で知られていたが、あそこまで大名優になったのには、才能はもとよりですが、ゴテてゴテぬいた経歴が物を言っているにちがいありません。

しかしゴテない人というのは、これ又、人生経験のおかげで変型を蒙《こうむ》った人間で、人間は本当はもともとゴテるようにできている。ゴテて何かが得られれば一得、得られなければもともと、というのが多分人間の本性であって、それが証拠に、赤ん坊を見るがいい。赤ん坊は、一旦お乳がほしいとなったら、あたりかまわず泣き叫び、わめき立てて、目的を達するまで決して黙らず、一方、「どうせ私なんぞ」とか、「お乳をくれないのも私の心柄からだ」などと考えることは決してありません。全然反省なくゴテるというのは、人間の生きんとする意欲そのものであるらしい。

しかし、赤ん坊は無力で、自分で何もできないから、人の助力を要求して、泣きわめいてゴテるにすぎない、という人もあろうが、そんなら大人は、力があって、自分で何でもできるからゴテないかというと、さにあらず、世間をよく見ればわかるが、力のある奴《やつ》ほどよくゴテる。しかも力のある奴ほど、ゴテて効果が上るのです。

力にもいろいろある。

「オイ、ガンとばしやがったな」

と因縁をつけてゴテる奴は、原始的な肉体的な力に自信のあるグレン隊であって、これももちろんゴテ得にはちがいないが、どうせ大した得にはならない。肉体力などは、現代社会で大した値打がないからです。

権力、社会地位、そういうものが備わって、はじめてゴテる資格ができる。

いや、もちろんそればかりではない。男女関係も一種の力関係ですが、十分惚《ほ》れられている自信のあるほうが、ゴテる側に回るのは、ゴテるためには、どうしても何らかの力が必要だからです。権力や社会的地位のみならず、組合がゴテるのも、集団の力があるからです。そう考えてみると、赤ん坊のゴテるのも、皆に大事にされているという本能的自信のさせるわざかもしれません。

もしかりに無力な人がゴテるところを考えてみましょう。新入社員が課長に向って、

「月給をあげてくれなけりゃ働きませんよ」

とか、

「僕の机は古くて仕事がしにくくて仕様がない。新調の机を買ってくれなきゃ、明日から会社へ出て来ませんよ」

とか、ゴテたところで、

「どうぞ」

と言われて、忽《たちま》ちクビになるのがオチでしょう。

鼠が猫にむかって、

「ニャアニャアへんな声を出して、そこらを歩き回るのはやめて下さい。やめないようなら、あしたから、毎日天井で運動会をひらきますからね」

と言ったところで、パクリ頭から喰《た》べられてしまうのがオチでしょう。

無名の小説家が雑誌社へ原稿をもち込んで、

「いつになったら読んでくれるんです。読んでくれないんなら、原稿を引き揚げますよ」

とタンカを切ったって、却って向うを喜ばせるだけです。

自分の無力に気がつかずにゴテる人間は、コッケイなだけで、全くのゴテ損です。

ところが、ゴテるということには、ゴテ得という打算をこえた、ゴテることそのものの無償の快楽があるのです。それは自分の力を確認する喜びであり、相手の人々に自分の力を再認識

させることの喜びなのです。力を持った人間も、たまには喧嘩《けんか》もしてみなければ自分の腕力のほどがわからぬように、ゴテてみないことには、自分の力の存在がはっきり目に映らない。かくてゴテるということは、自分の財産しらべでもあり、又、ゴテて失敗するかどうかという境目の強力な相手を向うに回した場合は、果敢な挑戦にもなり、戦いにもなるのです。しかしゴテるには潮時があり、こちらに絶対の勝算があるのが望ましい。

たとえば自分の芝居がある劇団によって上演されることになり、もう四、五日で初日があくというときに、劇団が一向作者の意志を重んじないで、勝手な配役や演出で幕をあけようとしている。ゴテてやれと思ったら、すべて物事が進むままに、しばらくじっと傍観していなくてはならない。

「いい気でやってやがるな。よしよし。もう一寸《ちよつと》見ていてやれ。あとになるほど、やつらはうんと吠面《ほえづら》をかくことになるからな」

こう思ってじっと見ている意地悪な期待とスリル。自分に人を困らせる力がそなわっていると感じることの快さ。大体、人を喜ばせたり幸福にする力よりも、人を困らせたり悲境に陥らせたりする力のほうが、力らしい明瞭《めいりよう》な形を持っている。

さア、もう潮時だ、というところで、

「上演待った！　作者は不満足だから、台本は引き揚げる」

と声明するのです。忽ち劇団は混乱状態に陥り、今まで無視していた作者のところへ、大ぜいの人がかわるがわる慰撫《いぶ》嘆願に来る。このたのしみをなるたけ永びかせるには、なかなか頭を夕テに振らないに限る。この怒った顔のたのしみ、憤慨にたえぬという表情の快楽ほど、ゴテることとの喜びをよく味わわせてくれるものはありません。ニコニコした喜びなどは知れている。渋面を作ったたのしみこそ本物なのだ。――そしてあげくの果てに、これまた程よいところで、手を打てばいいのです。彼は敬重され、おそれられ、権威をみとめられます。

「俺は非常に怒っている」

と世間に宣言することのたのしみ、これこそは大人のたのしみであり、力のある人間の快楽なのです。

「怒れる若者たち」（アングリー・ヤングメン）などという手合は、こういう大人の快楽がうらやましくて、その真似をしているにすぎない。大体「若者」なんかが怒ったって、誰も相手にしてくれやしないのです。

さて、目を転じて、日本の政治を見ると、国内ではいろいろとゴテ政争に憂身《うきみ》をやつしているくせに、悲しいかな、国際政治の舞台で、胸のスッとするゴテ方を見せてくれた人は、戦後一人もいない。戦前では、松岡洋右《ようすけ》が、国際連盟脱退という大ゴテ劇を演じたが、あれは軍部の力をたのんだグレン隊的ゴテ方にすぎなかった。インドのネルーのゴテ方などは本職だ。インド人はこすっからくて、なかなか手のこんだゴテ方をする。ゴテておいて、自分の高潔さを宣伝し、大して力もないのに、ゴテることによって、或《あ》る力を確認する結果におわる。

日本も三等国か四等国か知らないが、そんなに、「どうせ私なんぞ」式外交ばかりやらないで、たまにはゴテてみたらどうだろう。そうすることによって、自分の何ほどかの力が確認されるというものであります。

モテたとは何ぞ

一体世間の男たちが、「モテた」とか「モテなかった」とかさわいでいるのは、どういうことであろうか？　このごろ私にはサッパリわからなくなってしまいました。

そんなことを言うと、うた秋風落莫《らくばく》たる言い草みたいにきこえるが、私はずいぶん永い間、全然モテた記憶がないのだから仕方がない。バアの女の子にお愛想の一つも言われるのが「モテた」というなら、毎晩なにがしかのお金を持って、一軒のバアへ通えば、いと易いことで、禿頭《とくとう》だろうと歯欠けだろうと、一応モテるに決っているが、一体それが何だと私は言いたい。文士が講演会へ行って、女の子の喜びそうなことを喋《しゃべ》って、拍手喝采《かっさい》されるのが「モテた」ということであるか？　少しばかり有名になって、女の子に「先生」呼ばわりされ、時にはサインなんか求められるのが、モテたということであるか？　そんなものは全然実体がなくて、ウナギ屋の前をとおって、ウナギを焼く匂《にお》いをかがされただけのようなものです。

そういえば、女の人はあまり「モテた」と言わない。「モテた」という表現は、男性独特の、さもしい根性と、夢みがちな自己陶酔の表現であるように思われる。女はもっと実利的ですから、ただチヤホヤされただけで、有頂天になったりはしないらしい。

ところで、女性は利巧ですから、男たちの「モテたがる」心理をよく知っています。男たちはお世辞を言われつけないので、一寸《ちよつと》ネクタイの柄でもほめられれば、たちまち頭がカッと充血するということを、女たちは知っている。一方、女のほうはお世辞を言われつけているから、多少のことでは動じない。

ところが男のほうは、どこかで一度、

「あなたアラン・ドロンに一寸似てるわね」

などと言われようものなら、アラン・ドロンの映画に友だちを連れて行って、

「どうだい？　あの役者、誰かに似ていると思わないかい？」

などと思わせぶりに質問するまで、のぼせてしまいます。御当人はむしろ、ボッブ・ホープのほうによく似ているかもしれないのですが。

モテたモテたとさわいでいて、彼が何ゆえに、いかなる理由により、いかなる状況によって、モテたか、という自己分析は、たいていおろそかにされてしまう。女のほうでは、三枚目の面白さを彼にみとめて、喝采したかもしれないのです。ただ金を持っていて、威勢よく使ったためだけかもしれない。又、危険がなさそうな、手軽な相手として、チヤホヤしてくれたのかもしれない。あるいは結婚の相手としての安全確実性を見込んで、お世辞を言ってくれたのかもしれない。

モテたモテたと言っている人間には、ひどく自信のない、劣等感を持ったタイプの男がいます。彼は、「モテた」という意識を通過しなくては、恋愛らしきものに突入できないのです。恋愛の手続きとして、「モテた」という雰囲気が絶対必要で、一度モテたと信じると、はじめ

て自信が出て来て、相手かまわず手を出すというタイプです。こういう男の話をきくと、年がら年中もてているようだが、実は、そんな話をむしろ自分に言いきかせて、自分を「モテる男」だと夢みなければ、淋《さび》しくていられないのです。

ところでこういう弱気なお人よしのタイプの男は、世間には意外なほど多い。ですから、女の武器は、美貌《びぼう》と肉体だけが万能ではないので、男に「モテた」と信じこませることの巧《うま》い、一寸した技巧が強力な武器になります。

「この前お目にかかってから、あなたの夢、三度も見ちゃったわ。私、どうかしてるのね」

たったこんな一言でよろしい。言葉は只《ただ》です。すると男のほうは、完全に「モテた」と思ってしまうのだから、こんな簡単なことはない。言葉でモテたって仕様がないだろうと思うが、そうでもないらしい。男にはその他に大して「モテる」手がかりがないのです。

女がモテるとなったら、こんなものじゃない。花が届く。宝石が届く。毛皮が届く。これなら目的ははっきりしていて、すごいスリルと迫力があるにちがいない。男は決して、こんなモテ方はしません。しかも「モテた」の「モテない」のと、しじゅう茶飲み話に喋っているのは、むしろ男のほうなのですから、呆《あき》れたものです。

一体「モテた」話というのはききづらいものだが、この間さる御婦人から、実にイキな、「モテた」話というのをきいた。

それは彼女がシシリー島パレルモへ一人で旅行をしたときの話で、女の一人旅となると、シシリー島の男という男がほっておかない。どこへ行っても狼の群につけまわされているような気がして、彼女は見物もあきらめて、果樹と花の匂《にお》いのむせるような、ホテルの庭の椅子《いす》で一人でぼんやりしていました。

そこへ立派な身なりをしたヨボヨボのおじいさんが寄って来て、帽子をとって挨拶《あいさつ》する。わざわざボーイに紹介させて、彼女に近づいて来たのです。

ボーイの言うには、

「こちらは、おそらく、イタリー第一の高齢者で、弁護士としても有名な、今年百歳になられるR氏です」

という紹介に、彼女がビックリするひまもなく、老紳士はかたわらの椅子に坐《すわ》って、

「かねがね日本の美しい御婦人とお話してみたいと思っていました」

と切り出した。

それから話は、シシリー島の景色が美しいとか、地中海の海の色が美しいとかいう話になったが、一寸会話がとぎれて、青空をじっと眺めていた百歳の紳士は、ほっと溜息《ためいき》をついて、こう言うのでした。

「しかし、何が美しいと言って、この世で、恋ほど美しいものがあるでしょうか」

彼女は呆れて二の句もつげずにいるうち、シミだらけの手がふるえながら、彼女の手を握ろうと近づいて来るのを見て、あわてて立上ってしまったそうです。

――こんなのはたしかに「モテた」話と言ってよろしい。百歳の老人の心にもえ上る恋心というやつは、そこにもここにもあるというものではありません。

むかし、私がいくらかモテたというような記憶を辿《たど》ると、次のようなことがあります。それはたしかにモテたことだと思われるが、そのモテ方には、言葉も微笑もありませんでした。

私は三人の御婦人と、何でもなくバカ話をしていたのですが、その中の一人の御婦人は、きれいにはちがいないが、何となくツンとしていて、私に対して意地悪なような態度を見せていました。私のほうも、何だか彼女だけは煙ったい感じでした。

何か用事があって、二人の御婦人がちょっと席を外しました。あとには私と、意地悪な御婦人と二人きり残され、私は気まずい思いで、テーブルの上に手をのせて、あらぬ方を見ていました。

すると、その御婦人がいきなり手をのばして、赤い尖《とが》った爪先《つまさき》を、私の手の甲へギュッと立てたのです。あまりの痛さに私は飛び上ったが、見ると彼女は、笑いもせずに平然と横を向いています。

そこへ早くも二人の御婦人が賑《にぎ》やかに帰ってきたので、私は抗議する折を失ったが、あとで考えると、こういうのを「モテた」というのかも知れません。

――ところで悲しいかな、最近私は一向にモテた記憶がないのです。

プラスティックの歯

友人がプラスティックの入歯を五本も入れたと言って自慢して、やたらに歯をむき出してみせる。

「何がいいんだろう」

「まるで白タイルだね」

「そのタイルに富士山の絵でも描いたらどうだ」

などと、われわれは悪口を言います。

——それで思い出すのは、ニューヨークで会ったフランク・シナトラの従弟《いとこ》という青年が、怪我《けが》でグニャグニャになってしまった鼻梁《びりょう》を立て直すために、ラス・ヴェガスへ行って整形手術をして、そこでプラスティックの鼻柱を入れてもらう、と自慢していたことです。

人間はどうしてこんなことを自慢するのでしょうか？

見場《みば》のよくなったことは確かでしょうが、プラスティックは死んだ物質で、もはやわれわれの生体の一部ではありません。ところがよく考えてみると、われわれの自慢するものは、たいてい死んだ物質であって、本当の生体の一部ではない。お金持が自分のもっているお金を自慢する。大邸宅を自慢する。一九六二年型の新車を自慢する。もっとささやかなところでも、カフス・ボタンの自慢をする。スイス製の腕時計の自慢をする。……これはみんな要するに、「死んだ物質」の自慢をしているのです。そしてそれらの「死んだ物質」が、それを持っている人間を、持たない人間より立派に、見場がよく見せる点では、プラスティックの歯と同じことです。

私は文明の未来図を思いえがきます。人間の肉体は、だんだん取換えのきく、いくらでも見場をよくすることのできる人工的なものになるでしょう。整形手術なんかは古い伝説になって、皮膚も、臓器も、骨も、何もかも、廃品になったらすぐ取換えられるようになるでしょう。プラスティックの歯は全身に隈《くま》なく及ぶでしょう。人間は持って生れたものを、そんなに尊重しなくなるでしょう。それはどうにでも変えられるからです。たとえばアメリカで歯並びのわるい男は、社会から好遇されないというので、若いうちから総入歯にしてしまう人が多いように、持って生れたものの中で不出来なものは、どんどん上出来なプラスティックに取換えるようになるでしょう。「身体髪膚《しんたいはっぷ》これを父母に享《う》く。敢《あえ》て毀傷《きしょう》せざるは孝の始めなり」などという古いおしえは、お笑い草になるでしょう。

そうしたあげくに、人間は、全身、脳髄にいたるまで、プラスティックで代用できるようになるかもしれません。持って生れた体が完全に廃品になるころには、すでに人工肉体で生れかわっているというわけです。そうしたらもう、「死」というものもありません。とりかえ引きかえの間に、自然に、永生が約束されてしまうのです。もし「死」というもの、丁度、ぶっこわれた時計がゴミ捨て場に放り出されるような、「死」に似たものがあるとしても、その死体は、たちまち腐敗して水に化してしまうような現代の死体とはちがって、生きていたままの姿が、永久に、そこにゴロリと寝っころがっているだけのことでしょう。

——こういうイヤな想像をめぐらしていると、一体、「私」とはどこからどこまでを言うのか、一個人とはどこからどこまでを言うのか、について、限りない疑問が出て来ます。

まず私という人物を考えてみよう。

さしあたって、「これが私だ」とはっきり言えるのは、私の肉体だ。しかしそれも細胞の新生によって、何年か毎に、内容は完全に入れかわってゆく。伸びてくる髪や爪は切らねばならず、切られた髪や爪はもはや私ではない。それなら私の口の中の、金歯や、プラスティックの入歯と、切られてただの物質と化した髪や爪と、どんなちがいがあるのかといえば、はなはだアイマイである。放出されてしまった私の小便と、胃の中の胃液と、そこにどんなちがいがあるかといえば、甚《はなは》だアイマイである。

それなら本当に「私自身」といえるものは、私の精神であるかというと、これが全くつかみにくい。私の精神はいろんな影響をうけて成立ち、しょっちゅう気が変っていて、今「ギリシア悲劇」について考えていると思えば、次の瞬間には「中華マンジュウは、肉のほうが旨《うま》いか、アンコのほうが旨いか」などという問題を考えている。すべては支離滅裂であって、支離滅裂でない部分は、世間からおしつけられた低俗で一般的な「常識」というものにすぎない。しかも誰一人として、

「私自身が常識である」

などと言う気にはならないことはたしかです。

小説や論文を書けば、とにかく人に納得させなければならないのだから、私の精神も一応統一した形であらわれるが、さて出来上った本は、活字で汚された紙にすぎず、こんな紙をとじたものを「私自身」だと考えることはむずかしい。

さて外へ目を放てば、私のはいているブリーフ、ランニング・シャツ、スポーツ・シャツ、

ズボン、ベルト、靴下、靴ベラ、靴のたぐいから、何着かの背広、スウェーター、ジャンパー、更に、自分の家から預金通帳にいたるまで、私の所有物ではあるが、

「ジャンパーが私自身である」

とは言えない。妻子も自分の妻子ではあるが、彼らはそれぞれ独立の人間であって、私個人と同一物ではない。

……こんなふうに、えんえんと哲学的な考えにふけっていると、

「私の……」

という、その私という根拠は、実にアイマイ模糊《もこ》として来るのです。

そこで「所有」という財産上の観念が、辛うじてわれわれを支えているのがわかってくる。

「私が所有する」

これで十分。この立札《たてふだ》一つで人生満足せねばならぬというのが結論になる。

さて、「私が所有する」とは、少なくとも奴隷制度のない現在では、アイマイ模糊たる「私」なるものが、自分のまわりに、何らかの「死んだ物質」を所有するということに他ならない。

その物質と私自身とは同一物である必要がない。

――ここで、はじめにかえって、プラスティックの歯は、私の所有物であることが判然とするのです。

私にとって、持って生れたものは今更変えようがないが、所有物なら、いくらでも努力によって改善できる。持って生れた歯がダメになったら、プラスティックの歯に代えて、本当の歯

より、もっと立派に見せかければいいのです。

私の人生観は、かくて、プラスティックの歯を容認します。それはつまらぬ「死んだ物質」にすぎないが、人間が人工によって作るもので「死んだ物質」以上のものがあるか、と言ったら甚だ疑問です。米やバラの花を作るのは、ただ、自然を助けるだけのことで、人間が自分で作るのではありません。

人間は生れたときから、あるかどうかわからぬ「私」というものを、ただ無限に、周囲の「死んだ物質」の中へ放射してゆこうとする、ラジウムみたいな存在なのでしょう。そして「私」というものが、だんだん減り、消え、衰えてゆくにつれて、彼はそれらの「私」の刻印を捺《お》した「死んだ物質」のおかげで、ますます偉大に立派に見えてゆくだけのことなのでしょう。

偉人英雄もプラスティックの歯にすぎないが、それでもそれは本当の歯を失くしたままの歯欠けの男より、ずっと立派に見えるのです。

痴呆《ちほう》症と赤シャツ

又々投書をネタにして申し訳ありませんが、私はかつてテレビで妄談をやった数日後、X大学精神科勤務という肩書だけの無記名のハガキをうけとり、その文面に、久しぶりに痛快なる読者の声をききました。これこそは正に天の声であって、私たるもの大いに謹んで傾聴せねばなりません。

文面は左のとおりで、字はなかなか上手で、相当なインテリと思われます。

「今朝のテレビでいい気になって（誇大妄想）居たが、赤いシャツ云々や住宅のデザインの畸《き》形《けい》から考えて、君は重い痴呆《ちほう》症の遺伝があるのではないか。ゴッホ、ミケランゼロ、竜之介など皆痴呆症であるが、モツァルトの如く発狂短命、ゴッホの様に自殺などが発生する。中台達也（三島註――仲代達矢か？）、中原淳一の住宅も精神病者のデザインである。有名ということに大分自負して居る様であるが、異常者は有名になれる。徳川末期、へそから小便をして見せて一世を風びした男があり、戦前亀戸《かめいど》には花電車という有名人が居た。男は異常であればある程生活・モラルが女に近づき、女は男に近づく。（指向性）赤い靴下やシャツを好む男は、ズボンや短髪を好む女と同様、精神病者である」

これだけでは読者には何のことかわかりますまいから、註釈《ちゅうしゃく》を加えると、そのとき私は、テレビで十分ばかり一問一答をやったのでした。無神経で軽薄きわまるアナウンサーの質問に、いい加減腹を立てていた点もあるが、私は終始仏頂面で、「赤いシャツは誰でも着たいが、世間が怖くて着られない。僕は平気で着る」

などとくだらない放言もしたようです。

投書の主はこんな放言だの、テレビに映った私の家の模様などに、言いがかりをつけているわけですが、どうせX大学精神科勤務などというのは真赤な嘘《うそ》で、私も小説家として、精神病理学なら少々かじっていますから、こんな粗雑な精神病知識の男を、いかに近頃の駅弁大学でも、置いておくわけはないことを知っています。

それはそれとして、こんな投書は、現代の社会的な意見というものの一つの類型を示しています。この投書を、他ならぬ「不道徳教育講座」へ持ち出そうという私のコンタンは、そこにあるのです。

なぜなら、この投書の内容は、あたかも精神病の診断書のように見えながら、実はおさえがたい道徳的フンマンをちらつかせているからです。投書の主は、もしかしたら彼自身が精神異常でなければ、きっと強烈な道徳家なのであって、現代ではこの二つのものは、ごくよく似た相貌《そうぼう》を呈します。かくいうソレガシもその代表であって、この投書の主は、自分では私を敵と見なしつつ、実は私のうちに、真の同類と代表を見ているのかもしれません。

人はなぜ投書をするか？　孤独だからです。そして孤独な意見を、何とか社会的な意見という形に化粧して、投書するのが常であるのは、新聞社の投書夫人の例を見てもよくわかる。

投書家はなぜ孤独なのか？　彼はつまり不満だからです。ほかの人たちは、私のテレビを見て、

「又あいつがバカなことを言ってやがる。すぐ『誰でも』なんて言いやがるが、俺は赤いシャツなんか着たいと思ったことは一度もない。まアいいさ。又あいつのハッタリだと思ってきいてやれ」

ぐらいのところで、ニヤニヤしているにちがいない。しかし投書家はまじめであって、他人の意見やニヤニヤ笑いに同調できない。彼は決してゆるせない。しかもその意見を発表しよう

がないから、モーレツ不満なのです。

投書家はなぜ不満なのか？　それは彼が道徳家だからです。彼にはコマゴマしたものに対する厳格な道徳的な好みがあって、日本人は、黒っぽいキモノを着て、うすぐらい日本の家の、タタミの上に坐《すわ》っているべきだ。赤い靴下や赤いシャツを「男のくせに」喜んで着るなんて、女々しい、ゆるしがたい所行だという考えを守っています。

ところで昔なら、彼はちっとも他人をキチガイや痴呆症呼ばわりする必要がなかったのでした。

「男のくせに何たることだ！」

この一言ですんでいたのです。

乃木将軍などはもっぱらこのデンでやりました。男が髪にポマードをつけるなんて、将軍にとってはたえがたい不道徳行為であって、彼はそれを道徳的見地から、非難し、あるいは禁止すればよいのでした。

しかし「現代」は何たる時代でしょう！　男が平気で赤シャツや赤靴下を身に着ける。男がおシャレに憂身《うきみ》をやつす。女は女でズボンをはきたがる。みどりの黒髪を惜しげもなく切り落して、モミクシャの短髪にしてしまう。

しかも現代において道徳家がさらに不幸なのは、

「男のくせに何だ。サムライとして恥かしくないのか」

とか、

「大和撫子《やまとなでしこ》の婦徳を守れ」

　とか叫んでみても、フフンと鼻先であしらわれるだけで、叫んだほうがますます孤独へ追い込まれてしまうことです。さあどうしよう。

　いろいろ頭をひねった末に、考えだすのが、

「おまえはキチガイだぞ」

「おまえは痴呆症だぞ」

　という断罪の宣告であります。これなら一応科学的にきこえるから、耳を傾けてくれないものでもあるまい。

　ところが現代において、さらにさらに悲しいことは、このようなキチガイ呼ばわりは、すぐ我身にかえってくることなのです。今度はフフンとせせら笑われる代りに、すぐお返しの言葉が来ます。

「なんだ、おまえこそキチガイのくせに」

「あんたこそ痴呆症だわよ」

　これでおしまいです。現代は一方から他方を見ればみんなキチガイであり、他方から、一方を見ればみんなキチガイである。これが現代の特性だ。アメリカからソ連を見ればみんなキチガイであり、ソ連からアメリカを見ればみんなキチガイである。近ごろはもっとも、東西のキチガイ代表が仲よく会談して、お互いの病状を無邪気に交換するほど、時代が進歩してきましたが……。

道徳家はもはや道徳の上で安全ではありません。自分だけ正気でいられる時代、あるいは正気だと思っていられる時代はすぎたのです。悲しいかな！　そこで道徳家が孤独でなくなる道は、ただ一つしかのこされていない。

それは自分がキチガイであること、痴呆症であることを、天下に示すという道であります。これを一等みごとにやっているのは誰でしょうか？　かくいうソレガシなどには、とてもそんな勇気はない。テレビぐらいで、仏頂面で御託を並べているのが関の山です。

この道を堂々と進んでいるのは、（念のために断わっておきますが、私は信者ではありませんから、宣伝のつもりはありません）誰あろう、「踊る神様」の北村サヨ女史です。有楽町のまんなかで、エクスタシーにおちいって、群衆をマカ不思議な踊りへ誘い込む彼女の、何のテライもない姿に、現代の道徳家の一番正直なたくましい姿が見られるのであります。

ニセモノ時代

先頃、千円のニセ札が流布しているといわれたころ、駅の切符売場で、有楽町までの一枚二十円の切符を買うために、手の切れそうな新品の千円を出しましたら、駅員が一寸《ちょっと》私の顔をのぞいてから、その千円札をあかりのほうへ透かしてみて、ピンと爪ではじいて、やっとのことで、お釣りをくれました。

友人の話では、そのころあるデパートで買物をしていたところ、場内アナウンスが、

「四階洋品売場で、赤い縞《しま》のネクタイを、千円札でお買いになったお客様に申し上げます。お手数ながら、至急四階売場までお越し下さいませ」

と再三再四放送しているのをきき、

「ハハア、ニセ札だな」

と思ったら、おかしくなって吹き出したくなる気持と一緒に、急に自分の紙入れのなかのお札も心配になりだした、ということです。

日本のお札ばかりか、ドルのニセ札も沢山出廻《でまわ》っているようで、むかしはいくら闇《やみ》ドルでも、お札そのものにウソはなかったが、このごろのような様子だと、外国の飛行場で、代議士先生の腹巻のなかから続々ニセ・ドルが発見される、などという悲喜劇が生れかねません。

——このごろではお札に限らず、ニセモノの話がほうぼうで乱れ飛んでいます。

前にも某婦人雑誌に発表された文学賞受賞作品が、実はフォークナアの敷写しだったとわかって、受賞取消しになったというニュースが報ぜられました。受賞発表と同時に、美しい作者のところへは、結婚申込みが殺到していたのに、受賞取消しと同時に、結婚申込みも引潮のように消えて行ってしまった、などというゴシップをきくと、世間の現金なことに、今更びっくりさせられる。

最近の御歌会始の偽作事件は有名だし、某新進女流作家も、似たようなケンギをかけられている。

画壇でも、某洋画大家の代作を何十年やらされていたという男が名乗って出たりして、御本尊の画伯が否定も肯定もしない様子から、あれはひょっとすると、自己宣伝の達人である画伯の打った一芝居《ひとしばい》ではなかったか、などという噂《うわさ》まで流れる始末です。

人間のニセモノにいたっては枚挙にいとまなく、かく言う私自身のニセモノも、何人現われたか知れません。ニセモノAは京都で豪遊をして、本物の何倍もモテたそうだし、ニセモノBは、本名でドロボーをして小菅《こすげ》へ入ってからは、実は自分の筆名は三島由紀夫であると名乗り、獄内の同人雑誌の短歌の指導までやっていたというのだから、あいた口がふさがらない。

彼は、私が出席している座談会の記事を見せられても、少しもさわがず、

「オレが入獄しているので、世間体をつくろって、おふくろが代理で出席してくれているんだ。写真だけは古い写真を出しているから、今のオレとはあまり似ていないだろう」

などとシャアシャアとして言っていたそうです。

このひろい世間のどこかに、今日も大へんな労力を費やして、手書きでニセ札を作ったり、名画名器のニセモノを製作したり、有名人のニセモノになりすましたりしている人たちがいるということは、何だかユーモラスな感じがします。悪いことにはちがいないが、はじめから本物であることをあきらめている、という精神が、何だかユーモラスで微笑を誘うのです。

本物は、第一、バレるということがないからつまらない。チャンバラ映画にはよく、水戸黄門や大名の若殿などが、市井《しせい》の爺《じい》さんや魚屋なんかに化けていて、最後に本心を明かして、ヤンヤの喝采《かっさい》を浴びるという話が出て来ますが、現代の如き民主主義時代には、本物がわざわざ身をやつす余地はなく、本物であることがバレるなどという事件は、せいぜい、麻薬団の一員

に化けた刑事の正体がバレるというような事件ぐらいで、これも映画のストーリイにすぎないことが多い。

本物が身をやつしてバレても、たいてい、本物に還って、本物としての生活がそこからはじまる。ニセモノはそこがちがう。ニセモノの物語には、バレるというクライマックスが絶対必要で、バレたあとのニセモノは、ゼロになってしまうのです。

そこでニセモノを作ろう、ニセモノになろうという努力は、いうまでもなく、金や女がほしいためにはちがいないが、そこにもう一つ政治的功利的動機を離れた或《あ》る純粋な精神がひそんでいるように思われる。世の中には、もっと手取り早く、かつ利益も多く上る悪事が沢山あるのです。

ニセモノ自身は、自己陶酔に陥る瞬間もあるかもしれないが、概していつも、自分がニセモノであることを意識している。そして世間では、彼をすっかり本物と信じている。これは、世間というものと、世間のみとめている本物の値打とを、二重にバカにすることです。こんな面白いことはない。

ところで、本物のほうも、世間が自分に対して与えてくれる本物というレッテルにしがみついている点では、何らニセモノと変るところがない。ニセモノとちがう点は、自分が「ニセモノであるかもしれない」という疑いを全然抱かない点にあるのかもしれない。その上、いつかバレるという心配もスリルも全然ないのだから、こんな退屈なことはない。

人間は別として、物について考えてみよう。

たとえばここにニセモノの一万円札があって、あなたがそれと知らずにこの一万円札を授受するとします。

もしあなたがニセ札犯人なら、

「こいつをどうしても通用させてみせるぞ」

というスリルとファイトで、ワクワクして一万円札をさし出すでしょう。しかしあなたは犯人ではなし、自分は全然知らないのだから、全く一万円の値打を信頼して、平然と物を買うことができる。うけとったほうも、あなたの態度を深く信用して、全く本モノのつもりでお札をうけとるでしょう。

もともとこんな紙っぺら一枚の不換紙幣には、紙だけの値打しかないのだが、社会の約束にしたがって、それが一万円の値打があることになっている。あなたはその約束を一度も疑ったことのない幸福な人間で、つまりあなたはニセ札を知らずに使いながら、なお本物の世界に属しているのです。

が、忽《たちま》ち相手が見破って、

「こりゃ、失礼ですが、ニセ札です」

とあなたに突っ返すとする。

あなたは真赤になって怒るが、次の瞬間には恐怖にかられる。自分がどこかで一万円の値打のある本物のお札を失ったことに気づき、同時に、自分がニセ札作りと誤解されはしないかとおそれる。

今まであなたの味方だった世界は、忽ちにしてあなたの敵になり、今まであなたの信じていた社会の約束は一瞬にして崩れ果てるのです。すると、あなたは、ニセ札作りの犯人でもなく、自分で知っていて使ったのでもないのに、本物の世界から忽ちニセモノの世界へと顚落《てんらく》するのです。

もちろん無実が晴れれば、あなたは青天白日の社会人の身分にすぐ戻れるでしょう。しかし一度のぞいたニセモノの世界の恐怖はあなたをとらえて離さない筈《はず》です。あなたは、自分では知らずに、いつのまにか、本物の世界からずり落ちてしまう経験を味わったのです。これは実に貴重な経験です。

――ニセモノにはこういう効用があります。それは安定しているとみえる世界の、安定しているとみえる値打をメチャメチャにしてしまうのです。ですからニセモノの流行は、流血革命ではなく、微笑を含んだユーモラスな革命をひきおこすといえるでしょう。尤《もつと》もそれは泡沫《ほうまつ》の如き、たちまち失敗して消えてしまう革命でありますが……。

「らしい」と「くさい」

味噌《みそ》の味噌くさいのは、上等の味噌ではないそうであります。小説家くさい小説家、政治家くさい政治家、などというのも、あんまり出来のよくない部類であるらしい。

私の知っている或るアナウンサーで、街頭録音の係りを永くやっていた人がいて、これはまことにいい人物だが、困ったことに、ふだんの話し方が、まるでアナウンサー口調なのです。

「時に、三島さん、おたずねしますが……」

などとやり出すと、すぐ意地悪な私が、

「オイオイ街頭録音じゃないよ。それにまだ君も若いのに、『時に』なんて言うもんじゃないよ」

と頭ごなしにやっつけるので、気の毒なほどしょげてしまいます。

芸術家にしても、昔は芸術家らしい態度や身なりをしていることが必要でした。この「らしい」というのと、「くさい」というのは、大へんちがっているのだが、又混同されやすい。軍人だったら「軍人らしく」あるべきだが、「軍人くさい」のはやりきれない。しかも「らしく」「らしく」とつとめているうちに、一寸油断すると、いつのまにか「くさく」なっているのである。

床屋さんが床屋さんらしくあるべきは当然で、「あの人はちっとも床屋さんらしくない」などと言われている床屋は、たいてい競輪なんかに凝って、商売のほうは上ったりになっているのが多い。

この世にはさまざまな職業がある。これは人間にはめられる鋳型《いがた》であります。Aの鋳型にどうしてもはまらない人間が、Bの鋳型にならスッポリはまるということもよくあるが、たいていはフワフワのうちに鋳型をはめられて、それに適応して行く。つまり「らしく」なるのである。

「お前もようやく新聞記者らしくなったなア」

などと言われると、当人も悪い気持がしない。

本来自由な筈の人間が、鋳型にうまくはまったと言われて喜ぶのは、よく考えてみればふしぎな心理だが、このことは、自分が社会の一角に、社会人として、安定した場所を得たという喜びでもある。その上、「男は男らしく」「女は女らしく」「武士は武士らしく」と言った、昔からの社会道徳上の満足も伴っている。大体、人間は子供のうちから、

「そら坊や、泣いちゃいけませんよ、男は男らしく」

とか、

「中学生は中学生らしくしていればよろしい」

とかいう風に、社会の要求する一定の基準に合わせることを道徳的な目標として、育てられてゆくものだからであります。

「そら坊や、うんとお泣きなさい、男は女らしく」

とか、

「中学生は大学生らしくタバコを吹かして女を抱いてればよろしい」

などとは、いくら「女は度胸、男は愛嬌《あいきょう》」の時代でも、子供にむかって言う親はいないでしょう。

つまり床屋さんは新聞記者らしくてはいけず、政治家は小説家らしくてはいけないわけだ。

こういう道徳は、一面、人々をみんなおのおのの職業に従って、馬車馬的にそれぞれの方向へ走らせる危険があるので、新聞記者はやたらむしょうに新聞記者らしくあろうとして、人に

無礼な口を平気でき、軍人はますます軍人らしくあろうとして、汁粉をするにも、肩肱《かたひじ》怒らしてすするようになる。ここらあたりから、職業人は、落語種や漫画種に近づくのであります。

人間が全人格を職業に支配されて、日常の言動までも職業にふりまわされるようになると、いよいよ「くさく」なってくるわけである。味噌の味噌くさいのと、坊主の坊主くさいのは、いただけなくなってくる。

よく女優くさい女優というのがいて、何でもないときに色目を使ったり、別れるとき、ただ、

「さようなら」

と言うのを、いやに意味ありげに言って誤解されたりする。この人はふだんの会話もみんなセリフのようで、

「私そんなこと知らないわ」

と言えばよいところを、

「そんなこと……、知らないのよ、……私」

などと間《ま》を持たせる。おしまいにはみんなに気味悪がられてしまうのだ。

いまだに古い感覚の映画などには、もっとも小説家くさい小説家が出て来ます。ヨレヨレの着物に長髪で無精ヒゲ、色青ざめて、頬はコケて、憔悴《しょうすい》している。机に片肱をかけて原稿を書きながら、ヤタラに溜息《ためいき》をつき、一字書いては原稿用紙を丸めて投げ捨て、何枚となく書いては破り、書いてはやぶり、フケだらけの髪の毛を掻《か》きむしって懊悩《おうのう》する。今どきこんな小説家

はおりません。

——しかし世の中がだんだん単一化されて、どれもこれも色彩が同じになって、住む家も同じなら、喰うものもみんな同じ、ということになると、「くさい」タイプも、だんだん値打が生じてきます。

鏡花の小説によく出てくる、

「ははあ、葛木《かつらぎ》ですかね、姓ぢやね、苗字《みょうじ》であるですね。名は何と云はるるですか」

とか、

「御都合に因《よ》ればです、本署へ御同行を願ふことも出来るです。が、紳士として、御名誉にですな」

などというもっともお巡りくさい物の言い方をするお巡りさんなど、今はどこを探してもおりません。こんなお巡りさんがそこらの町角から現われたら、どんなに愉快でしょう。

こう見てくると、現代では「くさい」ということも、はっきりした存在価値を持ってくる。井伏鱒二氏の小説は、職業人のくささを巧《うま》くつかまえたデッサンの上に成立っているので、氏の作品に出てくる宿屋の番頭や骨董《こっとう》屋の、番頭くささは、それだけで何ともいえぬユーモアをかもし出します。

ひとつここらで私も、世間のために、すっかり心を入れかえて、小説家くさい小説家になり、どこかの安酒場の女の子をつかまえて、

「君はマドンナだなア。ボティチェリの描いたマドンナだなア。君のもっている雰囲気には、

何かこう、神聖な色気というようなものがあるんだ」

などと言ってみようと思うが、テレくさくて、言わぬうちから背中が寒くなってくる。もっとも、こんな口説き文句に引っかかる女の子は、今でもいるだろうが……。

自分の口臭は自分で気がつかない。気がつかないで、全く無意識に、いささかも照れずに、自分のくささを発揮すること、ここに「くささ」の本質もあり、そのユーモラスな点もあるのですが、自意識を旨とする小説家商売は、一等「くささ」を出しにくい職業かもしれません。そこにこの職業の、社会的不安定もひそむのです。

「くささ」の乏しくなった現代では、「くささ」は別のところへ広がって行きます。

或《あ》る友人が、惚《ほ》れている女の子のことを、

「あの娘《こ》の、何というか、男っぽさがこたえられねえなア」

と言っているのをきいたことがあるが、そのうちに女の子のほうも、巡査の恋人をつかまえて、

「あなたの、何というかなア、泥棒くささがたまらなく好きなのよ」

と言うようになるかもしれません。

若さ或いは青春

大体、今、青春といい若さというと、カミナリと化して深夜にオートバイを吹っ飛ばしたり、

避暑地で愚連隊まがいのケンカをしたり、女の子ならボーイ・フレンドを十人も引き連れたり、ロックンロール歌手に喚声をあげたり、……そういうことを総称して言うようです。

もっともこういうのを大人の目で概括してはいろいろマチガイが起るので、暴力行為を絶対排撃するロッカビリー・ファンの生態を、深沢七郎氏が「東京のプリンスたち」という小説に書いています。この小説は実に心情の美しい小説で、大人たちのぜひ一読すべき名作であります。

私は今や大体においてこういう若さに賛成します。それと同時に私は、若い人から、彼らの最大の敵と見なされているところの、「貧乏」と「暇」の二つを完全に奪ってしまったらどうなるか、という意地のワルイことも考えます。「貧乏」と言って誇張になるなら、単に「小遣の不足」「ゲルピン」ぐらいに言っておきましょう。この二つを今即座に、日本全国の若者たちから奪い去ってしまっても、彼らの若いことには変りがないのですが、今のような若さや青春の定義は、根本的にちがったものになるでしょう。

そこで私は自分がハイ・ティーンだったころを考えてみます。思い出してもクソ面白くもない思い出で、花やかなことは何一つなかったが、幸いに私は「貧乏」と「暇」を完全に免かれていました。と言って私は金持の息子ではなく、お小遣も大へん僅少《きんしょう》だったが、何しろ戦争中で金を使おうにも買うものがなく、流行のスウェーターもなければ革ジャンパーもなく、旅行へも行けず、娯楽もない。ダンス・ホールもなければジャズ喫茶もない。レストランもなければ、十円すしやもない。自由に買えるものと言ったら古本ばかり。これでは貧乏も苦になりようがありません。

次に暇ですが、文学少年で、学校から家へすぐかえって、下手クソな小説ばかり夢中になって書いていて、「いずれ兵隊にとられるから今のうちに大傑作を残しておこう」という気があるから、もてあますべき暇がない。外に娯楽もないから、気が散る心配もなければ、外部の誘惑というものが一つもない。私の十代は一度も暇だったことがないのです。

その上、つくづく私も若かったと思うのは、ニキビざかりのなまぐさい若さというものがひどく醜悪に見えて、自分一人はけんめいに老成を装おうとしていたことです。これも若さの一つの特質で、今でもそこらの高校へ行って、理解ある大人という顔をして、

「君たちはカミナリ族やロッカビリー族をどう思う。私は大いに賛成だが……」

などと言ってごらんなさい。たちまち非難と反対の嵐《あらし》が起るに決っている。

「私たちはクラシックしかきかないわ」

「カミナリ族なんて軽薄ですよ」

「僕はロマン・ローランを読んでます」

「高校生をみんな不まじめだと思わないで下さい。大人たちは色メガネで見すぎるんです」

等々。

しかし彼らが心の中に、勇気とチャンスさえあれば、いつもオートバイやロッカビリーに夢中になる自分を、そっと大事に隠していることも私は知っています。

何と言っても羞恥心《しゅうちしん》と虚栄心の強い年頃ですから、カミナリ族になりたがるのも、カミナリ

族に反対するのも、同じ虚栄心と競争意識から出ていることは明白で、しかもカミナリ族諸君は、

「スピードを出してるときだけ、何もかも忘れていられるんです」

などと、すでに誰かが言ったセリフを、金科玉条にしています。

——さて、もう少し、私の哀れな身の上話をきいて下さい。私は二十五歳をすぎてから、やっとのことで、自分の若さの解釈、自分の青春の処理の仕方はまちがいだと気がつきました。まず生きることだ。本なんか二の次だ。若い身空で書斎にくすぶっているなんてまちがいだ。まず青空の下へ飛び出すべきだ。等々。……私はもう一度青春をやり直す決心をしました。

しかしこんな青春はどこかニセモノくさいと思いませんか？　この世の中には「悔悟した青春」などというものはないのです。「自分はまちがっていた」などという青春はないのです。私のズルイところは、そんなことは百も承知でいながら、二度目の青春こそ本物であって、自分は人より少し遅く出発しただけだ、と自分にも言いきかせ、人にも見せかけていたことです。おまけにそのころになると、私は自分でかせいだお金も大分出来ていて、親に小遣をねだる必要もありませんでした。そこで私も人並に青春と若さを享楽するすべを覚えましたが、これはもう本当の苦しみのない、楽な可成《かなり》愉快な青春でした。或る年にはそのピークが来て、その年の自分を、私は目を細めて思い返します。そして十代のころの陰気な思い出よりも、こっちの賑《にぎ》やかな思い出のほうをはるかに大切にし、大切にしながら、ちょっと良心の呵責《かしゃく》を感じています。それがインチキの青春だということを、私はチャンと知っているからです。

――近年、私は運動に通っているおかげで、はからずも、青春の現物たちにお目にかかる機会を持つことになりました。第一に気がつくことは、彼らに暇がありすぎることと、お小遣の足りないことです。もちろんこれは相対的な問題で、今のような世の中は、遊んで遊び抜こうと思えば、いくらお金があったってこれで十分ということはありません。

彼らはしょっちゅう言っています。

「オイ暇だな」

「何して時間をつぶしゃいいんだ、チェッ」

「お前もうメシ喰《く》ったか」

「喰った」

「それはそうと、X喫茶店で、七時にスケを三人待たしてあるんだ」

「ビールが一五〇円だろ。スケがよ、二人で五百円だろ。そいでチップがよ……」

「よせよ。あそこは高いよ」

「お前のシャツ、アメヨコか？　いくらだった？」

「又試験だよ。この間すんだと思ったら又だ」

「どうやってヒマつぶすかなア」

「お前、今度の土曜、車貸さないか」

「あいつに、ジャンで、三千とられちゃったよ、畜生」「暇だなア、……」

ざっとこんな調子で、これが青春の実態というものです。

最大の敵である退屈（暇）と貧乏（小遣の不足）を、かれらは、たちまち社会と政治のせいにします。ところが政治は、都合のいい返事を用意しています。

「ああ、そんなに暇で困っているのか？　そんなら昔みたいに国民皆兵にしてやろうか？」

又は、

「中共の青年たちをごらん。君たちの手で社会を改革するんだ」

社会はどうでしょうか？

私は「ウエストサイド物語」の中で、愚連隊の若者たちが、「自分たちの非行は、全く自分たちの責任じゃない。社会の罪だ。俺《おれ》たちはただ病気なんだ。心理学的な病気、社会学的な病気なんだ」と、抗弁するユーモラスな歌を思い出します。そして社会に出来ることといえば、ハラハラすることだけです。

――私はともあれ青春や若さに賛成します。ただそれは全く個人の病気であって、社会や政治の病気ではない、ということを前提にしてであります。退屈と貧乏がなくなっても、決して青春という病気はなくならないのです。私の身の上話が何よりのいい見本です。

恋人を交換すべし

むかし、谷崎潤一郎氏と佐藤春夫氏が、夫人を交換したという事件が、世間をワッと言わせたことがあった。あのころに比べると、今はもっともっと乱雑な時代だが、あまりこの種の事件を耳にしないところを見ると、現代は表皮だけは乱雑でも、日数のたった最中《もなか》みたいに、中身はちんまりと固まった餡粉《あんこ》よろしく、ひたすら常識的に当らずさわらず生きている時代なのでしょうか？

しかし若い人のあいだでは、かなり、恋人の交換が自由に行われているらしい。不良仲間で女をマワスのは昔からだが、マワサれている女のほうも案外精薄児的なのが多くて、自分はどうしてこんなに次々と男にモテルのだろうと、ほとほと感心したりしている。そうなれば、天下泰平というものです。

本当の恋愛は、ギリギリの自我の戦いで、自分の自我が大きく相手に投影されて、ますます離れがたくなってゆくのだが、そんなことでは、恋人の交換なんかは思いも寄らない。せいぜい飽きたオモチャを友だちと交換するぐらいの気持でなければならない。その際にもきれいさっぱり、物惜しみをしない気持でなければならない。

男の持っている癒《い》やしがたいセンチメンタリズムは、いつも自分の港を持っていたいということです。世界中の港をほっつき歩いても最後に帰って身心を休める港は、故里《ふるさと》の港一つしかない。

……海の日の沈むを見れば

たぎり落つ異郷の涙……

というやつだ。ところが、そういうゼイタクなセンチメンタリズムは、金もかかるし、現代ではだんだんむずかしくなって来ており、第一余計なトラブルのもとである。現代の青年は、本妻と二号の喧嘩《けんか》のような古くさいトラブルを、独身同士の恋愛にまで持ち込みたがらない。それに一ト月《ひ》、いや、一週間も留守にすれば、故里の港では誰も待っていてくれません。足の早い食物、忽《たちま》ち鮮度の落ちる食物、が現代の恋愛だと言っていい。スシのように、握ったそばから喰わなければ旨《うま》くない。喰ってくれなければ、スシのほうでも、さっさと別のお客に喰われてしまう。

根拠地というものが、もうどこにもないのです。家庭？　家庭にはしんきくさいおやじやおふくろや、分別くさい兄貴や姉貴がいるだけだ。今の若者は誰でもタマリにしている喫茶店を持っているが、これは港というにはあまりにはかない。精神的に帰ってゆくところが一つもないのに、自分の女にだけ、故里を、港を、根拠地を夢みようというのは、時代おくれのセンチメンタリズムにすぎません。

よく入獄する男に向って、情婦の女がこう言います。「いつまでも待ってるわよ。あなたが出て来るまで、いつまでも」

誰でもこんな風に言いたくなるものらしい。男のほうの貞操は牢屋《ろうや》が確保してくれていて、女は自由の身のまま、男を待っていればいい。こういう情況は女性全般のお気に召すのです。しかし一年たち二年たつうちに、たいていの女は、かつてそんなことを言ったのを、すっかり忘れてしまいます。

男のほうはいつまでもその言葉をおぼえている。その誓いを立てた女が、彼の港であり、根拠地なのです。しかしこれは概して、裏切られるに決っている夢だ。彼は、自分の今いる孤《ひと》りっきりの牢屋をこそ、真の港であり、真の根拠地であるとみとめるべきなのだ。

現代の男女関係は、これに似ている。各人が、自分の孤独こそ自分の最後に帰るべき故里の港だと思い定めれば、恋人をとりかえるのなど、易々《いい》たるものです。

「他所《よそ》の花は赤い」という諺《ことわざ》が昔からあります。菊池寛の芝居にも、芝生の上に転々と坐《すわ》る場所を変えて、あっちのほうはもっと緑がきれいで、坐り心地がいいだろうと思っても、どこへ移っても結局同じことだ、というようなセリフがありました。

友だちの恋人がすぐほしくなるという性質の人間がいるが、こういう人は、恋人交換に最も適した種族です。彼は、根拠地や港を求めず、たえず新しいもの、他所のもの、新鮮なものへ目を移して行くのです。彼はエロティシズムの法則にひたすら忠実であって、過去をかえりみず、センチメンタリズムの持ち合せがない。

純粋なエロティシズムの本質は、孤独を前提にするものらしい。その極致がドン・ファンであり、その過渡的な形が、恋人交換だと思うのです。

日本でいわゆる「浮気」という概念と、これほど遠いものはありません。浮気というのは、いつも、根拠地が、港が、前提になっています。帰ってゆくべきところがちゃんとあって、それとこれとは区別していて、その上で、新しいものへちょっと手を出す。それが「浮気」で、浮気の持っているエロティシズムは、不透明で、不健全なものです。映画でござれ、小説でござれ、いわゆるエロを売り物にしている見世物は、日本では殊に不健全なのぞき趣味を免かれないのは、それらが伝統的な「浮気」の観念に訴えようとして成立っているからです。

江戸時代の人情本を見ればおわかりですが、日本人の情事は、すべて夫婦関係のまねごとです。そして次から次へと目移りするドン・ファンは、「箒《ほうき》」と言われて、きらわれます。日本人は情事の中にも、たえず自分の港を求めたいセンチメンタリズムを持っていて、それから先には浮気しかありません。

フランスのヌーヴェル・ヴァーグのはしりであった「いとこ同志」という映画で、自分の好きだった男のいとこと出来て、その男といとことが二人で住んでいる家へ、さっさと住みかえた末、恋が終ると、又さっさと引揚げてゆき、そのあとでパーティーに招かれると、又ノコノコ出かけてゆく、まことに割り切れた女性が面白く描かれていました。精神的に好きな男と、肉体的に好きな男と、二人並べておいて、その家へ平気で住みついてしまう女は、エロティシズムの法則に対して完全に忠実であり、自分の孤独をよく承知しています。絶対に孤独が出発点であり終点でもあるその情事は、まことにスッキリしたもので、感心しました。

ところで、異性からただ精神的に愛される人間といえども、自分の肉体を持っているのは致し方のない事実で、そこに悲劇が生ずる。「窄《せま》き門」のアリサは、ただ精神的に愛された女の悩みを描き、「いとこ同志」は、同じ立場に置かれた男の悩みを描いている。相手の判断というものは動かしようがないが、これは考えてみれば迷惑な話で、むこうが勝手にこちらを精神的にだけ愛しており、こちらがむこうを肉体的にも愛している場合は、いかにも割が合わない。「いとこ同志」に出てくる田舎者の青年は、こんな立場におかれて、不器用な最期を遂げるが、考えてみれば、お互いの注文が合わなければ、さっさととりかえたほうがいいに決っている。

彼を肉体的に愛してくれる女をみつけ出して、肉体的恋愛を堂々と見せつけてやれば、敵も考えを変えるようになる筈《はず》です。

青年前期の恋愛に共通の特徴であるという精神と肉体の分裂を救うには、精神的な女と肉体的な女、精神的な男と肉体的な男の組合せを変えて、交換すればそれですむし、それが最上の方法でありましょう。考えてみれば恋愛にはトランプ遊び以上の値打はない。そこに現代の大きな衛生学的発見があるらしいのです。

おわり悪ければすべて悪し

「おわりよければすべてよし」と言われるが、この不道徳教育講座ばかりは、そういうわけにも行きません。はじめはどうやら「不道徳」の体裁がととのっていたが、おしまいには逆行して、道徳講座になってしまったキライがあります。孔子の「論語」を教えていた母の祖父の血を、私はやっぱり引いているらしい。子供のころは、

「おじいさんは、論語よみの論語しらずだね」

などと蔭口《かげぐち》を叩《たた》いていたが、私が「論語よまずの論語知り」になったかというと、そういうものでもない。

大体日本には、西洋でいうようなおそろしい道徳などという代物《しろもの》はないのです。この本質的に植物的な人種は、現在、国をあげて動物のマネをしているけれど、血なまぐさい動物の国の、

動物の作った掟《おきて》なんかは、あんまり植物にはピッタリ来やしないのです。「弱い兎に爪《つめ》をかけて殺すな」などと植物に教えたところで、植物には爪もありはしないし、第一、キャベツが兎を殺すなんてことは、できっこありません。そこへ私のような天邪鬼《あまのじゃく》が出て、「弱い兎に爪をかけて殺せ」とお講義をしても、できない点ではつまり同じことで、「殺すな」というのも、「殺せ」というのも、つまり同じことになってしまうのは、知れたことです。

現代の日本には、しかし、いろんな新種珍種が芽生えています。食虫植物みたいのも出て来たし、植物と動物のあいのこみたいのも出て来たし、植物か動物かわからぬバイ菌、病源菌もたくさんいるし、中には本当に、突然変異であらわれた動物もいるという始末です。カミナリ族なんかも、本質的には、いわば植物が、キャベツがオートバイに乗っているようなものだけれど、オートバイそのものは、兎どころか、人を轢《ひ》き殺すこともできるのです。

カミナリ族とむかしのサムライを比べてみると面白い。オートバイも刀も、使いようでは兇器《きよう》器《き》に他ならないが、それをはっきり兇器と知っているのと知らないでいるのとに、カミナリ族とサムライのちがいが現われる。むかしのサムライは、はっきり刀を兇器と知っていたから、刀という物体に、あらゆる殺意を安心してあずけておいて、一方御本人自身は、安心して、植物的道徳に身をあずけていたわけです。ここに妖刀村正《ようとうむらまさ》のごとき、オートマティックな、刀自体の殺人の伝説、人間には何の責任もない殺人の伝説まで生れる理由があります。

現代人は、カミナリ族でも、よしんばグレン隊でも、腿《もも》切り魔でも、自分の殺意を安心してあずける物体を持たない。と言って、私は何も再軍備賛成論者ではないが、たとえ再軍備賛成であっても、われわれは原子砲や、もっと象徴的なのは、水爆を爆発させる一つの白い小さな冷たいボタンに、自分の正当な殺意をあずけることができるであろうか？　ナチス以来の特徴は、ほとんど殺意と殺人とのあいだに何の関係もなくなったことです。

ところで植物にも殺意がある。私はそれを信じます。それは動物よりも陰《いん》にこもった、より深い、より大きい、より強い殺意かもしれない。植物的道徳もよくそれを知っていたのですが、現代日本では、前にも言ったように、いろんな珍種新種が続出して来た結果、植物的道徳では、手に負えなくなってしまったのはたしかです。そこで頭の貧しいお役人や教師たちが、いろいろと新道徳を作り出そうとしますが、そこには、全然「殺意」が、あるいは、「殺意に関する認識」が欠けているから、まるきり使い物にならないのであります。そこへ行くと軍人勅諭なんかは、殺意に立脚した植物道徳の最後の光輝でしたが、もはや、そんな過去の光輝を、二度と呼びかえすことはできません。

キリスト教があんなに力を持ったのは、あきらかに殉教者のおかげであり、それはつまり「殺される」道徳の力でした。共産主義も、「殺す」道徳、つまり革命という道徳が、その力の根源でした。

すると今では、大江健三郎氏のいうように、自殺道徳が唯一のものなのでしょうか？　なるほど現代の犯罪は、みんな自殺に似ている。現代の殺意は、追いつめてゆくと、みんな「自分に対する殺意」に帰着します。もちろんギリシアの昔から、自殺の哲学というものはありました。

しかし私は、臆病《おくびょう》なせいか、こんな説には賛成することができません。自殺するくらいなら、人を殺すか、人に殺されたほうが、ましというものです。そのために他人がいるのです。そのために世界があるのです。人間のあらゆるつながりには、親子にも、兄弟にも、夫婦にも、恋人同士にも、友人同士にも、結局のところ殺意がひそんでいるので、大切なことは、この殺意をしっかり認識するということです。自殺の究極の形は、この地上に自分以外の人類が死に絶えてしまい、たった一人で、どうしようもなくて、自殺する場合でしょうが、一人でも他人がいてくれる限り、殺すことも殺されることもできるので、それがつまりこの世に生きている仕合せというものであり、生き甲斐《いがい》というものであります。これが私の教育勅語です。

さて、不道徳教育講座には、いろんな形の悪、あるいは悪らしきもの、いろんな形の悪人、あるいは悪人らしきものが登場しましたが、これは、新聞の三面記事同様、人間に、悪に興味をおぼえ悪がよく目につく性質があるかぎり当然のことです。電車の中で、かわいらしい女学生が、十五人もの人間が次々に殺される推理小説を、一心によみふけっているのを見て、誰か慄然《りつぜん》としない者があるでしょうか？　そして困ったことに、悪はどうしていつも美しく見えるのでしょうか？

が、安心していいことは、悪が美しく見えるのは、われわれがつまり悪から離れていることであって、悪の只中《ただなか》にどっぷり浸っていたら、悪が美しく見えよう筈もありません。悪が美しく見えるのは、神々の姿がよく見えるようになる前兆なのかもしれない。人間は進歩するにつれて、身辺いたるところにたえず悪を見出すが、悪が悪のままで見えよう筈もなく、丁度赤と緑のガラスの眼鏡をかけて見ると、もやもやしたわけのわからない模様の上にはっきりした像があらわれるあの子供の好きな魔法の本のように、美の眼鏡をかけて見ると、はじめてそれが見えてくる。これは私の説ではなく、ローマの哲学者プロティノスの説を、私流に解釈したものであります。

——いよいよお別れの時が来ました。わが家へかえれかえれと、あのやかましい「愛の鐘」が、夜の街にひびき渡っています。そろそろこの、うす暗い酒場から腰をあげて、明るいわが家へおかえり下さい。

私の店で出すカクテルには、みんな凄《すご》い名前がついていますが、別に悪いお酒をすすめたわけじゃありません。どこからも失明を訴えられたことはないから、メチルの入ってないこともたしかです。ただ、善良なお酒も、バーテンの腕次第では、こんなに悪魔的な味も出せるということを、お目に入れたかっただけです。

私も眠くなったから、店はもう看板にします。これからあとは、私一人で、メチルをチビチビやります。あなた方とちがって、私の目は、メチルなんかで失明する心配はありませんからね。

はい、おやすみなさい。

解説

奥野健男

三島由紀夫に対する人々のイメージは、極端に分裂しているように思えます。小説など殆《ほと》んど読んだことのない文学に無関心な人々は、三島由紀夫と言えば、テレビタレントや映画スターや歌手あるいは政治家と同じような有名人ということでその名を知っています。ボディビルで筋肉を鍛え、一に朝潮二に長島、三四がなくて五が三島などと言われる自慢の胸毛をそよがせているプレイボーイ、写真でみると宮殿みたいに見える家に住み、映画に出たり、自分で映画をつくり切腹をやって見せたり、流行歌を唄《うた》ったり、裸体で写真のモデルになったり、同性愛者と見られたり、お神輿《みこし》をかついだり、自衛隊に入り訓練したり、プライバシー裁判にひっかかったり、日本を代表する国際人として活躍したり、ファシズムめいた言説を弄《ろう》したりする、ようするに派手なことが好きな人騒がせな、人気男、事件男さらにはスキャンダルメーカーというイメージを持っています。先日電車の中で「三島由紀夫氏ノーベル文学賞受賞か」という、週刊誌のつり広告を見て、学生たちが「三島はノーベル賞もらったら今度は何をやるだろうか」としゃべりあっていました。ノーベル文学賞をもらったら今度は何を書くだろうかと言われないところにぼくは興味を感じました。

ところが一方三島由紀夫の小説や戯曲、そして評論を少しでも読んでいる人には三島と言えば現代日本文学の第一人者、世界の最先端を行く醇乎《じゅんこ》たる文学者というイメージを抱いています。端正な由緒正しい文学を書く、文体や構成の一点一画をゆるがせにしない厳しい、もっとも真面目《まじめ》な気むずかしい芸術至上主義者として畏敬《いけい》の念を抱いているのです。日本文学の今日の権威の象徴を、正統性を三島由紀夫の文学に感じているのです。純文学者三島由紀夫のイメージは、ニコリともしない怖ろしい文学の鬼という感じです。

この極端なまでのイメージの分裂は、三島由紀夫自身が芸術と実生活とを厳しく峻別《しゅんべつ》しているためとも言えます。氏は実生活の延長線上に、自己の日常を描く私小説的発想を厳しく拒否します。そしていわゆる文壇小説家としての生活や交際を嫌悪します。作品を書くにあたっては、毎日正確に時間を決め、精根を尽して二、三枚ずつ書いて行きます。氏のすべての生活はこの文学を書くために最良のコンディションをととのえるため設計されていると言えます。しかしその余の時間において、氏はもっとも文学者から遠い生活を送ろうと心掛けます。文学者からもっとも遠い生活はサラリーマンのそれかも知れませんが、氏は実は原稿を書くとき、サラリーマンの規則正しさを実行しているのです。とすると余りの生活で文学者と異なるさまざまな人生、生活体験を大胆、奔放に味わおうとします、そこで剣道をしたり、歌を唄ったりという世間の話題の種になる行動があらわれるのです。けれどそこでも三島氏はまじめでありま す。そこにも作家としてのどんらんな興味が働いているに違いありません。要するに氏は文学にも生活にも遊びにもマジメなのです。そのマジメさが逆に氏を誤解させる原因になっています。

まことに三島氏は真面目な人間です。けれどじかに交際してみると、それは唐変木の、石頭的真面目さとは全く違います。よくしゃべり、よく遊び、よく食べ、よく笑う（それも大声で）まことにたのしい青年！　であります。話はいつも機智《きち》に、エスプリに、ユーモアにみちています。そして単なる冗談に終らず人生や社会や文学の本質を鋭く逆説的に言いあてています。

ぼくはいつも三島氏のそういう機智に富んだ楽しい遊びが文学にあらわれないのかと考えていました。しかし氏は、そんな機智や逆説を中心とする気の利いた作品を書こうとしません。もっと雄大で切実な厳しい長篇に力を注いでいるのです。そこにはそして機智や逆説の遊びがはいるすきまがありません。

ところが、この『不道徳教育講座』は三島氏の小説にあらわれない座談における機智や逆説や笑いが十分に発揮されています。連載の舞台が「週刊明星」という女性向き大衆週刊誌であったれだけに、三島氏は裃《かみしも》を脱いで、ふざけています。

「知らない男とでも酒場へ行くべし」「教師を内心バカにすべし」「大いにウソをつくべし」からはじまり六十九章に及ぶ各章は、いずれも世の道徳、倫理、良識をひっくり返すような刺戟《げき》的なタイトルがついています。封建時代からの「女大学式」の抑圧的な道徳講座をいちいち諷刺《ふうし》し、その虚妄をあばきます。つまり冒頭にあるように中国の「二十四孝」をもじった西鶴の「本朝二十不孝」式の現代倫理のパロディをねらったのです。

氏はここで得意の心理分析、洞察で人間の心理を裏返し、悪へ、革命へ、破滅へ虚無へ向う人間の原存在の深淵《しんえん》をチラリと垣間《かいま》見せます。そして独特のレトリックで反逆の牙《きば》を巧みに抜き、結局は健全道徳を容認し、その知慧《ちえ》や真実を讃美《さんび》するような結論にもって行きます。氏はまことに見事な手品使いであり、いかに遊蕩児《ゆうとうじ》めかしても、結局は健全な良識人であることをここでも標榜《ひょうぼう》しています。「不道徳」は真の「道徳」教育になります。氏はマジメ人間なのです。けれど氏は、どんでんがえしに似た発想やユーモアを読者に与えれば、それで十分で、結論はどうでもよいと考えているに違いありません。氏の視点はこの『不道徳教育講座』のさらに遥《はる》かさきにある、もっと深いなにかを見出そうとしているのです。この『不道徳教育講座』は、伊藤整、太宰治、山口瞳などのユーモラスなエッセイ、エピグラムと共に、現代日本文学の歴史に残る、しゃれた、そして根源的なアフォリズム集です。ここで読者は氏の裸の姿を見ることができるかも知れません。

『不道徳教育講座』は、昭和三十三年（一九五八）「週刊明星」に連載され、翌三十四年（一九五九）四月、中央公論社から単行本で刊行されたものであり、作者はこの時まだ三十四歳の若さでした。みんなを楽しくさせながら規《のり》をこえないところに現代への鋭い諷刺が、芸術への憧憬《どうけい》が遊びの中に表現されています。伊藤整の『女性に関する十二章』はじめ安岡章太郎、吉行淳之介、遠藤周作、開高健、北杜夫らの卓抜で軽いけれど解放感にあふれたエッセイとならぶ、三島由紀夫氏のかくれた一面を十全に発揮させた、たのしい本と言えます。

以上の文章は昭和四十二年（一九六七）に角川文庫本の解説として書いたものです。それから三年後、三島由紀夫は壮絶な最期を遂げました。やはり三島は真面目な、余りに生真面目な人間だったのだという感慨がひとしおです。しかしこの文章の発想や言葉は、まことに洒落《しやれ》ています。こんな気の利いた文章のかける文学者は今時いません。そして三十年前の文章なのに少しも古びていません。それどころか、この文を通じて自分の死を、その先の遠い未来までを見つめている三島の視線を感じ、思わず慄然《りつぜん》とせざるをえません。

三島由紀夫は昭和三十七年（一九六二）『美しい星』という小説を書いています。その中で白鳥座第六十一番星の未知の惑星から来た宇宙人は、地球人類は、事物への関心、人間《ゾルゲ》への関心、神への関心という三つの宿命的欠陥、病気を持っているから滅亡しなければならぬと宣言します。それに対し大杉重一郎ら太陽系の宇宙人は、地球人類は次の五つの美点を持っているから救いたいと言う。

〈彼らは嘘をつきっぱなしについた。
彼らは吉凶につけて花を飾った。
彼らはよく小鳥を飼った。
彼らは約束の時間にしばしば遅れた。
そして彼らはよく笑った。〉

この五つの美点は世の中に有効なものではない無効なもの故に尊い、地球人類は芸術家だというのです。『不道徳教育講座』の先にあるものは、こういう深い逆説的な考えだったのです。

本書は、昭和四十二年十一月に刊行された角川文庫版の再録による新装版です。出版に当たり、解説に加筆訂正いたしました。

本書のなかには、一般に差別用語もしくは差別用語ととられかねない箇所がありますが、作者の意図は、決して差別を助長するものではありません。編集部としては、本書のもつ文学性及び芸術性、また著者がすでに故人であるという事情に鑑み、表現の削除、変更はあえて行わず、底本どおりの表記としました。読者各位のご賢察をお願い致します。（編集部）

不《ふ》道《どう》徳《とく》教《きょう》育《いく》講《こう》座《ざ》

三《み》島《しま》由《ゆ》紀《き》夫《お》

昭和42年 1月20日　初版発行
平成11年 4月20日　改版初版発行
令和6年 11月15日　改版60版発行

発行者●山下直久

発行●株式会社KADOKAWA
〒102-8177　東京都千代田区富士見2-13-3
電話　0570-002-301(ナビダイヤル)

角川文庫 2480

印刷所●株式会社暁印刷
製本所●本間製本株式会社

表紙画●和田三造

●お問い合わせ
https://www.kadokawa.co.jp/（「お問い合わせ」へお進みください）
※内容によっては、お答えできない場合があります。
※サポートは日本国内のみとさせていただきます。
※Japanese text only

Printed in Japan
ISBN 978-4-04-121207-3　C0195

◇◇◇

角川文庫発刊に際して

角川源義

第二次世界大戦の敗北は、軍事力の敗北であった以上に、私たちの若い文化力の敗退であった。私たちの文化が戦争に対して如何に無力であり、単なるあだ花に過ぎなかったかを、私たちは身を以て体験し痛感した。西洋近代文化の摂取にとって、明治以後八十年の歳月は決して短かすぎたとは言えない。にもかかわらず、近代文化の伝統を確立し、自由な批判と柔軟な良識に富む文化層として自らを形成することに私たちは失敗して来た。そしてこれは、各層への文化の普及滲透を任務とする出版人の責任でもあった。

一九四五年以来、私たちは再び振出しに戻り、第一歩から踏み出すことを余儀なくされた。これは大きな不幸ではあるが、反面、これまでの混沌・未熟・歪曲の中にあった我が国の文化に秩序と確たる基礎を齎らすためには絶好の機会でもある。角川書店は、このような祖国の文化的危機にあたり、微力をも顧みず再建の礎石たるべき抱負と決意とをもって出発したが、ここに創立以来の念願を果すべく角川文庫を発刊する。これまで刊行されたあらゆる全集叢書文庫類の長所と短所とを検討し、古今東西の不朽の典籍を、良心的編集のもとに、廉価に、そして書架にふさわしい美本として、多くのひとびとに提供しようとする。しかし私たちは徒らに百科全書的な知識のジレッタントを作ることを目的とせず、あくまで祖国の文化に秩序と再建への道を示し、この文庫を角川書店の栄ある事業として、今後永久に継続発展せしめ、学芸と教養との殿堂として大成せんことを期したい。多くの読書子の愛情ある忠言と支持とによって、この希望と抱負とを完遂せしめられんことを願う。

一九四九年五月三日

角川文庫ベストセラー

角川文庫ベストセラー

角川文庫ベストセラー

高野聖　泉　鏡花

優しいなかに強みのあるおかし難い気品、白桃のような女。奥山の孤屋に白痴の夫と世をわびる哀れさ。一夜の宿をかりた旅僧の心は乱れ騒ぐ。思いつめた時、はからずも女の秘密を知るが——。

伊豆の踊子　川端康成

孤独の心を抱いて伊豆の旅に出た一高生は、旅芸人の十四歳の踊り子にいつしか烈しい思慕を寄せる。青春の慕情と感傷が融け合って高い芳香を放つ、著者初期の代表作。

雪国　川端康成

国境の長いトンネルを抜けると雪国であった。雪国の汚れのない芸者・駒子。無為の孤独を非情に守る島村に寄せる純情。人生の哀しさ美しさをうたった名作。

蟹工船・党生活者　小林多喜二

ソ連領海を侵して蟹を捕り、船内で缶詰作業も行う蟹工船では、貧困層出身の人々が過酷な労働に従事している。非人間的な扱いに耐えかね、労働者たちは立ち上がったが……解説が詳しく読みやすい新装改版！

白痴・二流の人　坂口安吾

敗戦間近。かの耐乏生活下、独身の映画監督と白痴女の奇妙な交際を描き反響をよんだ「白痴」。優れた知略を備えながら二流の武将に甘んじた黒田如水の悲劇を描く「二流の人」等、代表的作品集。

角川文庫ベストセラー

堕落論　坂口安吾

「堕ちること以外の中に、人間を救う便利な近道はない」。第二次大戦直後の混迷した社会に、かつての倫理を否定し、新たな考え方を示した『堕落論』。安吾を時代の寵児に押し上げ、時を超えて語り継がれる名作。

晩年　太宰治

自殺を前提に遺書のつもりで名付けた、第一創作集。〝撰ばれてあることの　恍惚と不安と　二つわれにあり〟というヴェルレエヌのエピグラフで始まる「葉」、少年時代を感受性豊かに描いた「思い出」など15篇。

女生徒　太宰治

「幸福は一夜おくれて来る。幸福は――」多感な女子生徒の一日を描いた「女生徒」、情死した夫を引き取りに行く妻を描いた「おさん」など、女性の告白体小説の手法で書かれた14篇を収録。

走れメロス　太宰治

妹の婚礼を終えると、メロスはシラクスめざして走りに走った。約束の日没までに暴虐の王の下に戻らねば、身代わりの親友が殺される。メロスよ走れ！　命を賭けた友情の美を描く名作。

斜陽　太宰治

没落貴族のかず子は、華麗に滅ぶべく道ならぬ恋に溺れていく。最後の貴婦人である母と、麻薬に溺れ破滅する弟・直治、無頼な生活を送る小説家・上原。戦後の混乱の中を生きる4人の滅びの美を描く。

角川文庫ベストセラー

人間失格　　太宰治

無頼の生活に明け暮れた太宰自身の苦悩を描く内的自叙伝「人間失格」。家族の幸福を願いながら、自らの手で崩壊させる苦悩を描いた絶筆「桜桃」を収録。

ヴィヨンの妻　　太宰治

死の前日までに13回分で中絶した未完の絶筆である表題作をはじめ、結核療養所で過ごす20歳の青年の手紙に自己を仮託した「パンドラの匣」、「眉山」など著者が最後に光芒を放った五篇を収録。

ろまん燈籠　　太宰治

退屈になると家族が集まり〝物語〟の連作を始める入江家。個性的な兄妹の性格と、順々に語られる世界が重層的に響きあうユニークな家族小説。表題作他、バラエティに富んだ七篇を収録。

吾輩は猫である　　夏目漱石

苦沙弥先生に飼われる一匹の猫「吾輩」が観察する人間模様。ユーモアや風刺を交え、猫に託して展開される人間社会への痛烈な批判で、漱石の名を高からしめた。今なお爽快な共感を呼ぶ漱石処女作にして代表作。

坊っちゃん　　夏目漱石

単純明快な江戸っ子の「おれ」（坊っちゃん）は、物理学校を卒業後、四国の中学校教師として赴任する。一本気な性格から様々な事件を起こし、また巻き込まれるが。欺瞞に満ちた社会への清新な反骨精神を描く。